JN005604

最後の祈り

薬丸岳

角川書店

最後の祈り

装丁　國枝達也
写真　Samrat Dhakal/EyeEm/Getty Images

目次

プロローグ 5
第一章 9
第二章 85
第三章 211
第四章 275
エピローグ 409

プロローグ

処遇部長の背中を見つめながら狭い階段を上っていく。

上りきったところにあるドアを処遇部長が開け、手で促されて先に中に入った。部屋にいた制服姿の四人の刑務官がすぐにこちらに向けて敬礼する。

続いて所長と総務部長と検察官と検察事務官が入り、最後に入った処遇部長がドアを閉めたところで刑務官たちが手を下ろす。だが、敬礼をやめても彼らの表情からは微塵(みじん)の緩みも感じられない。それはこの狭い部屋にいる全員がそうだった。自分の顔を見ることができないが、おそらくここにいる全員と同じように血の気を失くしているだろう。

六畳ほどの空間の中央には様々な種類の菓子を置いたテーブルと椅子が六脚、その後方の壁際には十字架の祭壇が設けられ、反対側の壁はアコーディオンカーテンで仕切られている。

初めてここに来る自分でもアコーディオンカーテンの先にあるものが何かわかり、心臓が激しく波打った。

処遇部長に手で示され、十字架の前で祈りを捧(ささ)げてから椅子に座った。

重苦しい沈黙が室内に充満し、息をするのも苦しい。

コツ……コツ……と階段を上ってくる足音が響き、部屋にいる全員がドアのほうに視線を向けた。それまでよりもさらに表情をこわばらせる。

ドアが開き、三人の刑務官に両側と後方を囲まれるようにしながら工藤義孝が入ってくる。

昨日、教誨で会ったときとは別人のように、その顔や眼差しから生気はいっさい感じられず、刑務官に支えられなければ立っていられないほど足もとをふらつかせていた。

手錠を外されて向かいに座らされた工藤はうつむいたまま、小刻みに全身を震わせている。

「二三三〇番、工藤義孝くんだね」

処遇部長の問いかけにも、まともに反応できないようだ。

「大変残念ですが執行命令がきました。今から刑を執行します」

工藤は十五年前に友人とその家族の三人を殺し、十一年前に死刑判決が確定した。八年前から前任の教誨師の影響でキリスト教に興味を抱き、その後洗礼を受けてクリスチャンになった。

自分は一年半ほどの付き合いでしかなかったが、いつか来るこの日のために工藤に寄り添ってきた。今も数分先の彼の魂に安寧が訪れることを心の中で祈り続けている。

「最後に何かおいしいものを食べたらどうだ？　煙草もあるぞ」

処遇部長の声に、工藤が少し顔を持ち上げた。震える手を伸ばして盆に置いた饅頭をつかもうとする。だが、志半ばで諦めたようにゆっくりと手を引っ込める。

「いいのかい？」

問いかけに反応しないのを確認すると、処遇部長がこちらに目を向けて「お願いします」と言った。

　聖書を持って立ち上がる。

「ご起立ください」と声をかけたが、工藤に立ち上がる気配はない。テーブルの一点を見つめたまま子供が駄々をこねるように頭を左右に振っている。

「そのままでいいので、聖書の一節を……」

　口を開いたのと同時に、「し……死にたくないッ！」と叫びながらテーブルを両手で叩きつけて工藤が立ち上がった。

「落ち着きなさい」とすぐに数人の刑務官が工藤のもとに駆け寄る。だが、工藤は刑務官の手を振り払ってドアのほうに駆け出そうとする。さらに他の刑務官も加勢して工藤を止める。

「おまえら！　何の権利があっておれを殺すんだ！　人殺しだっておれのことを責めるけど、おまえらだって人殺しじゃねえかッ！」

　叫びながら暴れ回る工藤を刑務官四人がかりで押さえ込む。その人群れがテーブルにぶつかり、置いてあった菓子が床に散乱する。

　その様子をすぐ近くで見ていた所長が「執行せよ！」と声を発すると、刑務官のひとりが工藤の頭に目隠しのための覆いを被せた。同時にふたりの刑務官がそれぞれ工藤の右腕と左腕をねじりあげて、後ろ手に手錠をはめる。

「ふざけんじゃねえ！　死にたくない……おれにはまだやることがあるんだ！」唯一自由になる足をばたつかせながら工藤が怒鳴り声を上げる。

　所長に誘導されて検察官と検察事務官が部屋を出ていく。先ほど工藤の頭に覆いを被せた刑務官がアコーディオンカーテンを開けて、奥にある執行室があらわになる。

「助けてくれッ……お願いだ……たす……助けてッ……」

両足にも紐を巻き付けられ抱えられるようにして執行室に連れて行かれる工藤を見ながら、その場に立ち尽くすことしかできない。

必死に祈りを捧げるが、工藤の絶叫にかき消されて、自分が声を上げているのかどうかもわからないでいる。

「助けてーッ……助けてください……お願いします……」

「しゃべるな！　舌を嚙み切ってよけい辛い思いをするぞ」

刑務官の声が聞こえたが、工藤が泣きじゃくりながら必死に命乞いを続ける。

踏み板の上に立たされた工藤の首もとに白い縄が固定される。

「牧師さん……助けて……おれは……おれはまだ死にたくない……こんなんじゃおれは救われない……」

刑務官たちが工藤のまわりからさっと離れた次の瞬間、地鳴りのような激しい音がして彼の姿がなくなった。

今までに聞いたことがないような奇妙な音に心臓を絞り上げられ、ぎしぎしと軋みながら揺れる一本の白い縄だけが視界にこびりついている。

彼の魂は救われたのだろうか。

心の中で必死に問いかけたが、神は沈黙したままだった。

第一章

1

　バスが停まり、保阪宗佑(ほさかそうすけ)は座席から立ち上がって下車した。明るい陽射しが降り注ぐ道をしばらく歩いていくと、茶色い煉瓦(れんが)造りのレトロなアーチ形の正門が見えてくる。

　この場所に来るときにはいつも思うことだが、正門に掲げられた『千葉刑務所』というプレートにさえ目を留めなければ、ここが罪を犯した者たちを収容する施設であることをほとんどの人たちは気づかないのではないか。

　まるで自分が国賓や要人を迎え入れる迎賓館に招待されたような気にさせられるというのは少し言い過ぎかもしれないが、それでも外国のおとぎ話に出てきそうなメルヘンチックな門構えは、それまで自分が抱いていた刑務所のイメージとはあまりにもかけ離れていた。

　正門を抜けて奥にある二階建ての本館に向かう。こちらも正門と同じようにすべて煉瓦造りの立派な建物で、荘厳な空気を醸し出している。

　宗佑は建物に入ると庶務課に立ち寄って手続きをした。聖書とヒムプレーヤーを取り出した鞄(かばん)を職員に預ける。

　聖書は言うに及ばないが、ヒムプレーヤーは様々な賛美歌の伴奏を再生する機器で、これから受刑者の教誨(きょうかい)をする牧師にとっての必需品だ。

いくらここに定期的に出入りできる資格がある教誨師とはいえ、刑務所内での行動は厳格に管理される。スマホやパソコンなどの記録媒体の持ち込みが禁止されているのもそのひとつだ。

受付を済ませて、宗佑は廊下を進んで控え室に向かった。ノックしてドアを開けると、テーブルに向かって座っていた処遇部長の西澤が立ち上がった。

「保阪さん、おつかれさまです。外は寒いでしょう」穏やかな笑みを浮かべて西澤が言う。

あと五日で十二月に入る。

「そうですね。この数日でめっきり冷え込んできましたね」

宗佑は相槌を打ちながらコートを脱いで、椅子の背もたれに掛けた。その隣の席に座ると、向かいにいる西澤がテーブルに置いてあるポットの湯を急須に注いでお茶を出してくれた。

「ありがとうございます」と宗佑は礼を言ってお茶をひと口飲み、いつもしているように自分の教誨を受けている受刑者たちの日常の様子を西澤から聞く。

「この時期になると、保阪さんの教誨を受けている者はもちろん、他の受刑者たちも落ち着かなくなるようです。今年もクリスマス会はやってくださるんですか？」

西澤に訊かれ、「そのつもりです」と宗佑は頷いた。

宗佑がここで教誨を始めるようになった五年前から、毎年十二月二十五日に慰問を兼ねたクリスマス会を行っている。教会の信者ら数人と刑務所の講堂に赴き、そこでみんなでクリスマスの賛美歌を歌ったり、手話を交えて踊るサインダンスを披露したりして、最後に宗佑が聖書の言葉を伝える説教の時間を持つ。

ここで自分が個人教誨を受け持っている受刑者は十人ほどだが、クリスマス会のときには五十人近くが集まる。

そのすべての人たちが自分の説教を求めて集まってくれているものと思いたいが、実際には信者の中に含まれている若い女性見たさという者のほうが多いかもしれない。

「今年もカーネル・サンダースをやられるんですか?」冗談めかして西澤が訊く。

サンタクロースのコスプレのことだろう。昨年のクリスマス会ではそれまでと趣向を変えて、みんなに楽しんでもらおうとサンタクロースの衣装を着て説教した。ただ、自分は大柄な体型で眼鏡をかけていて口のまわりにひげを生やしているので、「クリスマスの時期にケンタッキーの前に立ってるカーネル・サンダース像のようだった」と後で何人かの受刑者にからかわれた。

「いやあ……迷っています」宗佑は頭をかきながら答えた。

「いずれにしてもみんな楽しみにしていますので、今年もよろしくお願いします」

「こちらこそ、よろしくお願いします」

宗佑が会釈を返すと、西澤が壁掛け時計に目を向けた。

「そろそろ時間になりますね」

西澤の言葉に、宗佑もちらっと時計を見てテーブルに茶碗(ちゃわん)を戻した。上着のポケットから手帳を取り出して開く。

「今日の個人教誨は吉本(よしもと)、外山(とやま)、井口(いぐち)、広岡(ひろおか)……あと、初めての者がひとりいます」

それらの名前を聞きながら手帳に目を走らせ、前回それぞれどのような話をしたのかを確認する。

この刑務所ではＬＡ級の受刑者が収容されている。処遇指標でＬは刑期十年以上の者、Ａは犯罪傾向が進んでいない者をさす。つまりＬＡ級とは、犯罪傾向は進んでいないが、刑期十年以上の重罪を犯した者、ということだ。

個人教誨は月に二回、一日五人と会って話をする。時間はひとり当たり二十五分だ。たわいない世間話だけで時間が経ってしまう場合もあるし、受刑者が犯した罪について煩悶して気持ちの整理がつかないまま中途半端な形で打ち切らざるを得ないこともある。

事前に個人教誨をする者がわかっていれば、今日はどのような話をするべきか前もって準備できるのだが、どういうわけか当日刑務所に行くまで知らされない。

宗佑は西澤にお茶の礼を言いながら立ち上がり、聖書と手帳、ヒムプレーヤーを持って控え室を出た。廊下を進んでいき、教誨室のドアを開けて中に入る。

十畳ほどの部屋には学校で使うような教卓があり、他には小さな黒板と、壁際には十字架の祭壇がある。

集団教誨のときは教卓を前にして十五人ほどの人たちに向けて話すが、個人教誨のときは教卓を挟んで近い距離で受刑者と接する。

宗佑は十字架の前で祈りを捧げてから教卓の前に座った。しばらく待っていると、ノックの音が聞こえてドアが開いた。

青柳という若い刑務官に連れられて、舎房衣を着た男性がうつむきがちに入ってくる。三十歳前後に思える痩身の男性だ。

「それではお願いします」

青柳がそう言って外からドアを閉めると、よく知らぬ人間とふたりきりにされた戸惑いからか、男性がさらに頭を垂れた。

個人教誨をするのは初めてだが、この男性のことを知っている。前回の集団教誨のときに目立たないように最後列に座っていた。

「こんにちは。前回の集団教誨のときに来てくださったかたですよね」

宗佑が立ち上がって近づくと、おずおずと男性が顔を上げた。

部屋に入ってきたときから頭を垂れて肩を丸めていたので自分よりも小柄に思えたが、こうやって向かい合ってみるとかなり背が高かった。百八十センチはありそうだ。

「知っていると思いますが、牧師の保阪宗佑です。よろしくお願いします」宗佑は目の前の男性に手を差し出した。

個人教誨で会う受刑者とは最初に必ず握手するようにしている。

ためらうような表情をしながらも男性が宗佑の手を握った。

「どうぞ、そちらに座ってください」

男性から手を離して席に促すと、緩慢な動作で教卓の前の椅子に腰を下ろした。宗佑も向かい合うように座る。

「まず……お名前を聞かせてもらえますか」

少し身を乗り出して宗佑が訊くと、男性がうつむきながら「一〇七四番です……」と答える。

「あ、いえ……称呼番号ではなくて、本名を……」

宗佑の言葉にはっとしたように顔を上げ、「ナラ……ナラショウヘイ……です」と頭をかきながら言い直す。

「ナラさんのナラは奈良県の奈良ですか？」

男性が頷く。

「ショウヘイは太陽が昇るの昇に平和の平です」

「いいお名前ですね」

名前を訊いた後は必ずこう言うようにしている。自分のためにその名前を授けてくれた人や、そのときのその人の思いに、少しでも心を傾けるきっかけにしてほしいからだ。

「ご出身はどちらですか？　もしかして奈良県とか？」

「いえ……生まれは愛知県です。高校を出るまで名古屋市にいて……それからは横浜で……」

「おいくつですか」

「二十八歳です……」

「ここに入所されてどれぐらいですか」

「三年ぐらい経っています」そう言ってふたたびうつむく。

「どうして教誨を受けに来てくれたのかな？　キリスト教に興味があったの？」少しでも緊張を解そうと敬語をやめる。

宗佑の言葉に反応したように奈良がふたたび顔を上げた。

「特別興味があったわけじゃないけど……逮捕されて拘置所に入れられてたときに知り合いが聖書を差し入れしてくれて……他にやることもなくて暇だったから……」

奈良も敬語ではなくなっていた。

「読んでみたんだね？」

「少し……」奈良が頷く。「意味がよくわからなかったけど」

彼はどのような罪を犯してここにやってきたのだろうか。

刑務所から受刑者の情報は提供されないので、自分でこれから引き出すしかない。

「もしよかったら、どうしてこの刑務所に来ることになったのか聞かせてもらえないかな」

こちらを見つめていた奈良がぎょっとした顔になって少し身を引いた。

「別に嫌なら無理にとは言わないよ。それを話さなくたって教誨を受けに来てもらってもいっこうにかまわないし。ただ、それを知っていたほうがよりいろいろな話ができるんじゃないかと……」

「人を殺しました」宗佑の言葉を遮るように奈良が言った。

こちらの反応を窺うような眼差しを奈良は向けているが、それを聞いても自分の心は動揺していない。

刑期十年以上の罪を犯した者たちが入っているのだ。多くの者たちは何らかの形で人を殺めている。

「そう……誰を殺してしまったんだい？」宗佑は訊いた。

「恋人です……いや、世間的には元恋人ってことになってるのかな」奈良が自虐するような苦笑を漏らした。

「恋人ということは、きみにとって大切な人だったんだよね？」

問いかけて、少しの間の後、奈良が小さく頷く。

「それなのに、どうして殺してしまったの？」さらに宗佑は問いかける。

「自分にとって一番大切な人だと思ってたから。それなのに……おれのことを裏切ったから」

「裏切ったというのはどういうことかな？　彼女に浮気をされたとか？」

「浮気していたのかどうかはわからない……他に好きなやつができたのかどうかも……」

そこまで言って奈良が大きな溜め息を漏らした。何度か頭を振ってから話を続ける。

「メールでいきなり別れようって告げられて……おれ、信じられなくて。だってその少し前まではおれのことを大切な人だって……結婚した後の話とかもしてたのに、いきなり……それでどうしておれと別れるんだって、よくないところがあったら直すからやり直そうって、何度も連絡したけど、別れたいの一点張りで……そのうちおれの電話やメールも無視されるようになった。こんなんじゃ埒が明かないから直接会って話そうと思って彼女が住んでるマンションに行った。インターフォンを鳴らしても応答はなくて、鍵を替えたのかおれが預かっていた合鍵では部屋に入れなくなってた」一気にまくしたてていた奈良がそこで口を閉ざす。

急かすことはせずに待っていると、奈良がふたたび口を開いた。

「どうにも納得ができなくて……それからも電話やメールをしたけど、電話は着信拒否にされてメールも届かなくなって、それにマンションからも出ていってしまって……彼女のバイト先に行ってみたけどそこも辞めてて……他に手段がないから彼女が通ってる大学に行って門のそばで一日中彼女が出てくるのを待ってた。するとある日やってきた警察官に声をかけられて連行されたんだ。彼女からおれに対してストーカーの被害届が出されてるってことで、二度と彼女に近づいたり連絡しないよう警告された。それに違反したら逮捕するって……」

そこまで話を聞いて、彼がどうしてここに来ることになったのかの想像がついた。

「おれは彼女のことを心底大切に思っていたのに……ただ、別れるのであればその前にきちんと話がしたかっただけなのに……彼女は勝手におれをストーカー扱いして自分の心から排除しようとした。それがどうしても許せなくて、おれがどれだけ彼女を愛しているのかを思い知らせたくて……あの日、近所の金物屋で買った包丁を鞄に隠して、彼女の大学に行った。キャンパス内をしばらくうろうろしてたら、友人と楽しそうに話しながら歩いてる彼女を見つけた。それで……後ろから近づいていって……背中を刺した。悲鳴を上げながら倒れた彼女にそれから何度も何度も……」

話をしているうちに、奈良の視線がこちらから自分の手もとに移っているのに気づいた。恋人を刺殺したときにナイフを握っていた手の感触を思い出しているのかもしれない。

「それで……きみはその場で逮捕された？」

宗佑の言葉に奈良が頷く。

「どれぐらいの刑に処せられたのかな」

「懲役二十二年です」

それまでの高揚とは打って変わり、淡々とした口調で奈良が答えた。

「さっき、きみは……自分がどれだけ彼女を愛しているのかを思い知らせたくて、と言ってたけど……それはどういう意味かな？　愛しているならなおさら、その人の命を奪おうとは思わないんじゃないかな？」

「彼女を殺したらおれの人生は終わってしまう。彼女と違って大学に行っていないおれでもそんなことぐらいわかる。死刑にならなかったとしても長い間刑務所に入れられて、そこから出たとしてもまともな仕事にありつくのは難しいだろうし、それに親や兄弟や親戚にも迷惑をかけることになって、絶縁されてしまうかもしれない。いや……実際に絶縁されてしまいましたけどね。つまり……おれは自分の人生や家族との関係を壊してもいいと思うほど……彼女のことを一番に思っていたっていうことです」そう言った後に自分で納得するように奈良が何度か頷いた。

その考えかたについていろいろと話したいことがあったが、ここでそれをするのはまだ早いように思えた。

「自分がやったことに後悔はありません。ただ、たまたま先生の集団教誨の説教を聞いてから何だかもやもやした気持ちになってしまって……」

それで個人教誨を受けることにしたのだろうか。

「ぼくが話したどういうことでもやもやしてしまったのかな?」

「先生は……神の前ではどんな人も赦されるというようなことを話していましたよね」

宗佑は頷いた。

前回の集団教誨ではキリスト教における福音について話した。イエス・キリストの十字架と復活を信じることにより、あらゆる人の罪は赦されて神の子とされるという教えだ。

「そんなことあるはずがないじゃないですか……」

身体を揺すりながら苛立たしそうに呟く奈良を宗佑はじっと見つめた。

「……どんなに神様を信じたとしても、おれがやったことが許されるわけがない。おれは必死に命乞いするサキの身体を三十箇所以上メッタ刺しにして殺したんですよ。神様を信じて聖書を読んでいれば、おれの罪はなくなって、サキや彼女の家族はおれを許すっていうんですか。そんなことありえないし、意味がわからない」

興奮しているせいか、いつの間にか恋人のことを名前で呼んでいる。

「そういうことではないんだ。社会的にはきみの犯した罪が消えるわけではないし、彼女のご家族がきみを許すともかぎらないだろう。だけど、神の前ではきみは赦されるんだ。社会的な許しと、宗教的な赦しは少し違うものなんだ」

「だからその意味がまったくわからないんですよ！」奈良が語気荒く言って教卓を両手で叩きつけた。

すぐにノックの音とともにドアが開き、「大丈夫ですか?」と青柳が顔を覗かせた。

「ええ、何でもありません。大丈夫です」

宗佑は言ったが、青柳は不安そうな眼差しのままこちらのほうを見ている。

青柳から視線を外して壁掛け時計を見た。もうすぐ時間だ。

宗佑は正面にいる奈良に視線を戻した。興奮しているせいか紅潮した奈良の顔を見つめ、穏やかな口調で切り出す。

「もうすぐ時間だから今日はここまでにしておこう。ぜひまたぼくの個人教誨を申し込んでほしい。そのときにさっきの話の続きをしよう」

バスを降りると、宗佑は目の前にある千葉駅に向かった。改札を抜けて総武線のホームで電車を待つ。

宗佑が牧師を務める教会は東京の目白にある。午後五時からは信者を対象にした聖書研究会があるのでこのまままっすぐ戻らなければならない。

刑務所での教誨活動は完全なボランティアだ。教会での活動に比べて思い悩むことも少なくないが、同時に強いやりがいも抱いている。

初めて個人教誨をした奈良も含めて、今日会った五人すべてに人を殺めた過去がある。自分の犯した罪への向き合いかたや聖書への理解はそれぞれ違うが、少しずつでも自分の生きる目的を見いだそうとしていく姿に触れると、宗佑自身も救われる思いになる。

やってきた電車に乗り込むと、スマホを取り出して何か連絡が来ていないかと確認した。

教会の関係者からのものはなかったが、北川由亜からLINEのメッセージが届いているのを見て心が浮き立った。

『こんにちは。お元気ですか？　近いうちにお母さんと一緒に会ってくれないかな。お母さんと連絡を取り合って都合のいい日を教えてください。よろしくね』

LINEのメッセージには可愛らしい絵文字が添えられていた。

お母さんと連絡を取り合って――という文字を目にしただけで鼓動がせわしなくなる。

都内に住む由亜とは三ヵ月ほど前に一緒に食事をとったが、仙台に住んでいる真里亜とは一年以上会っていない。

『わかった。お母さんに連絡して都合の合う日をいくつか伝えるね』と宗佑はメッセージを送り、LINEのアプリを閉じた。待ち受け画面にしている写真を見つめる。

由亜の高校の卒業式に校門の前で撮った母娘の写真だ。

しばらく画面を見つめていたが、胸が疼くのを感じてスマホを上着のポケットにしまった。

池袋駅西口にある交番の前で待っていると、人波の中から真里亜の姿が現れて宗佑の鼓動が高鳴った。

真里亜が宗佑に気づき、「お待たせ。待った?」と言いながら近づいてくる。

「いや、おれも今来たばかりだ」

あらかじめ由亜に指定された店の場所はネットで調べていたので、真里亜を促して宗佑はロサ会館がある繁華街のほうに向かった。

「今日はこっちに泊まるつもり?」

宗佑が訊くと、真里亜が頷いた。

「この時間から食事をしたらかなり遅くなるでしょう。さすがにその後仙台に戻るのはしんどいから、近くのホテルを取ったわ。それにしてもいったい何なのかしらね。急にみんなで食事がしたいなんて」

「何か聞いてないのか?」

「あいかわらず、わたしには最低限のことしか伝えてこない」

由亜は幼い頃から真里亜とふたり仙台で生活していた。真里亜は娘に対して惜しみない愛情を注いでいるが、それでも由亜は父親がいないという寂しさを抱えていただろう。さらに母親が自分の父親のことについて何も話してくれないことにずっと不満を抱いていたようで、反抗的な時期が長くあった。特に高校に入ったばかりの頃は頻繁に夜遊びをするようになっていて、宗佑は毎週のように仙台まで赴き、由亜の不満のはけ口になりながら何とか親子の仲を取り持とうとした。

「むしろ宗佑さんは何か聞いてないの？　わたしよりも由亜と仲がいいでしょう」

真里亜の友人として、由亜が幼い頃から親子の潤滑油になってきた。いつの間にか由亜から『東京のおじさん』と言われるようになり、さすがに彼女が東京の大学に入ってこちらに来た七年前からはそう呼ばれることはなくなったが、さらにその本領を発揮して食事をごちそうしながら学校や進路の悩みや相談事を聞いていた。

高級そうな和食料理店にふたりで入っていくと、すぐに着物姿の女性の店員がやってきた。

「北川で予約していると思います」

真里亜が告げると、「お待ちしておりました。こちらにどうぞ」と店員が手で示しながら歩き出した。店員に続いてフロアを歩き、奥にあるドアの前で立ち止まる。「お連れ様がお見えになりました」と店員がドアを開けると、テーブルの奥にいた男女と目が合って、思わず真里亜と顔を見合わせた。

由亜の隣の席で彼女と同世代らしい背広姿の男性が居住まいを正した。

「お母さん、おじさん、急に呼び出したりしてごめんね」

由亜がそう言いながら立ち上がり、隣の男性もそれに倣った。

「こちら、木本康弘(きもとやすひろ)さん」

「き……木本です……は、はじめまして。よろしくお願いします」緊張したように言って男性が頭を下げる。

「由亜の母親です。はじめまして……」

「保阪です。こちらこそ、よろしくお願いします」

一通り自己紹介するとふたりと向かい合わせに座った。

「コースを頼んであるから、とりあえず飲み物を注文しよう」

由亜の提案でドリンクメニューを開いてみんなで見た。宗佑と真里亜と由亜はウーロン茶、木本は一瞬迷うようなしぐさを見せたあとジンジャーエールを頼んだ。おそらくアルコールが飲みたかったのではないか。

ドリンクが運ばれてくると四人でグラスを合わせた。

「おじさん、あいかわらず忙しい？」

由亜がそう切り出して世間話を始める。木本はどこか所在なげにグラスのジンジャーエールを飲んでいる。

「あの……木本さん……？」

真里亜の声に、木本が顔を上げた。

「木本さんはおいくつですか？」

真里亜に訊かれ、「由亜さんと同じ二十五歳です」と答えて顔を伏せる。

「わたしと同じ会社で働いているの」由亜が言い添える。

由亜は大学を卒業してから都内にある不動産会社で働いている。

脇腹のあたりを由亜に肘で突かれ、木本がふたたび顔を上げた。

「あ、あの……実は……今日はおふたりにお話ししたいことがあって、こちらに来ていただきました。由亜さんと結婚させてください」

ふたたび真里亜と顔を見合わせ、すぐに目の前のふたりに視線を戻した。

「それは……いずれ結婚したいということですか？」真里亜が訊く。

「いえ。すぐに……できるだけ早く入籍したいと思っています」

「できるだけ早く……」

そう漏らした真里亜を宗佑は見た。彼女の表情から戸惑いを感じる。

「わたし……妊娠してるの。五ヵ月……」

その言葉に驚いて、由亜を見た。

「正直言って……わたしはお母さんのことを恨んでた時期があった。けっこう長い時間……どうしてわたしにはお父さんがいないの……どうして寂しい思いをさせてしまうのがわかっているのにわたしを産んだのって。でも、自分の身体に新しい命が宿ったのを知ったとき、真っ先に思ったのはお母さんのことだった。お母さん……わたしを産んでくれて、今まで育ててくれてありがとうって……だから……絶対にこの子を産みたい。康弘さんと幸せな家庭を築きたい……」由亜の目が潤んでいる。

「そっか……おばあちゃんになっちゃうのか……」

そう言った真里亜に目を向けた。真里亜の目も潤んでいて涙が零れ落ちる。バッグからハンカチを取り出して涙を拭うと、真里亜が由亜から木本に顔を向けた。

「木本さん、由亜のことをどうかよろしくお願いします。今度、ふたりで仙台に来てわたしの両親や妹に報告してくれるかしら？」

真里亜の家の仏壇には彼女の両親と、妹の優里亜の遺影が飾られている。

「もちろんです」木本が大きく頷いた。


「それにしても驚いたわね」

その声に、宗佑は隣を歩く真里亜に目を向けた。

「そうだな。三ヵ月ほど前に一緒に食事をしたけど、お付き合いしている人がいることも知らなかった。東京のおじさんの面目が丸つぶれだ」

「でも、仙台から来た甲斐があったわ。おもしろいものも見られたし」

「おもしろいもの？」

「そうよ。後半は宗佑さんのことがおもしろくて笑ってしまいそうだった」

こちらに顔を向けずに真里亜は歩いている。

ふたりと別れてから真里亜は宗佑の顔を見ようとしない。努めてそうしているのだろうと自分には思えた。

「おれの何がおもしろかった？」

「だって宗佑さん、彼に質問攻めだったじゃない。由亜に見合う人物かどうか必死に見定めてるみたいで」

「彼はいい青年だよ。きっと由亜ちゃんを幸せにしてくれる」

人を値踏みする資格など自分にはないとわかっている。いずれにしても、あの年頃だった自分に比べればはるかにまともな青年だろう。

「ところで……あの話はするの？」

宗佑の言葉に振り向き、真里亜がその場に立ち止まった。ゆっくりとこちらに顔を向ける。

「そうね……戸籍を見たらわかっちゃうもの。近いうちに由亜に話すつもり」

宗佑は頷いた。

「でも、宗佑さんの話はしないから」

真里亜と見つめ合う。

「そのほうがいいだろうね……」宗佑はそう呟くと彼女より先に歩き出した。


教会の隣にある牧師館の前にたどり着き、宗佑は鍵を取り出してドアを開けた。

靴を脱いで電気をつけると、先ほどまでの賑やかで温かみのある光景が脳裏から消え去り、ひとり暮らしの侘しい現実に引き戻される。

一滴も酒を飲んでいないのに、全身が高揚していて、鼓動がせわしない。

ひさしぶりに真里亜の顔を間近に見たせいか、それとも由亜から妊娠していることと結婚することを告げられたからか。

宗佑は台所の棚からコップを取り出し、蛇口をひねって水を注いだ。一気にコップの水を飲んで息を吐くと、テーブルの椅子に腰を下ろした。

由亜がもうすぐ結婚する——

深い感慨とともに、いくばくかの寂しさがあった。

自分の役目はもうすぐ終わる。今までは片親の由亜に度々寄り添って寂しさを紛らわせたり、悩み事を聞いたり、困っているときには少しだけ手を差し伸べたりするのが自分にできる唯一の使命だった。だが、これからその役割は夫になる木本康弘に引き継がれる。

それに由亜が結婚して親のもとから離れれば、今以上に真里亜と自分との接点は希薄になるにちがいない。

それでいいではないか。そう思うことにする。

二時間ほど話しただけだが、木本は優しくて真面目な青年だと感じた。彼ならきっと由亜を幸せにしてくれるだろう。

ふと、誰かに呼ばれたような気がして、宗佑は隣の部屋のドアを見た。

ためらいながら立ち上がり、書斎にしている部屋に入る。押し入れを開けて下部に置かれた段ボール箱をしばらく見つめる。宗佑はその場に座り込むと、段ボール箱に封をしたガムテープをはがして中を漁った。一冊の本を見つけて手に取る。

本を開いて中に挟まっている写真をためらいながらつまみ上げた。

自分と真里亜の妹の優里亜のふたりが写った、たった一枚の写真だ。

この写真を目にするのは、牧師館に移るときに荷造りをした十五年ほど前以来のことだ。部屋の整理をしているときにふいにその写真を見つけてしまい、心臓を刺し貫かれたような痛みが走った。

今も優里亜の顔を見るのはどうしようもなく怖い。だが、どんなに苦しくて辛くても、由亜の本当の母親の姿を見つめながら、娘の成長を報告してやるのが自分の務めだと思った。

若かりし頃の自分と優里亜の顔を見つめたが、あのときのような胸の痛みには苛まれなかった。そのことに逆に衝撃を受け、宗佑は写真を手にしたまま力なく立ち上がった。隣の部屋に戻って椅子に腰を下ろし、ふたたび写真を見つめる。

優里亜——

由亜がもうすぐ結婚するよ。そして母親になるよ。ふたりの子供が——

優里亜と知り合ったのは宗佑が大学一年生のときだった。

宗佑は名古屋の出身で、会計事務所を切り盛りしている父の後を継ぐために東京の大学に入った。

宗佑は当時、高円寺のアパートで生活していたが、よく食事をするレストランでアルバイトをしていたのが優里亜だった。優里亜が住んでいたのはそこからさらに二駅行った荻窪だったが、通っている大学が近くにあるということで、店だけではなく近所でも度々顔を合わせるようになり、自分と同い年だったこともあって次第に親しく話す関係になった。そして気がついたら優里亜と付き合うようになっていた。

優里亜は優しくて明るい女性だった。そして自分と同世代の女性にしては珍しいほどに家庭的なところがあった。アルバイトがないときには宗佑のアパートに寄って、凝った手料理を作ってくれたり、慣れないひとり暮らしと勉強に忙しい自分に代わって、掃除や洗濯などを甲斐甲斐しくしてくれた。

理想的な彼女に思えたが、早く結婚して子供を産んで幸せな家庭を築きたいというのが優里亜の口癖で、プレッシャーを感じさせられることが唯一の難点だった。

優里亜が家庭というものを強く求めるのは自身の境遇に理由があるのだろうと、彼女から聞かされた話で宗佑は察した。

優里亜の両親は彼女が小学生のときに交通事故で揃って亡くなり、それから一歳上の姉とともに伯父のもとで育てられたという。その家族からは優しく接してもらえていたと話していたが、伯父夫婦にもふたりの子供がいたというので、それなりに寂しい思いもしてきたにちがいない。姉は高校卒業後すぐに伯父の家を出て働き始め、それと同時に優里亜も姉と同居することにしてそこから高校に通ったそうだ。

いずれ宗佑が名古屋に戻ることを優里亜は承知していて、それからのふたりの生活を夢想するようなことも度々口にしていた。おそらく自分の両親も彼女を気に入るだろうと思えた。

でも、当時の自分は優里亜と交際を続けながら、鬱々とした感情に苛まれていた。

優里亜に対して特に何か不満があったわけではない。ましてや彼女のことが嫌いだったわけではない。

あの頃抱いていた負の感情は、二十歳そこそこで自分の人生のほとんどが想像できてしまうことへの、つまらなさだったのだろう。

そんなことを思っているときに、すべての歯車を狂わせる出会いがあった。

二十歳を過ぎたある夜、池袋でデートをしていた宗佑は優里亜に連れられて一軒のバーに入った。カウンターが八席だけの小さな店で、客はおらず、色とりどりの酒が並んだ棚の前にショートカットの女性のバーテンダーがひとりいた。

優里亜と並んでカウンターに座り、凛とした眼差しの女性バーテンダーと目が合った瞬間、雷に打たれたような衝撃が走った。

それは今までの人生で一度も抱いたことのない感覚だった。

恋人が隣にいながら、自分は一瞬にして目の前の女性に心を奪われてしまっていた。

「お姉ちゃん、この人がいつも話している保阪宗佑さん」

優里亜の言葉に宗佑は驚いた。そしてひどく落胆した。

女性バーテンダーはこちらに向けて微笑を浮かべて、優里亜の姉の真里亜だと名乗った。

真里亜にそれぞれカクテルを作ってもらい、他の客が入ってくるまで三人で会話したが、目の前のふたりに自分の気持ちを悟られないようにするのに精一杯で、どんなことを話したのかほとんど覚えていない。
二、三杯酒を飲んでバーを出て、駅に向かうまでの間に優里亜から姉の話を聞いた。
真里亜は高校を卒業してすぐに都内にあるレストランバーで働き始めたという。飲酒できない年齢であったがそこでお酒の知識やカクテルを作る技術を覚えて、最近あのバーを開店したとのことだ。

二十一歳の若さで店を持てることが不思議だったが、優里亜の話によると前の家を出る際に伯父から、自分たちの名義の通帳とカードを渡され、それぞれの口座には一千万円が入っていたという。彼女たちの両親が残した保険金のうち、それまでの生活にかかった費用を差し引いた二千万円の半分だ。

真里亜はその一千万円を使って店を開き、優里亜は大学の学費に充てることにしたという。

自分の部屋に戻ってからも、宗佑はなかなか真里亜のことが忘れられなかった。いや、忘れられないどころか、日を追うごとに心の中で彼女への思いが増していった。

出会いから三週間ほど経った頃、優里亜とちょっとした口喧嘩(げんか)をしたことがきっかけで、宗佑は思い切って真里亜に会いに行くことにした。店に入るとカウンターにいた真里亜は、宗佑ひとりが訪ねてきたことに一瞬戸惑ったような顔をしたが、すぐに微笑を返して迎え入れてくれた。優里亜と喧嘩してしまったので相談したいというのを口実にして、宗佑は何時間か店で過ごした。

彼女の凜とした眼差しや、時折覗かせる優しい微笑み、カクテルを作るときの美しい所作など、宗佑は自分の視界に映る真里亜のすべてに魅了され、心をときめかせた。

それからは何をしているときでも真里亜のことが頭から離れなくなり、優里亜を抱いているときでさえも彼女の顔が脳裏にちらつくほどだった。

よこしまな自分の心を見透かし始めたのかどうかはわからないが、優里亜と喧嘩になることが多くなっていった。

それを口実にして宗佑は真里亜に会いに行き、さらに知り合った常連客と話すのが楽しいからという理由をつけて、週に一、二度ぐらいの頻度で彼女の店に通うようになっていた。

もはや自分の心は優里亜から完全に離れていた。

優里亜にすまないと思っていた。だけど、真里亜のことが好きだという思いはどうにも抑えられなかった。

真里亜は店に来る男性客たちからも当然人気があったので、二十歳の若造である自分が振り向いてもらえるとはその時点で思っていなかった。きっと彼女の心を射止められるのは自分よりもっと大人な男性なのだろうと。

だが、そう思うのと同時に、真里亜が時折こちらに向ける切なげな眼差しに、もしかしたら彼女も自分に好意を持ってくれているのではないかという一縷の望みも抱いた。

いずれにしてもこのまま優里亜と交際を続けて結婚するという未来は、自分には思い描けなくなった。優里亜と結婚すれば真里亜は義姉という中途半端な立場で、自分の近くに存在し続けることになる。それだけは耐えられそうになかった。

その日の夜も真里亜の店で飲んでいると、近くにいた男性客が宗佑を見て驚いたように声をかけてきた。

何でもその男性は真里亜が前の店にいたときからの知り合いで、そこの常連客だった『杉下』という人物と宗佑の雰囲気がよく似ていて驚いたというのだ。

その話になった瞬間、近くから嗚咽が漏れ聞こえた。宗佑が目を向けると、カウンターの中にいた真里亜が口もとを手で押さえながら泣いていて、すぐにトイレに駆け込んだ。

わけがわからず男性客に視線を戻すと、杉下という常連客は昨年バイクの事故で亡くなったのだと説明された。二十三歳の若さだったという。

その話を聞いて、宗佑は自分に時折向けられる切なげな真里亜の眼差しの理由を察した。

おそらくその杉下は真里亜の恋人であったか、もしくは彼女が好意を抱いていた相手だったのだろう。

杉下の話を聞いてからさらに宗佑が店を訪ねる頻度は増した。誰かの代わりと思われても、彼女の心をつかめるならばそれでいい。何としてでも彼女の心を自分のほうに振り向かせたいと。その瞬間は意外な形でやってきた。

店で宗佑がひとりで飲んでいると、ふたり組の男性客がやってきた。あきらかに素行の悪そうな客で、酒を出した真里亜の手を撫で回し、「一日ぶんの売り上げを出してやるから店を閉めてどっか遊びに行こうぜ」などと言ってしつこく誘った。

ふたりの言葉を真里亜が受け流していると、今度は自分たちが暴力団の関係者だとほのめかしながら、「こんな店いつでもつぶしてやれるんだよ」と脅迫した。

困惑する真里亜を見るのに耐えられなくなり、「さっきからうるせえな。静かに飲みたいんだよ」と宗佑は思わず声を発した。

案の定、ふたりは憤然とした様子で立ち上がって宗佑に食ってかかってきた。

店に迷惑がかかると思って宗佑はふたりを表に促すと店を出た。表に出るとすぐにひとりから顔面を殴りつけられた。地面に倒れ込むと、今度は脇腹や背中や太股に蹴りを入れられた。

「警察を呼びましたからっ！」という真里亜の声が聞こえて、ようやく自分への攻撃がやみ、ふたりがその場から駆け出していった。

警察を呼んだというのは真里亜がとっさについた嘘だという。通報したほうがいいかどうか真里亜に訊かれたが、店の迷惑になるといけないので宗佑は「しなくていい」と答えた。

真里亜の肩を借りながら宗佑は店に戻った。密着した彼女の身体は小刻みに震えていた。

「初めて人から殴られた」

子供の頃から暴力とは無縁の生活を送ってきた。それだけではなく啖呵を切るのも初めてだった。

「馬鹿……殺されたらどうするのよ……」

近くから聞こえた彼女の声は怒っているようにも泣いているようにも感じられた。

「一瞬、殺されてもいいと思った。それであなたの記憶の中にずっとおれのことが残るなら」

その言葉が口から漏れた瞬間、「何を言ってるの⁉」と手を振り払われて、真里亜と向き合う形になった。

思い詰めたような眼差しで真里亜がじっとこちらを見つめている。

「あなたのことがどうしようもなく好きだ」

その言葉に反応したように、真里亜の肩が跳ね上がった。

宗佑は真里亜の肩をつかんで強引にこちらに引き寄せ、彼女の唇を奪った。

すぐに抵抗されるか頰を叩かれるだろうと覚悟していたが、彼女はしばらく固まった後、そっと目を閉じた。

自分も目を閉じると舌先で彼女の唇をこじ開けて、さらに奥に進んでいく。やがてふたりの舌が絡まり合い、頭の中が真っ白になった。

ようやく唇を離すと、目を開けた真里亜が後ろめたそうに顔を伏せた。

だが、それ以上の行為には至らなかった。

優里亜に対してひどいことをしているとお互いわかっていた。せめて彼女にきちんと納得してもらえるまではこれ以上先に進まないと真里亜に告げて、その日は別れた。

翌日、宗佑は優里亜を部屋に呼んで自分の正直な気持ちを話した。

優里亜は泣くことも取り乱すこともなく、静かに宗佑の話を聞いていた。自分の気持ちは正直に話したが、昨夜（ゆうべ）真里亜と唇を交わしたことは隠した。

「お姉ちゃんと付き合うの？」と優里亜は一言だけ訊いた。

宗佑がまだわからないと言うと、「そう……でも、わたしには勝てそうにないね」という呟きを残して優里亜は部屋から出ていった。

その翌日、真里亜から電話があった。

優里亜は宗佑と別れるからふたりは好きにしていいと言ったという。ただ、もう一緒に生活することはできないから、引っ越し先が決まり次第部屋を出ていくと言われたと。

一週間後、優里亜は部屋を出ていった。引っ越し先の住所を姉には教えないまま、姿を消したのだ。

やがてふたりは交際を始めたが、それは宗佑にとって苦しみの始まりだった。

妹がいなくなってから真里亜は変わってしまった。凜としていた眼差しは生気を失い、自分が好きだった笑顔もまったく見られなくなった。

優里亜への罪悪感は自分のそれとはとても比べ物にならないものだったのだろう。

どうしようもないほどに好きな人を自分は苦しめてしまった。

優里亜を裏切ったことよりも、そのことへの罪悪感のほうが自分の中では勝っていて、宗佑は真里亜に会うたびに煩悶した。

いつか優里亜から姉のもとに連絡が届き、彼女が幸せに生活していることがわかれば以前の真里亜に戻ってくれるのではないか。

そう願いながら宗佑は時間の許すかぎり真里亜のそばにいようと努めた。

優里亜がいなくなってから一年ほど経った頃、真里亜と連絡が取れなくなった。彼女の携帯に電話をしてもつながらず、自宅も不在で、店に行ってみても臨時休業の貼り紙がされていた。まさか変な気を起こしたのではないかと不安になって、何度も留守電にメッセージを入れたが数日間自分への連絡はなかった。

ようやく真里亜の携帯から着信が入り、宗佑が電話に出ると「これから会いたい……」と暗い声が聞こえた。尋常ではない真里亜の様子に、この後受けるつもりでいた授業をさぼって彼女の自宅に駆けつけた。

ドアを開けて出てきた彼女の顔を見て宗佑は息を呑んだ。目を真っ赤に腫らし、頰のあたりもげっそりと削げ落ちている。最後に会った数日前とはまるで別人のような彼女の姿に、宗佑は胸騒ぎを覚えながら部屋に入った。テーブルに向かい合って座ると、充血した目をこちらに据えて真里亜が口を開いた。

しっかりと聞こえていたはずだが、その言葉の意味をすぐには理解できなかった。

「優里亜が亡くなった」と真里亜はもう一度言い、それからこの数日の出来事を泣きながら話した。

四日前に真里亜の携帯に登録していない番号から電話がかかってきたという。電話に出ると相手の男性は静岡市内にある警察署の警察官だと名乗り、「北川優里亜さんをご存じでしょうか」と真里亜に訊いた。妹ですと答えると、「その女性が昨晩自殺しました」と言われ、真里亜はすぐにその警察署に向かった。

警察署に着くまでは到底信じられないでいたが、霊安室で眠っていたのは紛れもなく優里亜だったという。

優里亜は住んでいたマンションの九階の部屋のベランダから飛び降りた。駆けつけた警察官が飛び降りたと思われる女性の部屋に入ると、ベビーベッドの中で小さな赤ちゃんが眠っていて、テーブルの上に遺書が残されていたのだった。

「赤ちゃん……って?」と宗佑が訊き返すと、真里亜がバッグから封筒を取り出して目の前に置いた。

宗佑は震える手で『遺書』と書かれた封筒から中に入っていた一枚の紙を取り出した。

紙には姉である真里亜の名前と連絡先とともにこう綴(つづ)られていた。

誰も自分を知らない場所で、宗佑さんの子供と一緒に頑張って生きていこうと思っていたけど、疲れ果てました。由亜のことをよろしくお願いします。

宗佑さんの子供と一緒に頑張って生きていこうと——

その文字を目にした瞬間、さらに身体の震えが激しくなった。

真里亜の話によると、その赤ちゃんは生後六ヵ月で、現在は児童相談所で保護されているという。優里亜は大学を辞めて出産していたのだった。

宗佑は真里亜に視線を戻せないまま、十六ヵ月前の記憶を手繰り寄せた。

たしかにその頃には真里亜に心を奪われながらも、優里亜と関係を結んでいた。

もしかしたら優里亜は宗佑に妊娠していることを告げたかったが、自分への気持ちが離れて姉に向かっていることを察して、言い出すことができなかったのではないか。

もし、妊娠していることを告げられたら、自分はどうしただろうか。

真里亜への思いを心の中に封じ込めて、優里亜と結婚することを考えただろうか。わからない。今となって、きっとそうしただろうと思うのはあまりにも卑怯だ。

少なくとも、それを告げたとしても宗佑の気持ちは変わらないと優里亜は思ったから、自分たちの前から姿を消して子供を産もうと思ったのだろう。

たとえ優里亜が本当に望んでいるような幸せな家庭でなかったとしても。

自分への最後のメッセージが涙で滲んでかすんでいく。

自分はとんでもない罪を犯した。

優里亜を裏切って傷つけ死に追いやり、真里亜にとってたったひとりの家族を奪うきっかけを作ってしまったのだ。

葬儀が終わると、真里亜は優里亜の子供である由亜を養子として引き取るつもりだと宗佑に話した。

妹が遺した子供を自分の人生をかけてきちんと育てていくことを、優里亜へのせめてもの罪滅ぼしにしたいと。

そして二度と恋愛はしないと宗佑に宣言した。

宗佑に異論はなかった。このような悲劇を引き起こしておいて、真里亜と一緒に生きていくことなどできないと自分も考えていた。それに逃げでしかないが、その当時の自分にひとりで子供を育てる自信もなかった。

その後、真里亜は池袋の店を畳み、それまでまったく馴染みのなかった仙台に移り住み、養子にした由亜をきちんと育て上げながら今まで独身を貫いている。

真里亜はずっと償っている。自分はどうだろうか。

優里亜が自殺したのは自分のせいだと罪悪感に悶え苦しんでいたとき、聖書の言葉に出会い興味を持った。教会に通い始めた宗佑はそこで自分の苦しみに我がことのように向き合い、聖書の言葉を通して様々な助言を与えてくれた牧師の姿に深く感銘を受けて、自らもそのような人物になりたいと思った。

同時に自分も二度と恋愛はしないと心に誓い、優里亜が残した由亜と彼女を育てる真里亜のふたりを陰ながら支えていこうと決心した。

両親からはクリスチャンになることを猛反対されたが二十二歳のときに洗礼を受けた。大学を卒業しても実家には戻らず二年間脇目も振らずにアルバイトをして金を貯め、四年間神学校に通い、その後目白にある小規模の教会の牧師になった。

キリスト教を通じて、かつての自分のように悩み苦しむ人たちを少しでも多く救いたいという思いで牧師を続けている。

だが、心の中では常にもうひとりの自分が問いかけてくる。

自分がしてきたことは彼女への償いではなく、ただ神に赦されたと思いたかっただけなのではないかと。

2

ノックの音が聞こえて、宗佑はドアに目を向けた。

開いたドアから刑務官の青柳に連れられて、舎房衣を着た丸山(まるやま)が入ってくる。

「それではお願いします」

青柳が外からドアを閉めると、「よお、先生」と丸山が気安そうに手を上げて近づいてくる。

宗佑は握手をして丸山と向かい合わせに座った。

五十三歳の丸山は二年ほど前から自分の教誨を受けている。

「この前の集団教誨に出ていなかったですけど、何かあったんですか?」宗佑は教卓の上で両手を組みながら訊いた。

丸山は毎回欠かさず集団教誨に参加していたので不思議だった。

「ああ……懲罰を食らっちゃって二十日間ほど房に入れられててね」悪びれた様子も見せずに丸山が笑う。

「何をされたんですか?」

宗佑が訊くと、丸山がこちらに身を乗り出して「寺山(てらやま)のやつをぶん殴ってやったんですよ」と得意そうに言う。

漏れそうになる溜め息を押し留めて、「寺山さんというのは？」と宗佑は続ける。

「知りませんか？　寺山昇っていう強姦魔でおれと同じ工場にいるんですよ。とにかくやることなすことむかつくやつでね。作業中におれの足を踏みやがったくせに謝りもしねえから」

「それで殴ってしまった？」

「そう。まったくあいつのせいでとんだ災難に……」

遮るように宗佑が言うと、丸山が口ごもった。

「丸山さん、あなたはどうしてここに来ることになったんでしたっけ？」

丸山は五年前に殺人の容疑で逮捕され、懲役十四年の判決を受けて千葉刑務所に収容された。

飲み屋で酒を飲んでいるときに他の客と喧嘩になり、丸山はカウンターに入って包丁を持ち出し、それで相手を数回突き刺して死なせたそうだ。さらに止めに入った店の従業員にも大怪我を負わせた。

当時、丸山は工務店を経営していて妻と溺愛する中学生の娘がいたが、事件によって会社は廃業になり、さらに夫婦は離婚した。妻子とも刑務所に面会に来ることもなく、手紙を出しても返信がないと、教誨を始めてしばらくした頃に寂しそうに語っていた。

「初めてお会いしたときに、わたしがどうして教誨を受けようと思ったんですかと訊いたら、丸山さんは自分を変えたいからだとおっしゃっていましたよね。怒りっぽくてすぐにかーっと頭に血が上って見境がつかなくなる自分を変えたい。聖書に触れればもしかしたら心が穏やかになるのではないかと思ったと」

「まあ、そうなんですけどねえ。それを言われちゃうと返す言葉もありません」

叱られた子供のような顔をして丸山が頭をかく。

「聖書には『よい実と悪い実』という言いかたがあります」

「よい実と悪い実？」意味がわからないというように丸山が首をひねる。

「人生はよい実を結びもしますし、悪い実を結ぶこともある。悪い実を結んでしまうのは苦い根があるからだという考えかたです」

「先生……まったくちんぷんかんぷんなんですけど。一応ちっちゃな会社の社長だったっていっても中卒なんでね、もう少しわかりやすく言ってくださいな」

「丸山さんにとってのひとつの悪い実は、居酒屋で喧嘩をして相手を死なせてしまったということです。それであなたは逮捕されて刑務所に入れられることになった。あなたは自分の行いを反省し、悔い改めようとしているので、つまり悪い実は摘み取られたということになる。ただ、自分の心の中に苦い根が残っているかぎり、また同じことをしてしまうかもしれない。今回、寺山さんという人を殴ってしまったのもあなたの中にまだ苦い根があるからだとわたしは思います。だから、わたしと一緒にご自身の中にある苦い根を探してみませんか？」

「そう言われてもねえ……」

「丸山さんは子供の頃から怒りっぽかったんですか？」

宗佑が問いかけると、丸山が思い出すように視線を上げて唸（うな）った。しばらくするとこちらに視線を戻して口を開く。

「いや……ガキの頃はそんなことなかったと思います。むしろ怒りっぽい人間が大嫌いでした」

「それはどうしてですか？」

「親父がそういう人間だったんでね。大酒飲みで、酔っぱらって家に帰ってきてはお袋やおれに暴力を振るってました。大嫌いっていうより憎んでましたね」

「お父様は今もご健在なんですか？」

宗佑が訊くと、「知りません」と丸山が首を横に振る。

「おれが中学生のときに女を作って出ていったんで」

「そうですか……お父様に対していろいろと思うところがおありでしょうね」

「思うところ……ね。あいつのことを許せないって気持ちであふれ返ってますよ。子供の頃には親父のようには絶対にならないと誓ったはずなんだけど……気づいたらおれも親父と同じようになってたってことか。いや、おれたちの前から消えてからのことは知らないけど、少なくとも一緒に暮らしてた頃は人を殺したわけじゃないから、おれのほうがタチが悪いってことだね。どうしてこんなふうになっちまったのかね……」丸山が嘆息する。

子供の頃には親父のようには絶対にならないと誓ったはず――

丸山の言葉を宗佑は頭の中で反芻した。

その誓いが強ければ強いほど、父親を許せないという思いに束縛され、そのことに囚われてしまうのだろう。

「お父様のことを許しませんか？」

宗佑の言葉にびくっとしたように、うつむいていた丸山が顔を上げた。

「あいつを許す？」

「ええ。簡単なことではないのは承知していますが、丸山さんにはそれが必要だと思います」

許すことで負の連鎖を断ち切り、そうしたときに初めて父親の影に囚われず、丸山にとっての新たな道が切り開かれるのではないかと宗佑は思っている。

「先生……そりゃあ難しいなあ」困ったように丸山がふたたび頭をかいた。

「焦らず、じっくりいきましょう」そう言って宗佑は丸山に微笑みかけた。

宗佑は刑務所の庶務課に立ち寄って預けていた鞄を受け取った。持っていた聖書とヒムプレーヤーを鞄にしまい、代わりにスマホを取り出して上着のポケットに入れる。

刑務所の敷地から出てバス停に向かいながら、宗佑はスマホを確認した。由亜からＬＩＮＥのメッセージが届いている。

『おじさんに会いたいんだけど。できるだけ早いほうがいいな』

何かあったのだろうか。できるだけ早いほうがいいな――という言葉が気になった。

『六時以降なら今日でも大丈夫だけど』

バスを待っている間にメッセージを送ると、すぐに返信が届いた。

『じゃあ、六時半に池袋の西武の屋上でどうかな？』

『わかった』とメッセージを打ちながら、自分の鼓動が速くなるのを感じた。

先日、真里亜に会ったときにされた話を思い出す。

近いうちに由亜に話すつもり――

由亜は真里亜から血がつながった親子ではないと聞いたのではないか。

ドアを開けて屋上に出た瞬間、頬に冷たい風が触れた。薄闇の中を歩いていると、子供用の遊具の前に置かれたベンチに腰かけている由亜を見つけ、宗佑は近づいていく。

気配を感じたようで由亜がこちらに顔を向けた。両手を上着のポケットに入れて身体を丸めている。

「寒いだろう？　話だったら喫茶店でしないか？」

由亜が首を横に振る。

「お腹の子供に障るかもしれない」さらに宗佑は言った。

「そんなに長い話じゃないし。今日はずっとお天気だって言ってたから、おじさんと星空のもとで話したいと思って」

「じゃあ、何か温かいものを買ってくるよ。何がいい？」

「ミルクティー」

宗佑は近くにある自動販売機に行き、ホットのミルクティーとコーヒーを買ってベンチに戻った。由亜の隣に座り、ミルクティーを差し出す。

プルタブを開けてミルクティーをひと口飲むと、由亜が空を見上げた。宗佑も同じようにコーヒーに口をつけて頭上に視線を向ける。漆黒の中にいくつかの小さな星がきらめいていた。

「……おじさんは知ってたんだよね」

その声に、宗佑は由亜に視線を移した。彼女は空を見上げたままだ。

「……わたしがお母さんの本当の子供じゃないって」

「ああ……お母さんからどんな話を聞いたんだ？」

「わたしの本当のお母さんは、お母さんの妹の優里亜さんという人で、わたしを産んですぐに交通事故で亡くなったって。お父さんが誰であるかわからなくて、他に身寄りもないから、わたしを養子にしたって……」

違う。きみの本当の母親は交通事故で亡くなったのではない。それに父親もきみの目の前にいる。

「その話は本当なの？　わたしのお父さんはどこにいるのかわからないの？」

こちらを見つめられながら由亜に訊かれ、宗佑は煩悶した。

きみの父親は目の前にいると伝えたい。それと同時に心から謝りたい。

母親の優里亜を裏切って死なせてしまったこと。きみに寂しい思いをさせ続けてしまったこと。

本当のことを話して楽になりたい。

でも、怖い……。

「本当だよ」

宗佑が言うと、「そう……今までありがとう」と由亜が寂しそうに笑った。

「……礼を言われることなんて何もしていないよ」

「いきなりひとりで子供を育てなくちゃならなくなったお母さんを、父親がいなくて寂しい思いをしているわたしを助けてくれたじゃない。お母さんがやってたお店のお客さんっていうだけなのに」

そうじゃない。自分の子供だからだ。

たいしたことはできないが、ほんの少しだけでも自分の子供のために何かしたかった。

「わたしはとても幸せだよ……わたしのまわりには大好きなお母さんがいて、頼りがいのあるおじさんがいて、優しい康弘さんがいる。わたしは本当に幸せ者だなあ……」

薄闇の中で、由亜の頬に涙が伝っていくのがわかった。

「実は来月の十六日に結婚式を挙げるんだ。おじさんに来てもらいたかったから日曜日じゃなくて土曜日にしたけど、来られそう？」

「何があっても絶対に行くよ」

「よかった。あと、ひとつ頼みがあるんだ」

「何？」

「わたしと一緒にバージンロードを歩いてほしいんだけど」

その言葉を聞いて、胸の底から熱いものがこみ上げてくる。

思わず涙してしまいそうになり、宗佑はふたたび夜空を見上げた。

「式場の人に訊いたら、エスコートする人は自分を大切にしてくれた人なら誰でもかまわないんだって」

「それならお母さんがいいんじゃないかな」

「ううん。お母さんにはバージンロードを歩くわたしの姿を見てほしいから。ねえ、いいでしょう？」

「ああ……わかったよ」

宗佑は目を閉じて、そのときの娘と自分の姿に思いを馳せた。

「思い切ってイメチェンしてみようかな」

目を開けて宗佑が言うと、由亜が首をひねった。

「少しでもエスコート役の見栄えがよくなるよう、口ひげを剃って眼鏡じゃなくコンタクトにしてさ……どう思う?」

「それ、すごくいいと思う。きっと今よりも若々しく見えるよ。結婚式が楽しみ」弾けるような笑顔をこちらに向けて由亜が言った。

3

雑誌から視線を移すと、窓の外に若い女が歩いているのが見えた。

自分と同じぐらいの年に思える茶髪の女だ。外は寒い。それなのに黒いコートの中に着たピンクのインナーの胸もとをはだけさせている。女はそのままこのコンビニに入ってきてカゴを手に取った。

雑誌を棚に戻すとキャップを深くかぶり直して、カゴを取って店内をうろついた。スナック菓子とストッキングをカゴに入れて、女がレジに向かう。

瓶ビールを二本とガムテープをカゴに入れて女の後ろに並んだ。

女が会計を済ませてレジから離れる。

「お次のかた、どうぞ」

レジに行ってカゴを置いた。目の前の男の店員が瓶ビールとガムテープのバーコードを読み取っていく。

「八百二十三円になります」

ポケットから取り出した千円札を投げて、レジ袋を受け取ると、そのまま出口に向かった。後ろから声がしたが無視してコンビニを出る。ポケットから手袋を出してはめ、女が歩いていくほうに向かう。近くの白いマンションに女が入っていった。続いて入っていくとオートロックのインターフォンの前に立っている女の背中が見えた。

「こんばんは」

後ろから言うと、女がこちらを向いて「こんばんは」と返した。女が手にしていた鍵を機械にかざすとドアが開いた。

女に続いて中に入ると、郵便ポストの前で立ち止まる女を素通りしてエレベーターを探した。階段の横にエレベーターがあった。七階で止まっている。

足音が聞こえてきてからボタンを押した。

女がそばに立って、エレベーターを待つ。ドアが開くと先に乗って「何階ですか」と訊いた。

「あ……六階をお願いします」

六階のボタンを押した後、五階のボタンを押す。

五階でドアが開き、エレベーターから降りた。すぐに階段を上がる。六階に行くと階段を上がったところから三つ目のドアの前に女が立っている。

音を立てないように近づいていき、手が届くところまで来たタイミングで「落とし物ですよ」と声をかける。

「え?」とこちらを向いた女の顔に持っていたレジ袋を一振りした。

鈍い音がして、膝(ひざ)を崩した女をすぐに抱きかかえる。片手を伸ばして女が床に落とした鍵とレジ袋をひろう。鍵でドアを開けると、女とともに中に入った。真っ暗な中で女から手を離すとまた鈍い音がした。

しばらく手探りして明かりをつけた。仰向けになって廊下に倒れていた女はつぶれた鼻から血を流し、大きな目でこっちを見ていた。

「い、いや……殺さないで……」

大きな目から涙を流し、身体を震わせて、詰まった声で言う。

口もとに人差し指をあてると、女が小さく頷いて従った。

物わかりのいい女だ。

「大丈夫。殺さないから」

今はまだ――

4

ノックの音が聞こえた。

「どうぞ――」と宗佑が声をかけると、ドアが開いて刑務官の青柳に連れられた舎房衣姿の男性が部屋に入ってきた。

一ヵ月半ほど前に初めて個人教誨をした奈良昇平だ。

「それではよろしくお願いします」と言って青柳が外からドアを閉めると、前回と同様に奈良がうつむきながら宗佑のほうに近づいてくる。

握手をして椅子に促すと、うつむいたまま奈良が向かい合わせに座った。

「少し間があったね」宗佑は奈良に向けて言った。

前回会ったときから二回個人教誨で刑務所を訪れたが、いずれも希望者の中に奈良は入っていなかった。

「教誨を受けるべきか迷っていたので……」奈良が呟くように言う。

「どうしてだい？」

宗佑の問いかけに奈良は何も答えない。

「自分は赦されるべきではないと思っているからかな？」宗佑は当たりをつけて言った。

前回の個人教誨で、神の前ではどんな人も赦されるという聖書の教えに納得がいかないと奈良は激しく食って掛かってきた。

「この前も話したけど、社会的にきみの犯した罪が消えるわけではないし、被害者のご家族がきみを許すかどうかもわからない。神の前で赦されるというのはそういうことではないんだ。きみは自分が起こしてしまった事件について、今どのように思っているんだろう？」

「どのようにって……長い間刑務所に入れられてもしかたのないひどいことをしたと思っていますよ」顔を伏せたまま奈良が言う。

「全面的に自分が悪かったと？」

「……そうは思っていません。殺したのは悪いと思っているけど、だけど……おれは彼女のことを心底大切に思っていたのに……そんなおれの気持ちを彼女が踏みにじったから……おれの気持ちを彼女がきちんと受け止めてくれていたら、ストーカー扱いなんてしなければ……おれもあんなことはしなかったでしょう」

「彼女のことが許せなかったから殺してしまった？」

「そうですね」

「今でも許せずにいる？」

うつむいたまま奈良が頷いた。

「そりゃあ……彼女のせいでこんなところに入ることになったんですから。満期でここを出るときには五十近くの中年ですよ。おれは彼女の命を奪ったけど、おれも彼女から人生の可能性を奪われたんですよ」

「きみは自分が誰からも許されないと思っているから、彼女のことを許せずにいるんじゃないかな？」

宗佑の問いかけを聞いて、奈良がゆっくりと顔を上げた。どんよりとした暗い眼差しでこちらを見つめる。

「人は自分が赦された存在だと知ったとき、相手を許すこともできるんじゃないかとぼくは思ってる」

宗佑の言葉に反応したように、奈良が目を見開いた。

「きみが彼女を許せずにいるかぎり、罪を悔いることも反省することもできず、自分が起こした事件と真正面から向き合うことはできないんじゃないかな。そんな日々を送っていても、何も変わらない。罪悪感に苦しめられながら同時に彼女への憎しみをたぎらせて、自分の生きる目的を見いだせないまま人生を送るか、神の前で赦され、自分の生きる目的を見つけて残された人生を贖罪（しょくざい）に充てるのか……どちらの人生がきみにとっていいだろうか？」

こちらを見つめ返しながら、宗佑が話したことを咀嚼（そしゃく）しているようだ。

「ひとつ訊いていいですか？」

ふいに奈良に言われ、「何かな」と宗佑は促した。

「保阪さんは子供の頃からクリスチャンなんですか？」

「違うよ。洗礼を受けたのは二十二歳のときだ」

「どうしてクリスチャンになったんですか？」

自分の罪を赦されたかったからだ。

「ぼくにも神に赦されたいと思うことがあったんだ」詳しい事情には触れずに宗佑はそれだけ言った。

「ところで……保阪さんには子供はいますか？」

奈良に訊かれ、脳裏に由亜の姿が浮かんだ。

「いや、いないよ」

「奥さんは?」

「独身だ」

「そうですか……じゃあ、訊いてもしょうがないかな」奈良がそう言って視線をそらす。

「答えられることかどうかわからないけど、とりあえず話してみたら?」

奈良が逡巡(しゅんじゅん)するようにこちらに視線を戻す。

「もし、保阪さんに子供や奥さんがいたとしてですけど……おれがやったように大切な家族が誰かに殺されたとしたら、その犯人を許せますか?」

そのことを欠片(かけら)でも想像してしまい、胸に鈍い痛みが走った。

同時に今朝がたテレビで観たニュースを思い出す。

昨日、世田谷(せたがや)の経堂(きょうどう)にあるマンションで若い女性の遺体が発見されたという。女性は由亜と同じ二十五歳で、両手と両足を縛られた状態で絞殺されたと知り、痛ましい思いに苛まれた。

もし由亜が同じような目に遭わされたとしたら——

しばらく考えてから、「わからない……」と宗佑は首を横に振った。

奈良が食い入るようにこちらを見つめる。

「ぼく自身は許せるかどうかはわからない」

正直に告げると、「そうですよね……」と奈良が溜め息を漏らした。

「だけど、神に赦されることは拒まない」奈良の目をまっすぐ見つめ返しながら宗佑は言った。

5

着信音が聞こえて、宗佑は目を開けた。真っ暗な中で枕元に置いたスマホから淡い明かりが漏れている。

宗佑はスマホをつかんでベッドから起き上がった。スマホ画面の『真里亜』の名前を見てすぐに「もしもし……」と電話に出る。

「こんな時間にごめんなさい――」

こんな時間と言われても今が何時なのかわからない。電気をつけて時計を見た。午前二時四十分だ。

「どうしたんだ?」宗佑は訊いた。

「ついさっき康弘さんから電話があって……ただ、由亜が……由亜がって言うだけで要領を得ないうえに泣きじゃくってて……わたしも何が何だかわからないんだけど。今、練馬(ねりま)警察署にいるっていうのが聞き取れて……それで電話が切れちゃって……かけ直してもつながらないの」

「練馬警察署?」

訊き返しながら、真里亜と同じように自分の声も震えているのに気づいた。

嫌な予感に胸が締めつけられるように痛くなる。

「そう。何か事故か事件に巻き込まれたのかもしれない。これからタクシーで東京に行こうと思う」

仙台から東京まで来るには四時間以上はかかるだろう。タクシー代も膨大な金額になる。

「これからおれが練馬警察署に行くよ。きみは朝一番の新幹線で来ればいいんじゃないか。何かわかったらすぐに連絡を入れるから」

「わかった……よろしくお願いします……」

電話を切るとすぐに服を着替え、取る物も取り敢えず牧師館を出た。早足で大きな通りに向かい、何台かのタクシーをやり過ごしながら何とか捕まえて乗り込む。

「練馬警察署まで」

運転手に告げてタクシーが走り出す。座席にもたれかかり、膝の上に手を置いた。激しく震えている。

何が起こったかわからないが、どうか無事でいてくれと心の中で神に懇願する。

それまではなかなか警察署にたどり着かないことにもどかしさを噛み締めていたが、「もうすぐですよ」という運転手の声を聞いて怖気に襲われた。

警察署の前でタクシーが停まった。一万円札を渡して釣りを受け取らないままタクシーを降りて建物に駆け込む。無人の受付に向かい、「すみません」と大声で呼びかけると制服姿の男性が出てきた。

「北川由亜さんという女性についてお訊きしたいのですが」

男性の表情が硬くなったのがわかった。

「あなたは？」

「わたしは由亜さんのお母さんの友人で、彼女は仙台にいまして、取り急ぎわたしが事情を伺いたいと。由亜さんに何があったんでしょうか？」

「今、係の者を呼びますので、そちらでお待ちください」

受付の前にあるベンチを手で示され、宗佑はそちらに向かった。だが、ベンチには座らずそのまま待つ。しばらくすると背広姿の自分と同世代に思える男性がこちらに向かってきた。

「北川由亜さんの関係者のかたですか？」

男性に声をかけられ、宗佑は頷いた。

「刑事課の中西（なかにし）といいます。北川由亜さんのご親族のかたでしょうか？」

「いえ……由亜さんのお母さんの友人です。仙台にいてすぐにこちらに来られないもので、わたしが事情を伺いに来ました。由亜さんの婚約者の木本康弘さんはこちらにいるんですか？」

「いえ、病院にいます」

「病院？」

「こちらで事情を聴いているときに過呼吸で倒れてしまって、それで救急車で……」

「あの……由亜さんは？」

ためらいながら宗佑が訊くと、中西が口もとを歪（ゆが）めた。

「お亡くなりになりました。現在、殺人事件として捜査中です」

頭の中が真っ白になった。

「――大丈夫ですか？」

その声に我に返り、宗佑は顔を上げた。目の前に立っている中西が心配そうな表情でこちらを見下ろしている。

中西の言葉を聞いた瞬間、意識が朦朧となり、膝をついてしまっていた。

意味がわからない。由亜が亡くなったとはどういうことなのだ。

殺人事件として捜査中とはいったい……まったく意味がわからない。そんな話を信じられるわけがないだろう。

中西に肩を支えられながら、小刻みに震える足に力を込めて宗佑は何とか立ち上がった。すぐに先ほどの言葉の意味を問い質そうとしたが、唇が戦慄いて声にならない。

「こちらでは何ですので、別室でお話ししましょう」中西がそう言って歩き出した。

警察署の受付の前から離れる彼の背中についていこうとするが、足もとが沈み込む感覚がしてうまく歩けない。

何とかエレベーターの前にたどり着いて乗り込むと、中西が二階のボタンを押した。エレベーターを降りて中西に続いて廊下を進む。一番奥の部屋の前で中西が立ち止まった。

ドアを開けた中西に「こちらにどうぞ」と促され、宗佑は中に入った。真ん中に机と四脚のパイプ椅子が置かれただけの簡素な部屋だ。

「そちらにお座りになって少しお待ちください」

そう言って中西が部屋を出ていき、宗佑は向こう側の椅子に座った。ふたたび膝が激しく震えだす。両手で膝をつかんで抑えようとするが、そうしようとすればするほど全身に震えが伝播(ぱ)していく。

ドアが開いて中西が部屋に入ってきた。手に持っていたプラスチック製の湯飲みを宗佑の前に置き、向かい合わせに座る。

「安いお茶で申し訳ありませんが、よろしければお飲みください」

「ありがとうございます……」

そう答えて湯飲みに視線を移したが、とても手を伸ばす気にはなれない。

「午後十一時五十分頃、木本康弘さんから一一〇番通報がありました」

その声に、宗佑は中西に視線を戻した。

「木本さんもひどく狼狽(ろうばい)していたせいか、電話を受けた通信指令室の者もすぐには状況を把握できなかったようですが……ようやく由亜さんの部屋を訪ねたら彼女が亡くなっているのを発見したと聞き出して、警察が自宅に駆けつけました。インターフォンを鳴らしても応答がなく、鍵もかかっていなかったのでそのまま部屋に入ると、奥の一室で亡くなっている女性と、その傍らにいる木本さんを確認しました」

「その……亡くなっていた女性というのは……本当に由亜……いや、由亜さんなんですか?」

絞り出すように宗佑が訊くと、中西が頷いた。

「由亜さんは今どこにいるんですか?」

「ここにある霊安室に安置されています。この後、司法解剖を行います」

「会わせてもらえませんか」

どうしても信じたくない。少なくともこの目で由亜の顔を確認するまでは信じられるはずがない。

「ご遺体のほうは木本さんが確認しています。北川由亜さんで間違いないと」

「でも……」

「ご覧にならないほうがいいと思います」

強い口調で遮られ、「どうしてですか！」と宗佑は言い返した。

「ご遺体の損傷が激しいんです」

「損傷が激しい？」

中西が頷いて、こちらからわずかに視線をそらした。

「どう激しいんですか？」

宗佑の問いかけに、中西は答えようとしない。

「由亜はいったいどんなふうに……教えてください……！」

頭に血が上りながらも机に身を乗り出して宗佑が強く訴えると、中西が溜め息を漏らしてこちらに視線を合わせた。

「発見したときのご遺体は両手と両足をガムテープで縛られていて、顔面には鈍器のようなもので複数回殴打されたと思われる激しい傷跡があり……」

背中に悪寒が走り、さらに胃から何かがせり上がってきそうになって、宗佑は思わず手を口に当ててうつむいた。

「婚約者の木本さんでさえ、お顔を見ただけではすぐに由亜さんだと確信が持てなかったほどの損傷です。それでも黒子（ほくろ）などの身体的特徴から由亜さんで間違いないと……」

「そう、ですか……」必死に吐き気をこらえながら宗佑は呟いた。

「その後、木本さんにこちらに同行していただき、由亜さんを発見するまでの経緯をお訊きしました。木本さんは北川由亜さんが住んでいる練馬から二駅離れた江古田に在住とのことですが、昨夜の十時頃に『アイスクリームが食べたくなったのでコンビニに行く』とLINEのメッセージがあってから、メッセージが返ってこないことに不安を抱いたそうで。いつもでしたらどこかに出かけて帰宅したら必ずメッセージがあって、しかも深夜で心配になり、それで彼女のマンションに駆けつけたら、部屋の前の廊下にアイスクリームが入ったコンビニのレジ袋が落ちていて、さらにドアに鍵がかかっていないことから不審に思いながら部屋に入ったところ、先ほどお話ししたような状態で由亜さんが亡くなられていたとのことです」

中西の言葉を聞きながら、木本は由亜のその凄惨な亡骸を目の当たりにしたのだとあらためて思った。

そのときの彼の衝撃と苦しみを想像した。もし自分がその姿を目の当たりにしていたなら正気でいられたとは思えない。

「聴取の途中でトイレに行かれたんですが、なかなか戻ってこないので確認に行ったところ、過呼吸を起こして倒れているのを見つけて病院に搬送しました」

おそらくトイレに行った際に木本は由亜の母親である真里亜に電話をしたのだろう。そのすぐ後に倒れてしまい、それ以降真里亜からの電話に応答できなかったのではないか。

ふいに上着のポケットの中が振動して、宗佑はびくっとした。ポケットからスマホを取り出すと、画面に『真里亜』の文字があった。

なかなか宗佑からの連絡がこないので心配になり、電話をかけてきたのだろう。

「どうぞ、お話しください」

中西に言われたが、スマホの画面を見つめながら宗佑は出ることができなかった。

何て言えばいい。

由亜が亡くなった——いや、殺された——

少なくとも電話やＬＩＮＥで伝えられることではない。

宗佑はスマホを上着のポケットにしまい、自分の苦悶を煽り続ける振動にひたすら耐えた。

受付の前のベンチに座ってドアのほうを見つめていると、真里亜が入ってくるのが見えた。すぐに自分に気づき、「宗佑さん——」と怒りを滲ませた表情でこちらに向かってくる。

「何度も電話やＬＩＮＥをしたのよ！　どうして連絡してくれないのよ」

今までに真里亜から何百回もの電話やＬＩＮＥの着信があったが、どうすることもできずに放置した。

「すまなかった……」

それしか言えず、宗佑は力なくベンチから立ち上がった。真里亜のほうに視線を向けていても目を合わせることができない。

「いったい何なの……？　由亜は？　康弘さんは？」先ほどとは打って変わって不安そうな声音で真里亜が訊く。

「康弘くんは今病院にいる」

何とかそれだけ答えると、真里亜が首をかしげた。

「病院？　由亜は？　由亜はどこにいるの？」悲痛な眼差しをこちらに向けて訊いてくる。

真里亜と対面したらきちんと話さなければならないと思っていたが、今の自分にその勇気はない。

宗佑は真里亜に何も答えられないまま受付に向かった。立っていた制服姿の職員に「刑事課の中西さんをお願いします」と告げる。

「刑事課って何？」そばについてきた真里亜が怪訝そうに訊く。「……ねえ、いったい何なのよ⁉」

真里亜からのさらなる詰問にしばらく無言で耐えていると、ようやく中西がこちらに向かってくるのが見えた。

「こちらが由亜さんのお母さんです」

「そうですか。わたくし、刑事課の中西といいます」

中西が真里亜に向けて言うと、こちらに目配せした。

「まだ事情は話していません」

宗佑が言うと、「そうですか……」と中西が憐憫の表情で頷いた。

「こちらでお話ししましょう」

中西に促され、先ほど通された二階の部屋に三人で向かった。

部屋に入ると机の一方に宗佑と真里亜は並んで座った。お茶を出しても飲む気にはなれないだろうと悟ったのか、今度は中西がすぐに向かいに腰を下ろす。

「いったい何があったんですか……由亜はどこにいるんですか？　康弘さんが病院にいるって……どういう……」

真里亜の言葉を聞きながら中西が居住まいを正したのを見て、宗佑は目を閉じた。

それを知ったときの彼女の反応を見るのがどうにも怖い。

「大変残念ですが、由亜さんはお亡くなりになりました」

息を呑む音だけが聞こえた。

「昨夜の十一時五十分頃、木本さんが部屋で亡くなっている由亜さんを発見して警察に通報しました。現在、殺人事件として捜査しています」

「嘘……嘘よ……」

悲痛な呟きが耳に響く。

「これは本当の話です。どうかお気を確かに……」

「そんなの嘘に決まってるわ！　どうしてあの子がそんな……！」

宗佑は目を開けて、隣の真里亜を見た。射貫くような鋭い眼差しを中西に向けている。

「お気持ちはよくわかります。でも、由亜さんがお亡くなりになったのは事実です。これから由亜さんやご家族の無念を晴らせるよう犯人逮捕に全力を挙げますので……」

「由亜はここにいるんですか」

中西が頷いた。

「地下にある霊安室に運ばれています。この後、司法解剖を行います」

「会わせてください。今すぐ由亜に会わせてください！」

「会わせてください……由亜に会わせて……わたしは信じない……それはきっと由亜じゃない。」

宗佑が言うと、中西が沈痛な表情になった。

「由亜は妊娠七ヵ月だったんです」

木本からその話は聞いていないようだ。

涙交じりの真里亜の叫び声に、中西がこちらを見て首をひねった。

「あ……赤ちゃんは……」

先ほどの自分と同じように真里亜が手で口もとを押さえて激しく嘔吐いた。

「由亜さんの顔には鈍器のようなもので複数回殴打されたと思われる激しい傷跡があり、木本さんでさえすぐには由亜さんだとわからない状態でした」

怒気のこもった眼差しがこちらから中西に向けられる。

「痛ましい？」

「由亜さんのご遺体は非常に痛ましい状況です」

髪を振り乱して詰め寄ってくる真里亜の肩に宗佑は手を添えて「落ち着くんだ」と宥めようとした。

「わたしは由亜の母親よ。すぐそばにいるのにどうして会えないっていうのよ！」

「より辛い思いをする」そうとしか言えない。

「どうしてよ⁉」

中西の代わりに宗佑が言うと、真里亜がこちらに顔を向けて睨みつけてくる。

「会わないほうがいい」

由亜の家に行ったらいきなり亡くなってる人がいて、康弘さんは気が動転して由亜と勘違いしただけよ。だって康弘さんだって最初はわからなかったんでしょう。わからないぐらい顔が……顔が……母親のわたしが見ればはっきりする……由亜じゃないって……」真里亜が嗚咽を漏らしながら必死に訴える。

「わかりました。そこまでおっしゃるのであれば……ご対面ください」

中西の言葉に反応したように真里亜が顔を上げた。

「いいのか?」

宗佑が問いかけると、真里亜が小さく頷いて椅子から立ち上がる。

「保阪さんはどうされますか?」

中西に訊かれて、宗佑はためらった。

そのような無残な姿の由亜と対面したら自分の正気を保てる自信がない。だが、真里亜をひとりにさせるわけにはいかないという気持ちが勝った。

「わたしも行きます」

宗佑は立ち上がり、三人で部屋を出た。エレベーターに乗って地下一階に向かう。中西に続いて廊下を進んでいくと『霊安室』と札の掛かった部屋の前で立ち止まる。

「どうぞ」

ドアを開けて中西が促したが、真里亜はなかなか中に入ろうとしない。

「やっぱりやめておくか?」

宗佑の言葉に、真里亜がうつむきながら子供のように嫌々と首を振る。

真里亜の手を握り締めて宗佑は一緒に部屋に入った。中央に台が置いてあり、その上に寝かされている人物の顔と身体は白い布に覆われている。

ドアが閉まる音が聞こえて、中西が台の奥にある祭壇に近づいた。線香に火をつけて祭壇の香炉に供えると、台に寝かされている人物に向けて手を合わせた。

「それでは、よろしくお願いします」そう言って中西が顔を覆った白い布をはがした。

その顔貌（がんぼう）を目にした瞬間、心臓を貫くような痛みが走り、全身が凍りついた。

彼女の絶叫が響き渡る。

6

「何があったんですかね……」と運転手の呟きが聞こえて、宗佑は目を開けた。

道路の左車線に何台もの車が縦列駐車をしている。その中のいくつかに描かれたテレビ局のロゴマークを見て、胃のあたりに鈍い痛みが走った。

タクシーが斎場の駐車場に入ると、それを追うように歩道に群がっていた人たちがついてくる。建物の入り口の前に停車したタクシーはすぐにマイクやカメラを持ったマスコミに取り囲まれた。

「北川由亜さんのご親族のかたでしょうか？」

「犯人に対してどのような気持ちを持たれていますか?」

「経堂の事件の被害者のご遺族は絶対に許せないと怒りをあらわにされていました……犯行の類似性から同一犯ではないかと思われていますが」

タクシーから降りるなり矢継ぎ早に訊かれてマイクを突きつけられる。

「申し訳ありませんが、何も言うことはありませんので。静かに故人を送らせてください」

宗佑はそう言いながら早足で建物に駆け込んだ。受付で香典を渡し、芳名帳に記載して会場に入る。祭壇の前にいる真里亜を見つけて近づく。

「外はすごい騒ぎだな」

宗佑が声をかけると、遺影を見つめていた真里亜がこちらに顔を向けた。表情を歪めながら頷く。

無数の花に囲まれた祭壇の前に置かれた棺(ひつぎ)に目を向けた。小窓は閉じられている。

「由亜の顔を見る?」

真里亜に訊かれ、宗佑はためらった。

警察署の霊安室で見た由亜の姿が今でも脳裏にこびりついている。

あまりにも変わり果てた娘の姿が。

ふたたび由亜の姿を目にするのは怖い。だが、明日を過ぎてしまえばどんなに望んでももう見ることができなくなる。

せめて顔を見ながら最後の別れをしてやらなければ、由亜があまりにもかわいそうだ。

宗佑が頷くと、真里亜が両手を伸ばして小窓の扉を開けた。由亜を見つめる。

化粧を施されたおかげか顔の損傷はそれほど目立たなくなっていたが、それでも自分が知っている由亜とはどうしても思えなかった。

「小窓はどうしましょうかと、さっき係の人に訊かれた」

「閉じよう。ぼくたちが見てあげればいいだろう」

宗佑が言うと、真里亜が名残惜しそうな手つきで小窓の扉を閉じた。

「康弘くんは？」

先ほどから会場内を見回しているが木本の姿がない。

「さっきご両親がお見えになって……大変申し訳ないけど、とても参列できる精神状態じゃないと……」

「そうか……」

霊安室で対面した自分たちですら、由亜のあまりの変わりように正気を失いそうになった。事件現場となった部屋で由亜の遺体を発見した木本のショックは想像を絶するものだっただろう。

「そろそろ式が始まるわ」

宗佑は頷いて、真里亜とともに祭壇から離れた。

「……明日もありますので、わたしたちもこのへんで……」

向かいに座っていた木本の父親がそう言い、隣の妻を促して立ち上がった。

真里亜とともに宗佑は立ち上がり、最後に残っていたふたりに頭を下げた。

「それでは明日の出棺もどうかよろしくお願いいたします」

「康弘にも何とか来られるよう……」

「どうか無理はなさらないでとお伝えください。お辛い状況であることはわたしも痛いほどわかっておりますので」

真里亜とふたりで斎場の入り口に行って木本の両親を見送り、通夜ぶるまいをしていた部屋に戻った。今度は真里亜と座卓で向かい合わせに座り、互いに重い溜め息を漏らした。

「宗佑さん、今夜はどうする？」

「泊まっていってもいいかな」

「もちろん。由亜もそのほうが喜ぶわ」

真里亜が立ち上がり、部屋の隅に置いてある冷蔵庫に向かった。中から日本酒の瓶を取り出し、近くの棚からグラスをふたつ持って戻ってくる。

ふたりで献杯をしてグラスの酒を飲んだ。やるせない思いに苛まれる。

由亜が子供の頃から何度も仙台の家を訪ねたが、泊まったことは一度もない。

同じ屋根の下、初めて親子で一夜を過ごすのがこんな状況であるのが悲しくてしかたがない。

「後悔している……」

宗佑の呟きに反応したように、それまでうなだれていた真里亜が顔を上げて首をかしげる。

「由亜に本当のことを話したかった」

実の母親である優里亜を裏切って死なせてしまったという自分の罪も含めて、それまで寂しい思いをさせてしまった由亜に懺悔したかった。

すべてを伝えれば、きっと由亜から責められ、恨みごとを言われただろう。そして宗佑のもとから消えてしまうのではないかと恐れ、けっきょく伝えられなかった。

だが、たとえ由亜から罵詈（ばり）雑言を浴びせられたとしても、それを受け止める覚悟で自分の思いを伝えるべきだった。

もうその思いが叶（かな）うことはない。

「由亜は気づいてたよ……きっと……」

「どうしてそう思うんだ？」

「勘としか言いようがないけど……優里亜が本当の母親だという話をしたら、わたしのお父さんは誰だと訊かれた。わたしは知らないとしらを切ったけど、宗佑さんじゃないかとしつこく訊かれた。違うと言い張ったけど、由亜の顔を見たら納得していないんだろうって感じた」

そのうえで、バージンロードのエスコートを宗佑に頼んだのか。

「宗佑さんがお父さんだったらいいのにって由亜は常々言ってた」真里亜が寂しそうに言ってグラスに口をつけた。

7

差し出された一万八千円をつかむと上着のポケットに入れて景品交換所から離れた。

駅に向かって歩いているとズボンのポケットが震え、スマホを取り出した。

宮本(みやもと)からの電話だ。

「おまえ、今ヒマ?」

電話に出るなり宮本の声が聞こえた。

「まあ……ヒマって言えばヒマだけど」

「ちょっと仕事を頼みたいんだけど乗んない? けっこういい話でさあ」

また振り込め詐欺の仕事でも頼もうというのだろうか。

宮本とは少年刑務所を出た後にしばらくいた施設で知り合った。そろそろ出ていかなければならないが、住むところも仕事も金もなく困っていたときに、何度か金になる仕事を紹介してくれた。

あいかわらず住む家はない。所持金も先ほどパチンコで稼いだ金と合わせて二万円ほどだ。

「別にいいけど」

「じゃあ、詳しい話をしたいから今から池袋のバーに来られるか? 何度か一緒に飲んだ」

「わかった。これから行く」

ドアを開くと、鈴の音がしてすぐにカウンターの中にいた男が「いらっしゃいませ」と声をかけてくる。カウンターが十席だけの小さな店で他に客はいない。

「おひとり様ですか?」

見りゃわかるだろうと、答えないまま右端の席に座った。上着のポケットから煙草と百円ライターを取り出してカウンターに置く。

「何にしますか?」不機嫌そうに男が言いながら灰皿とコースターを置いた。

「ビール」

「生ビールでいいですか?」

「何でもいい」と返すと、男が奥のほうに離れていった。しばらくすると戻ってきて目の前にグラスを置く。

ビールをひと口飲んで煙草をくわえた。ライターをカチカチしたが火がつかない。百円ライターはすぐに使えなくなるのでイラつく。

「ライターかマッチ、ない?」

男が酒棚の下の引き出しを漁って百円ライターを取り出した。「これしかないので出るときに返してください」と言いながら手渡す。

ようやく煙草に火をつけて煙を吐き出した。ビールを飲む。

鈴の音が聞こえて、振り返った。

背広を着た男たちがぞろぞろと入ってくる。カウンターしかない店にこんなに入るわけねえだろうと思っていると、男たちがおれの背後を囲んだ。

「石原亮平(いしはらりょうへい)だな」

男のひとりに言われたが、無視してグラスに手を伸ばした。すぐにまわりにいた男に手首をつかまれ、同時に複数の手が伸びてきて全身を押さえつけられる。

「石原亮平——北川由亜さん殺害の容疑で逮捕する」

男の声とともに手首に冷たい感触がして乾いた音が耳に響いた。

「ちょっといいかな」

呼びかけると、ドアの横に置かれた机に向かっていた背広姿の男がこちらを向いた。

「腹のあたりが痛くてさ。別に逃げないから腰縄外してくれない？」

男が無視するようにこちらから視線を外す。

やっぱりだめかと鼻で笑った。

ドアが開いて、もうひとり男が入ってきた。こちらもびしっと背広を着込み、手に紙束を持っている。

「警視庁捜査一課の武藤(むとう)です」

男がそう言いながら紙束を机の上に置いて向かいに座った。

「取り調べの前に訊きます。名前を教えてください」

「黙秘します」

「年齢は？」

「黙秘します」

「職業は？」

「黙秘します」

「住所と本籍地は」

「黙秘します」

一通りの質問を終えると、目の前の男が冷ややかに笑った。

「さすがに前に経験しているからか、黙秘権のことはよくわかってるみたいだな。でも一応決まりだからもう一度言っておくよ。あなたには言いたくないことは言わなくてもかまわないという権利があります」

わかっているよと頷く。

「それではあなたの逮捕容疑について説明するから、正しいか間違っているか答えなさい。被疑者は平成三十一年二月七日午後十時十分頃、練馬区豊玉中三丁目五十二番十二号にあるスカイキャッスル豊玉二〇三号室に押し入り、北川由亜さんを殺害した後、立ち去ったものである」

「何のことを言っているのかよくわかりません」

「これについては黙秘じゃないんだな。じゃあ、二月七日の午後九時頃から十一時頃までの間、どこで何をしていたか教えてもらえるかな」

「覚えてないよ。そんな前のこと」

「二週間も経ってないんだよ。じゃあ、記憶を引き出してもらうためにこちらが調べたことを話そう。二月七日、あなたは午後一時頃から午後九時二十分頃まで練馬駅近くにある『ダイナミックボール練馬店』でパチンコを打ってたんじゃないか？　店内や景品交換所の防犯カメラにあなたらしい姿が映っている。それから約二時間半後の午後十一時五十分頃に、やはり練馬駅近くにある『楽ちん館』というネットカフェに入店して翌朝まで過ごしている。ちなみに店にはあなたの会員カードで利用したという記録がちゃんと残ってるてね」

「誰かが拾ったカードでおれの代わりに利用したんじゃない？」

「『楽ちん館』の会員カードをなくしたと？」

目の前の男に訊かれて頷いた。

楽しんだ前後に使っていたネットカフェの会員カードは念のために捨てるようにしている。

「さっき押収した財布の中を見てみればいいじゃない」

「そうか……じゃあ、あなたはスカイキャッスル豊玉の二〇三号室にはいっさい立ち入っていないということかな？」

「まあ、そういうことになるかな。防犯カメラにおれの顔でも映ってたかな」

「いや……」

目の前の男が首を横に振って、上着のポケットに手を突っ込んだ。取り出したものを机の上に置く。

保存用の袋に入った銀色のオイルライターだ。

「北川由亜さんの遺体のそばにこれが落ちていた。あなたの指紋がついている。以前の事件の際に採取したものと一致してね。これも誰かが拾ってあなたの代わりに彼女の遺体のそばに捨てたというのかな？」

男の言葉を聞きながらオイルライターを見つめる。

あそこに落としてしまったのかと、思わず笑ってしまった。

「何がおかしいんだ？」

「いや、何でもないです」笑いを抑えられないまま首を横に振った。

8

バスを降りてしばらく歩いていると、煉瓦造りの正門が見えてきた。

宗佑は正門を通り抜けようとしてその直前で思わず足を止めた。

このまま刑務所に入ったとして、自分は今までのように教誨ができるだろうか。

三週間ほど前、由亜を殺した犯人が逮捕された。

石原亮平という二十五歳の男だ。

警察から話を聞いた真里亜によると、逮捕された石原は当初犯行を否認していたが、由亜の部屋に残されていた自分の指紋がついたオイルライターを示されるとあっさりと容疑を認めたそうだ。さらに由亜の事件の一週間前、世田谷の経堂で遺体が見つかった女性の殺害も石原の手によるものだという。

由亜が殺されたことからくる動揺が激しく、前回予定していた個人教誨を休んだ。

事件のことを西澤に話すべきか迷ったが、とりあえず伏せておいたほうがいいだろうと体調不良を理由にした。

さすがに二回続けて個人教誨を休むわけにはいかないとここまで来たが、門をくぐることをためらっている。

宗佑はひとつ大きな息を吐き出すと門をくぐった。千葉刑務所の本館に入って廊下を進む。庶務課に立ち寄り、聖書とヒムプレーヤーを取り出した鞄を職員に預けて控え室に向かう。ノックをして控え室のドアを開けると、テーブルに向かって座っていた西澤が立ち上がった。

「保阪さん、お加減のほうはいかがですか？」心配そうな顔で西澤が訊いてくる。

「ご迷惑をおかけして申し訳ありませんでした。もう大丈夫です」

「保阪さんがお休みになるなんて初めてですから心配しましたよ」西澤がそう言って椅子に座り、お茶を淹れようとする。

「いえ、今日はお茶はけっこうですので」

宗佑が制すると、西澤が手を止めて顔を上げた。

雑談しているうちに自分の異変に気づかれてしまうかもしれないと危惧した。

知り合いが犯罪者に殺されたと知れば、西澤も自分との接しかたに戸惑うだろう。ひいては教誨師を辞めることになるかもしれない。もっとも、教誨師を続けたいという思いが自分の中にどれぐらいあるかもわからないでいるが。

いずれにしても、しばらくの間は冷静に考える時間がほしい。

「ひさしぶりでもありますし、どういう教誨をしようか少しひとりで考えたいと思っておりまして。申し訳ありません」

「わかりました。今日の個人教誨は奈良、丸山、井口、布施、山田の五人です」

その名前を聞いて気持ちが塞ぐ。すべて殺人を犯した者たちだ。

「わかりました」と宗佑は頷き、控え室を出て廊下を進んだ。教誨室に入ると、脱いだコートをハンガーに掛けて教卓の前に座った。肘をついた両手で頭を抱えて目を閉じ、何とかして心を落ち着かせようとする。

これから会う五人は石原亮平のような人間ではない——

自分は彼らを導かなければならない。神の言葉によって彼らがふたたび悪い道に進まないよう……それが自分の使命なのだ……

ノックの音にはっとして、宗佑はドアに目を向けた。

「どうぞ——」

宗佑が声をかけると、ドアが開いた。青柳に連れられて奈良が部屋に入ってくる。以前のようにうつむいておらず、こちらにまっすぐ向けた顔つきも心なしか穏やかになっているように思えた。

「それではよろしくお願いします」

青柳が出ていってドアが閉まると、奈良がこちらに近づいてきて右手を差し出した。

その手を見つめながら今までに感じたことのないためらいを抱く。

彼はその手で人を殺した。由亜を殺した石原亮平のように。

だが、握手しないわけにはいかず、宗佑は軽く彼の右手を握った。背中が粟立つのを感じてすぐに手を離し、「どうぞ、座って」と椅子に促して奈良と向かい合わせに座る。

「体調を崩したって聞きましたけど大丈夫ですか?」奈良が訊いてくる。

「ああ、たいしたことはない。もしかして前回の個人教誨も希望してくれてたのかな?」

「ええ。一日も早く保阪さんと話がしたくて。待ち遠しかったですよ」奈良がそう言って照れたように笑う。

今日で会うのは三回目だが、この男が笑ったところを初めて見る。以前であれば嬉しく思っただろうが、今はそう感じられない。

「ぼくにどんな話をしたかったんだ？」宗佑は訊いた。

「前回、保阪さんに言われたことを実践してみました」

「ぼくに言われたこと？」

そう問いかけながら、どんな話をしたのか記憶をたどった。

「自分は赦されたと思うよう心がけていました」

奈良の言葉を聞いて思い出した。

人は自分が赦された存在だと知ったとき、相手を許すこともできるのではないかと奈良に問いかけた。殺した相手を許せずにいるかぎり、罪を悔いることも反省することもできず、自分が起こした事件と真正面から向き合うことはできないと。

わずか一ヵ月前の出来事だが、はるか遠い昔のことのように思える。

「自分は赦されるべき存在なんだと思うと、不思議と気持ちが楽になっていくのを感じました。同時にサキのことも許そうと少しずつ思えるようになりました……」

奈良は別れた元恋人のサキにストーカー行為を行ったうえ、彼女の身体を三十箇所以上メッタ刺しにして殺した。

「サキがおれに対して冷たい態度をとったのを許そうと思います。それでおれも神の前で赦されて、保阪さんが言っていたようにこれから頑張って生きる目的を見つけようと思います。刑務所から出た後にきちんとやり直せるように」

奈良の言葉を聞きながら、亡くなった人はやり直すことも生き直すこともできないのだという当たり前のことにあらためて気づかされた。

石原に殺された由亜も、奈良に殺されたサキという女性も。

サキの遺族が今の言葉を聞いたらどう思うだろうか。

神の前であったとしても、自分は赦されたと思う奈良を許すことができるだろうか。

そういう思いに導いた自分は赦されていいのだろうか。

サキの遺族や、犯罪者によって命を奪われた由亜から——

奈良と見つめ合っているのが苦しくなり、宗佑は顔を伏せた。

「どうしたんですか？　何か変なこと言っちゃったかな？」

奈良の声が聞こえる。

「いや……悪いけどちょっとトイレに行かせてもらうよ」

顔を伏せたまま宗佑は立ち上がり、教誨室を飛び出した。

「どうしたんですか？」廊下にいた青柳が問いかけてくる。

「ちょっとトイレに……」と言おうとしたところで我慢できなくなり、宗佑はその場に膝をついた。

極限まで溜まった煩悶に煽られるように床に向けて嘔吐した。

第二章

1

西平寺(さいへいじ)が近づいてくると、門の前に立っている真里亜が見えた。自分と同じように片手に花束を持っている。

「すまない。待たせたかな」

宗佑が声をかけると、「わたしも今来たところだから」と真里亜が返した。

真里亜とともに寺に入り、借りた桶(おけ)に水を汲(く)んで墓に向かった。

真里亜の両親の墓は渋谷(しぶや)区内にあるこの寺にあり、優里亜が亡くなった際にはここに遺骨を納め、さらに由亜も同じ墓に眠っている。

由亜の埋葬をしてすぐに真里亜は仙台での仕事を辞めて、いつでも墓参りができるように都内に移り住んだ。現在は板橋(いたばし)区大山(おおやま)にあるワンルームマンションで暮らし、都内の保険会社で働いている。

「木本くんとは連絡を取り合っているのか?」

宗佑が訊(き)くと、真里亜が首を横に振った。

「お母さんとは何度か電話で話をした。康弘さん、いまだに情緒不安定で仕事にもつけてないって」

由亜の葬儀の後、木本は仕事を辞めて新潟の実家に戻ったという。由亜の遺体を発見したときの心の傷が癒えていないのだろう。

「婚約者として裁判の傍聴をするべきだけど、とても耐えられそうにないということで……」

明日、由亜を殺した石原亮平の初公判が東京地方裁判所で行われる。その前に由亜の無念を少しでも晴らすような判決が下されるよう、ふたりで祈りに来た。

墓にたどり着くと、ふたりで掃除して花と線香を供えた。先に真里亜が墓前にしゃがみ込んで手を合わせる。

真里亜が立ち上がってその場を離れると、宗佑は墓前に向かった。手を合わせて目を閉じた。

宗佑は地下鉄霞ケ関駅の改札を抜けてA1出口に向かった。階段を上る気力がどうしても湧かず、エレベーターのボタンを押して到着を待つ。

この駅に降り立つのは今日で四回目となる。

あんなに楽しい思いをしたんだから、この世に思い残すことなく、いつでも死刑になってやるよ——

初公判では起訴状を読み上げた検察官に向かって被告人の石原亮平が不規則発言をして退廷させられそのまま閉廷となったが、それ以降は滞りなく審理が進んだ。

だが、事件現場に立ち会った警察官の証言や、ふたりの女性被害者の司法解剖をした専門家の所見を聞くにつれ、由亜の遺体を目の当たりにしたときの記憶をまざまざとよみがえらせてしまい、胸をえぐられるような苦しみに苛まれた。

さらにそれらの証言を聞いている石原の姿を見て宗佑は怒りに打ち震えた。

石原は終始薄笑いを浮かべ、ときには大仰にあくびをしたりして、自分が犯した罪に対する反省も罪悪感も皆無だった。

初めて石原を目にしてから宗佑はどうしようもない怒りと悲しみにのたうち回り、食事もまともに喉を通らず、悪夢にうなされる日々を送っている。

家を出るまでの間、今日の傍聴はやめようと何度か真里亜に連絡しそうになったが、どうにか思い留まった。

今日は午前中に被告人質問と、午後に検察の論告と求刑、弁護人による最終弁論が予定されていて、次回は判決公判だ。一審で石原の姿を見られる機会はあと二日ということになる。

せめてそのどこかで、苦しみ悶える石原の姿を見たい。由亜にしたことの報いとして、自分の命がそう遠くないうちに奪われるかもしれない恐怖に慄く姿を。

エレベーターを降りると、宗佑は東京地方裁判所がある合同庁舎に向かった。今日もマイクやカメラを持ったマスコミや、傍聴券を求める人たちの喧騒に包まれている。それらの人波をすり抜けながら進むと、建物の前に佇む真里亜を見つけて近づく。

約束より早い時間だったが「待たせてすまない」と宗佑が声をかけると、入り口のほうを見ていた真里亜がこちらに顔を向けた。

しばらく言葉もなくこちらを見つめていた真里亜が「ちゃんと食べてるの?」と暗い声音で訊いた。

「ああ……まあ……」

嘘だった。

「きみの体調は大丈夫か？」

真里亜が頷いたが、それも嘘だろうと思った。

彼女の目の下には化粧では隠し切れない深いクマが浮かび、頬のあたりもこの一週間ほどでかなり削げ落ちている。

自分と同様に真里亜の心も限界に近づいているのかもしれない。

一瞬、今日はこのまま帰ろうかと喉まで出かかったが、「それじゃ、行こうか」という言葉に必死に変えて、宗佑は入り口に向かった。

職員に持っていた鞄を渡し、金属探知機のゲートをくぐった。エレベーターに乗って七〇一号法廷に向かう。

廊下に立っていた職員に事件の被害者の関係者だと告げ、法廷に入っていつもと同じ左側の前から三列目の傍聴席に座る。

真里亜が鞄から取り出した由亜の写真を胸もとに掲げた。

これまでの公判で石原の心に何ら響くことはないと悟りながらも、宗佑も射貫くような眼差しを法廷に向けて開廷を待つ。

ふたりの刑務官に挟まれるようにして石原が法廷に入ってきた。あいかわらず薄笑いを浮かべながら年配の弁護人の隣に座り、手錠と腰縄を外される。

「ご起立ください」

男性の声とともに正面のドアが開き、三人の裁判官と六人の裁判員と二人の補充裁判員が入ってくる。

立ち上がることも頭を下げることもしない石原を視界の隅に捉えながら、宗佑は一礼して席に座った。

「それでは開廷します。今日は被告人質問でしたね。被告人は証言台の前へ」

男性の裁判長が言うと、弁護人に促されるようにして石原が立ち上がり、こちらのほうに向かってくる。

いつもそうしているように石原が真里亜の胸もとに掲げた遺影を一瞥して鼻で笑いながら証言台の前の椅子に座った。

「それでは弁護人、被告人質問を」

裁判長の言葉に、弁護人が紙束を持って立ち上がった。

「弁護人の徳村から質問させてもらいます。まず……今回の二件の殺人事件ではなく、八年前にあなたが起こした殺人事件について伺いたいのですが」

弁護人の言葉にかぶせるように「ババアのことか」とぞんざいな石原の声が聞こえた。

「あなたの祖母のことです」すぐに窘めるような口調で弁護人が言う。「あなたは十六歳のときに就寝中の祖母をバットで撲殺して警察に捕まりましたが、どうしてそのようなことをしたんですか?」

「うざかったからだよ」

「どのような点がうざかった……いや、うっとうしく思っていたんですか?」

「何でそんな昔のことをいちいち話さなきゃいけないんだよ」石原が面倒くさそうに言って首

を回す。

「話してもらえませんかね？　わたしは今まで何度となくあなたと接見してきましたが、今回の事件について以外、あなたはそれまでの自分のことをまったく話してくれなかった」

「話す必要なんかないだろう」

弁護人が溜め息を漏らしたのがわかった。手に持っていた紙をめくって口を開く。

「その事件の裁判記録によると、あなたが九歳のときに両親は離婚して、お父さんがあなたを引き取り、お母さんが当時十歳だったお姉さんを引き取ったとありますが、間違いありませんか？」

「そうだよ」

「あなたを引き取ってしばらくふたりで生活していたが、三ヵ月ほどすると女性が同居するようになり、離婚から一年ほど経ってあなたはお父さんに連れられて祖母、つまりお父さんのお母さんの家に行きましたよね。そのときのお父さんの話では仕事の都合で地方に行かなければならないから数ヵ月間ここで生活してくれということだったが、その後お父さんは戻らず、連絡してくることもなかった。お父さんはあなたよりも同居していた女性とふたりで生活することを望んで、祖母に預けられたのだと思ったと」

「だからどうしたんだよ」

「それまで年金でつましく生活していたのにさらに食い扶持がひとりぶん増えたと、祖母は事あるごとにあなたに辛く当たり、離れて暮らすお母さんやお姉さんからも連絡はなく、あなたは家族に捨てられたと思い、それから孤独感と絶望感を深めながら折り合いが悪い祖母と暮らすしかなく、就学意欲もなくし、さらに祖母もあなたに対してあまりお金を使いたくなかったから高校には進学できず、家に引きこもるような生活をしていた。ただ、祖母から働かないで家にお金を入れないことを口うるさく罵（ののし）られたことがきっかけで、それまで抱いてきた様々な不満が爆発してあのような事件を起こしてしまったと、当時の裁判で動機について証言していましたよね」

「そうだったかな。それが何？」冷ややかな口調で石原が訊く。

「あなたは自分を祖母に預けたお父さんや、離れて暮らしていて連絡の取れなかったお母さんに対してどのように思っていますか」

「感謝してるよ」

「感謝……ですか？」意外な答えに弁護人が訊き返す。

「そう。ババアと六年間暮らしたことがきっかけで、生きてるって実感できたんだよ。ほんの一瞬だったけど」

「どういうことですか？」意味がわからないというように弁護人が首をひねる。

「バットで最初の一撃をかましたとき、頭を狙ったんだけど誤って肩に当たったんだよ」

「それは……祖母を襲ったときの話ですか？」

「ああ。ババアが悲鳴を上げて起き上がろうとしてさ、それで続けざまに何度か頭を殴りつけたらすぐに息絶えちゃったんだけど、その瞬間、それまで味わったことのないような喜びを感じたんだよね。自分は生きてるって実感できた」

その後、少年刑務所を出てからのやり取りが続き、本件の殺人事件の話に移った。

「あなたは起訴状で読み上げられた二件の強盗殺人事件に関して間違いないと認めましたよね。ふたりの被害者に対して今どのように思っていますか？」

「どのようにって……」

その声と同時に鼻で笑う音が聞こえた。

「被害者はいずれも二十五歳の若い女性です。あなたは何ら面識のない、将来のあるふたりを殺したんです。申し訳ないことをしたという思いはまったくありませんか？」

「ないね」石原が即答した。

「本当に被害者に対して何も思っていないんですか？　あんな事件を起こしてしまった後悔もありませんか？」

「後悔してることはひとつあるね」

「何ですか？」弁護人が前のめりになって訊く。

「もっと慎重になっていれば、さらに殺せたのになって」

「弁護人からは以上です」

肩を落として弁護人が座り、「それでは検察官、反対質問を」と裁判長が促す。

宗佑たちの前の席にいる男性の検察官が立ち上がった。

「検察官の平本（ひらもと）から質問します。先ほどの弁護人からの話にもあったように被告人は起訴状の内容を認めましたが、そもそもあなたはどうしてあのような事件を起こしたんですか？」

「さっきも言ったように、生きてるっていう実感がほしかったから」淡々とした口調で石原が答える。

「それだけですか？　金品や、女性の身体は目的ではないんですか？」

石原は答えない。

「ふたりの被害者の遺体からは性的な暴行を受けた形跡は見受けられませんでした。ただ、被害者の女性は顔面を殴打されて鼻はへし曲がり、眼底も骨折して大量の出血をしていました。そういう顔貌（がんぼう）に性的な興味を持てなくなってしまっただけで、そうでなければ性的欲求を満たしたうえで殺害し、金品を奪おうとしたんじゃないですか？」

「正直言って女の身体にはそんなに興味はない。ただ、金に関してはついでにもらっていこうという思いはあったかな」

「さっき話していた、生きている実感がほしかったからという理由と金品を奪うとでは、どちらのほうが動機として強かったんですか？」

「もちろん前者だね。パチンコでそこそこ稼いでたから金はあくまでもついで。死んだんだから金持ってたってしょうがないでしょう」

憎々しげな眼差しで石原を見つめながら「そうですか」と検察官が頷いて話を続ける。

「女性の身体にはそんなに興味はないと言っていましたが、それならばどうして若い女性を狙ったんですか？　人を殺すことで生きている実感を得られるというのであれば、別に若い女性でなくてもいいでしょう。それこそ最初の犯行のように高齢者を狙ったほうが、腕力の差から簡単ではないですか？」

「あんたはわかってないよね。殺すんなら若いほうがいいっしょ？」

「どうして？」不快そうな顔で検察官が訊く。

「人間の平均寿命が仮に八十歳として、あと十年、二十年で死ぬババアを殺すよりも、本来であればあと六十年近く生きられたかもしれない若い女を殺したほうがより満足感が高く、より生きてるって実感が得られるじゃない。腕力に関してはたしかにあんたの言う通り、男のほうが強いから女を狙ったってわけ」

嬉々とした口調で話す石原を鋭く見つめながら検察官が口もとを動かした。

声は聞こえなかったが、鬼畜——と言ったように宗佑には思えた。

「それでは個々の事件について詳しく訊いていきます。まず世田谷の経堂で起こした事件から……どうして被害者を襲おうと思ったんだ?」

石原に対する嫌悪感をあらわにしたように検察官の口調が変わる。

「コンビニで見かけたんだけど、何かすかした感じでいけ好かなかったからね。こういう女が命乞いをしながら死んでいくときってどんな顔をするんだろうって」

時折交じる石原の笑い声に、胸がざらつく。

「購入したビール瓶で相手の顔面を殴打して部屋に入り込むという手口は以前から考えていたのか?」

「いや、即興だね。何か使える物はないかと店内をうろついて、瓶ビールとガムテープを買って女の後に店を出た」

「その事件に関して被告人の指紋は出なかったけど」

「おれも馬鹿じゃないからね。コンビニを出た後に手袋をはめたよ。女はすぐ近くのマンションに入っていって、おれも続いてオートロックのインターフォンの前に立ってる女に『こんばんは』って言ったら住人だと思ったみたいでノー天気に挨拶を返してきた。ドアが開いて一緒に中に入ったけど、女は郵便ポストを確認してたから先にエレベーターの前に行って、女がこっちに来るのを待った。女の足音が聞こえてエレベーターのボタンを押して一緒に乗り込んで……」そこで言葉を切って石原が首をひねる。

「それで？」検察官が先を促す。

「何階だったかな……」

「被害者の部屋は六〇二号室だ」

「ああ、そうだそうだ……『何階ですか？』って訊いてから六階と五階のボタンを押した」

「どうして五階のボタンを押したんだ？」

「同じ階で降りたら警戒されるっしょ。エレベーターの横に階段があったから、おれは五階で降りてそのまま階段で六階に行った。ドアの前に立ってポケットから鍵を取り出してる女にそっと近づいていって、落とし物だって声をかけた。こっちを振り返った女の顔に向けてレジ袋を一振りして、はい、ゲットって感じ」

「それで被害者が持っていた鍵でドアを開けて、中に連れ込んだ？」

「そう」

「そのときの被害者の様子は？」

「あんたがさっき言ってたようにつぶれた鼻から血を流して、すごく怯えていたよ。泣きながら殺さないでって懇願するから、黙っていれば殺さないと言って、ガムテープで口をふさいで、両手と両足もそれで縛った」

背後から嗚咽が聞こえる。そればかりではなく自分が座っている椅子の背もたれに振動を感じる。

「ババアのときにはあっさり殺しちゃって楽しみきれなかったから、今回はじっくりといたぶりながら殺してやったよ」

「この、悪魔ッ！」

女性の叫び声が聞こえ、宗佑は振り返った。

後ろの席にいた女性が険しい形相で立っていて証言台のほうに指を向けている。

「この人でなしッ！　ヨウコを返せッ！」

おそらくこの事件の被害者の家族だろう。

「静粛にお願いします」穏やかな口調で裁判長が言う。

「あんたなんか絶対に死刑よ！　地獄に落ちろ！」

「静粛に」

裁判長の言葉もかまわず女性は石原に罵詈雑言をぶつけ、やってきたふたりの職員に半ば強引に外に連れ出される。

女性の姿がなくなってもあちこちからざわめきがやまない。

「静粛に願います！」

語気の強い言葉でようやく法廷内が静まり返った。

「検察官、続けてください」

裁判長に促され、検察官が石原に視線を向けて口を開く。

「先ほどの傍聴人の言葉を聞いてどう思いましたか？」

「その通りだろうね」

笑いの交じった石原の声が響いた。

その後、耳をふさぎたい思いで殺害に至る詳細な石原の証言を聞いた。

「……では、続いて二件目の練馬で起こした事件について訊きます。どうしてふたたび若い女性を襲おうと思ったんですか」

検察官の言葉に怯み、宗佑は思わず隣に目を向けた。

真里亜は証言台のほうを睨みつけ、写真立てを持った手を激しく震わせている。

法廷から出ていきたい気持ちに必死に抗い、正面に視線を戻した。

「まあ、すでにふたり殺してるから、捕まったら死刑か、かなり長い間刑務所に入れられることになるっしょ。どうせならその前にもっと女を殺して楽しんでやろうってさ。それでパチンコで儲かったときに警棒を手に入れて持ち歩いてたんだよ」

「ナイフではなく？」

「刺すなんてつまんないでしょ。ボコボコに殴って抵抗できないようにして、あとはゆっくりといたぶるように首を絞めるのが楽しいんだから」

「どうして北川由亜さんを狙ったんですか」

「さっきの女と同じようにコンビニで見かけたんだけど、興味を持ってね」

「どうして興味を持ったんですか？」

「幸せそうに微笑んでたからさ。雑誌と自分の左手の薬指にはめた指輪を交互に見ながらさ」

「どうしてそれが興味につながるんですか」

「当たり前のことを訊くねえ。若くて、さらに幸せそうな人間を殺したほうが楽しいでしょ。違う？」

「続けて」

「おれがコンビニに入ると同時に女は雑誌を置いて店内をうろついた。アイスをカゴに入れたのを見て、近くに住んでるんだろうとおれもその女についてコンビニを出た。ガムテープは前回のものがまだ残ってたからね。あとはさっきとほぼ同じだ。女と一緒にマンションに入って、部屋の前で鍵を取り出そうとした瞬間、女の顔面に何度か警棒を叩きつけて部屋に連れ込んだ」

「さっきの被害者は玄関近くの廊下で遺体が発見されたが、こちらの被害者は奥の部屋で見つかっている。被告人がそこまで移動させたんですか？」

「いや。部屋に連れ込む際には失神してたけど、中に入ってガムテープで縛ろうとしたら目を覚まして奥のほうに逃げていったんだ。悲鳴のひとつでも上げればいいものを、恐怖のあまり声が出なかったらしい。女が逃げ込んだ部屋のドアを力任せに開けて、おとなしくさせようとさらに女の顔めがけて警棒を振り回すと、女の顔に命中してそのままベッドに倒れた。両手と両足をガムテープで縛ってから、女の頰を何度か叩(たた)いて目を覚まさせた」

「どうしてそんなことを？」

「職業柄しかたないのかもしんないけど、あんたもさっきから当たり前のことばかり訊くね。失神してる女を殺しても楽しめないじゃない」

その声に交じって激しい耳鳴りが聞こえ、眩暈(めまい)がした。視界がせわしなく回転して吐き気に襲われる。

これ以上聞いてはいけない……

だけど、自分は聞かなければいけない……

由亜の最期がどんなものだったのかを。

「目を覚ました女は自分が置かれた状況を悟って泣き出した。赤い涙を流してたのがおもしろかったな。お腹に赤ちゃんがいるから乱暴なことはしないでくださいって訴えられて、さっきこの女が雑誌を見ながら微笑んでいたのに納得した。妊婦向けの雑誌だったから」

宗佑はコンビニでその雑誌を読んでいる由亜の姿を想像しようとした。

由亜はきっとこれから生まれてくる子供のことを思い、これからの家族の未来を想像して微笑んでいたのだろう。

自分たちにはこれから明るい未来が待っていると。

それなのに……それなのに……

「さらに顔面を何発か殴ると失神したのか女は静かになった。その間に声を出せないよう口にもガムテープを貼った。だけど、このまんまじゃやっぱりおもしろくないからさ、女の顔を何度か叩いて目を覚まさせた。そして女の首に両手をかけてゆっくりと……」

急に胃の中から何かがせり上がってきそうになり、片手で口もとを押さえながら宗佑は立ち上がった。そのまま法廷を出てトイレの個室に駆け込む。便器の前でうずくまり、胃液を吐き出した。

由亜――由亜――

あの男を許せない。由亜がされたことと同じ苦しみを味わわせてやりたい。

そんなことを思ってしまうのは神の教えに逆らうことなのか。

だけど……

宗佑は便器の水を流すと、袖口(そで)で口もとを拭(ぬぐ)って立ち上がった。手洗器の水で口をすすぎ、トイレから出ると目の前に真里亜が立っている。

自分もきっとそうなのだろうが、宗佑は言葉もないまま彼女の赤い目を見つめた。

2

「石原、開けるぞ――」

ふいに男の声が聞こえ、目を向けた。扉が開いて廊下に立つ刑務官が見える。

「面会だ。表に出ろ」

立ち上がってサンダルを手に取り独居房から出た。後ろから刑務官に追い立てられるように廊下を進み、面会室に入る。

アクリル板の向こう側にいる弁護人の徳村が顔を上げた。向かい合わせに座り、「何?」と訊く。

「控訴の意向を聞こうと思いまして……昨日、判決が出た後にお話しできなかったので」

「しなくていいよ」

何をそんなに驚いているのか、阿呆みたいに目を見開いている。

「その言葉の意味を理解したうえで言っていますか？　死刑判決が確定するということなんですよ」

「控訴したってどうせ覆んないだろう？」

「そうとはかぎりません。被害者はふたりで……」

「三人だ」遮るように言った。

間違えてもらっては困る。おれはきちんと三人分楽しませてもらったのだ。

「それはそうですが……一審の裁判員裁判の死刑判決が二審で無期懲役になるケースはかなりあるんです。石原さんがもっと真摯に反省している姿を伝えれば、一審では自暴自棄になっていてあんな乱暴な証言をしてしまった、と……」

この男は赤の他人のことにどうしてこうも熱くなっているのか。

おれが死のうがどうなろうがおまえには関係ないだろう。

この男は物好きにもわざわざ拘置所まで出向いてきて弁護人を買って出たのだ。

有名になりたいのかもしれないが、おれの弁護をすること自体イメージダウン以外の何物でもないだろう。

最終弁論では、死刑判決になるのも覚悟のうえであえて自分の不利になる証言をするということは、それだけ罪の重さを強く自覚している証左だとか何だとかわけのわからないことを言っていて、思わず笑いだしてしまった。

「あいにく集団生活は苦手でね」

　こちらを見つめながら徳村が首をかしげる。

「もし無期懲役に変わったらここじゃなく刑務所に入れられるんだろう？」

「それはそうですけど……」

「このままここにいれば集団行動をさせられることなく、働かされることもなく、ひとり部屋ん中でのんびり暮らせるんだろう？」

「しかし、いずれ刑に処されるんですよ。絞首刑になるんです」

「首を絞められるだけだろ。おれがやったことに比べればずいぶん楽な死にかたじゃない。人を殺して楽しめないならどうだっていいよ」

「本心で言っているんですか？」

　頷いた。

「本当に、本当に刑を確定させていいんですか？　後でやはりと思っても取り消すことはできませんよ」

「だからいいって言ってるだろ」

　重い溜め息を漏らして「わかりました……」と徳村が頷いた。

「最後にひとつ訊かせてくれよ」

「何ですか？」

「あんた、何だっておれみたいなのの弁護を引き受けたがったの？」

そんなに難しいことを訊いたつもりではなかったが、徳村は押し黙った。

「あんた、子供はいるの？」

「大学生の息子がいます」

「その息子が残忍な手口で殺されても、やっぱり犯人の弁護をしたいと思うの？」

「そうは思いません。ただ、他の弁護人には死刑を回避できる弁護を望むでしょう。先ほどの答えですけど……たしかにあなたがやったことは決して許されるものではありません。ただ、わたしは死刑という制度には反対の考えを持っています。だからかぎりなく死刑判決が下されそうなあなたの弁護を引き受けようと思いました」

「どうして死刑に反対なの？」

「それを話そうと思ったらかなり長い時間がかかります」

「じゃあ、いいや」

そろそろ終わりにしようと椅子から立ち上がった。

「わたしも最後にひとつだけ話したいことがあります」

ドアから徳村に視線を戻す。

「公判でのあなたの言動はきっと本心ではないのだろうとわたしは思っています。反省の態度を見せず、悪ぶっているのは、あなたなりに何かの理由があるのだろうと」

おめでたいやつだ。詐欺に引っかからないよう注意してやったほうがいいかもしれない。

「ですが……もし、わたしが今まで見てきたあなたが真の姿だったとしたなら、刑が執行されるまでに少しでも人としての心を取り戻してほしいと思っています。いつか、あなたが殺めた被害者を思って涙するときが来るのを心から願っています」

　徳村を見ながら苦笑した。

　一万年経ってもそんな日は来ないだろう。いや、そもそもその頃にはおれは生きていない。一万年どころか、あと数年で消えてなくなるのだ。

3

　西平寺の前で待っていると、真里亜がこちらに向かって歩いてくるのが見えた。足もとがおぼつかず、ふらふらしている。

　ようやく自分の前までたどり着くと、「待たせちゃってごめんなさい」と真里亜が言った。

「いや。行こうか」

　宗佑は真里亜を促して寺に入り、借りた桶に水を汲んで墓に向かった。

　昨日、石原亮平の死刑判決が確定したのを受けて、あらためて由亜に報告しようとここに来ることにした。

　事件発生から一年も経たないうちに死刑判決が確定したが、自分にとっては何の慰めにもならなかった。嬉しさも安堵もなく、ただ虚しさだけが心の中を満たしている。

　おそらく真里亜もそうなのではないだろうか。

墓の前にたどり着くと、花と線香を供えて真里亜が手を合わせた。

「……あなたを苦しめたあの男の死刑が確定したよ……だけど……たとえあの男が死んだとしてもあなたの命に釣り合うはずもない。でも、わたしにはこんな報告しかできない……わたしにはあの男にそれ以上の報いを与えることはできない……ごめんね……由亜……ごめんね……」

嗚咽を漏らしながら呟く真里亜のそばに宗佑は立ち、彼女の肩にそっと手を添えた。彼女の身体の震えを手に感じながらしばらくそうしていると、真里亜が両手を解(ほど)いた。バッグから取り出したハンカチで目もとを拭って立ち上がる。

宗佑は彼女に代わって墓前にしゃがむと両手を合わせて目を閉じた。

心の中で由亜にかける言葉を探したが、見つからない。

石原の死刑が確定した。きみを散々苦しい目に遭わせた男はいずれ国によって殺されると知ったらきみは喜ぶだろうか。

石原は公判中に自身に与えられる刑について問われた際、「死刑でかまわない」と投げやりな態度で言い放ち、実際にそうなったとしても控訴はしないと明言していた。

そして実際に死刑判決が言い渡されると、証言台の前にいた石原は「自分が望んでいた刑にしてくれてサンキュー」と叫んで高笑いした。

何年先かわからないが石原が処刑されたとしても、それは由亜が味わわされた恐怖や絶望に果たして見合うものだろうか。

宗佑は目を開けて手を解くと立ち上がった。桶を持って歩き出す。

「あの男に死刑判決が下れば、少しは気持ちが晴れるんじゃないかと思ってた。由亜を失った苦しさと悲しさがなくなるわけではないけど、それでもほんの少しだけでも何かが……って。だけど、判決を言い渡されたときのあの男を見て、どうにも悔しくて、どうにも憎くて……心の中がぐじゃぐじゃになった。死刑が確定してもこれっぽっちも癒されない……」

真里亜の悲痛な思いに、「そうだな……」と宗佑は力なく頷いた。

「ちょっと休んでいかない？」

宗佑は頷いて、寺内にあるベンチに真里亜と並んで腰を下ろした。

「教誨師の仕事は続けているの？」

ふいに真里亜に訊かれ、宗佑は首をひねった。

以前、刑務所の教誨師をしていると話したことがあったが、まったく関心がなさそうだったのでそれからその話題には触れていない。

どうして今頃になってそんな話を持ち出すのか不思議だった。

「教誨師は仕事じゃない。ボランティアだ。半年ほど前に辞めた」宗佑は答えた。

「どうして辞めたの？」

「どうしてって……耐えられなくなったからだ」

「石原のような人殺しを教え諭すことに？」

「そんなところだ……おれじゃなきゃいけないことでもないから」

「石原のことを話したの？　自分の大切な人がその男に殺されたと」

宗佑は首を横に振った。

「刑務所の所長や関係者には、教会の仕事が忙しくなって時間を取るのが難しくなったと話した。数年前に牧師の集まりがあったとき、教誨師に興味があっていずれやりたいと思っているという人がいたから、その人を代わりに紹介した」

「そう……」真里亜が呟く。

教誨師にかぎらず牧師の仕事についてもほとんど訊かれたことはない。そもそも宗佑がキリスト教に入信したことにもそれほど関心がなさそうだった。

「何だって、そんなことを？」怪訝な思いで宗佑は問いかけた。

「宗佑さんは納得できる？」

逆に真里亜から問いかけられ、宗佑は首をひねった。

「裁判を傍聴していて感じた……あの男は自分が死ぬことをまったく恐れていないって。むしろそれを求めているように思えた。死刑判決が確定しても、どれぐらい先の話になるかわからないけど死刑が執行されても、それであの男に報いを与えることにはならない」

たしかに自分も同じような思いを抱いている。

「由亜が味わわされた恐怖や絶望に見合うだけの苦痛を感じさせながら死なせたい」

「そんなことを言ってもおれたちにはどうすることもでき……」

「ひとつだけ方法がある」

遮るように真里亜に言われ、宗佑は彼女を見つめながら眉をひそめた。

「石原の教誨をできないかしら」

あまりにも意外な言葉に、自分の耳を疑った。

「教誨師の仕組みについてわたしは何もわからないけど……でも、宗佑さんならそれができる可能性があるんじゃないかって」

　続けざまに放たれる真里亜の言葉を受け止めているうちに、胸の中にふつふつと怒りが湧き起こってくる。

「どうしておれがあんな男の教誨をしなきゃならないんだ」宗佑は吐き捨てた。

「由亜の無念を晴らすためよ！」

　鋭い眼差しで言い返され、宗佑は思わず身を引いた。

「由亜の無念を晴らすため？」

　意味がわからない。

「そうよ……由亜は二十五歳の若さで石原に殺された。しかも、筆舌に尽くしがたいほどの残忍な殺されかたで。石原に襲われてから息絶えるまでの間、由亜はどれほど絶望的な恐怖と地獄のような苦しみを味わったか……それを想像するたびに身も心も引き裂かれそうになる。由亜にはこれからやりたいこともたくさんあったでしょう。康弘さんと結婚して、子供をもうけて、幸せな家庭を築いて、やがては自分の孫を抱くことだって夢見ていたかもしれない。だけどあの男によってすべて奪われた。孫を抱くどころか自分の子供に会うことすら叶わなかった。由亜からすべてを奪ったあの男が憎い……わたしたちから大切な由亜を奪ったあの男が憎くて憎くてしょうがない……」

「おれだって同じ思いだ。だから、どうしてそんな男の教誨をしなきゃならない」

「わたしには由亜の仇を討つ方法が微塵も残されていない。拘置所の中で死刑執行を待つ石原に自分の手で由亜の仇を討つことはもうできない。どんなに望んだとしても二度とあの男に会うことができないわたしには……」

そこまで聞いて真里亜が自分に求めていることを察した。

「おれに石原を殺せというのか？」

拘置所の教誨師になれば、石原と対面できるかもしれない。アクリル板で隔てられた面会室ではなく、直接石原に触れられる形で。

「さすがにそこまでは望まない。宗佑さんの人生を閉ざすようなことをわたしが勝手に願えるわけがない」

「じゃあ、いったい……」

何を望むというのだ――

「あの男に教誨することで、生きる希望を与えてほしい」

その言葉にはっとした。

「教誨師は刑が執行される直前まで死刑囚と会えるんでしょう？」

宗佑は曖昧に頷いた。

死刑囚自身が求めればそうなるのではないか。刑務所での教誨しか知らない自分には想像することしかできないが、おそらく刑の執行を見届けながら祈りを捧げるのだろう。

「あの男に生きたいと、もっともっと生きていたいと思わせたうえで、死ぬ直前に地獄に叩き落とす言葉を突き刺してほしい。それがあの男への本当の罰になる。惨たらしく由亜を殺したあの男への……あの男を本当の意味で殺せるのは死刑判決を出した裁判官や裁判員でも、刑場の落下ボタンを押す刑務官でもない。石原に生きる希望を与えたうえで、死ぬ直前に心を殺すことができる人。由亜の……誰よりも大切だったわたしと宗佑さんと優里亜の娘の無念を晴らすことができるのは、もうあなたしかいないの」

最後の言葉を聞いて、ふいに涙があふれ出してきた。

滲(にじ)んだ視界の中で由亜と優里亜の姿が浮かび上がってくる。

一時は愛した女性を自分は不幸にしてしまった。由亜に対しても父親として何もしてやれなかった。自分は無力な人間だった。

「父親として娘の無念を晴らしてほしい」

由亜の無念を晴らす――

自分であればもしかしたらできるかもしれない。

由亜を奪った石原のことが憎くてたまらない。由亜の無念を少しでも晴らしたい。

でも、心の片隅ではそれを望むことに煩悶(はんもん)している。

人間を裁くことができるのは神のみである――

人生の半分近く、その教えのもとに自分は生きてきた。

憎しみによって石原に復讐(ふくしゅう)することを望むなら、自分はもうクリスチャンではいられない。

ましてや牧師として人々に神の教えを説く資格もない。

それに宗佑はあの事件の裁判を傍聴している。被害者の遺影を掲げた真里亜の隣にいた自分のことを石原は覚えているかもしれない。

きっと今よりも若々しく見えるよ。結婚式が楽しみ――

ふいにその言葉が脳裏をかすめ、弾けるような由亜の笑顔が浮かび上がってくる。

幸せだったあの頃の記憶が。

結婚式の前に由亜が殺されて、けっきょくそうすることはなかったが、口ひげを剃ってコンタクトにすれば今の自分とは別人に映るのではないか。

少なくとも法廷でちらっと見たぐらいの石原には気づかれないはずだ。

自然と垂れていた頭を持ち上げて、宗佑は真里亜に目を向けた。

「おれも……由亜の無念を晴らしたい」

その言葉を吐き出した瞬間、なぜだかわからないが胸を鷲づかみにされるような痛みが走った。

4

二十九房の手前で台車を停め、衛生係の佐藤が鉄扉の下部にある食器口を開けた。「配食です」と中に呼びかけると、プラスチック製の食器が出される。

「今日は少なめでいいです……」と中から声が聞こえ、小泉直也は鉄扉の視察口から独居房を覗き込んだ。

「どうした？　体調でも悪いのか？」

直也が訊くと、鉄扉の前で正座していた岩田が顔を上げた。

「いやあ……昨日、自弁のお菓子を食べ過ぎたせいか、ちょっと胃がもたれていまして」

自弁というのは拘置所に収容されている者が自費で購入したもののことだ。未決拘禁者や被疑者・被告人だけでなく、岩田のような確定死刑囚にも認められている。

岩田の言葉を聞いて、直也は胸を撫で下ろした。

このフロアに収容されている者たちの心身の状態については特に気をつけなければならない。

「ほどほどにしておけよ。おまえたちの栄養のバランスを考えて食事を作ってるんだから」

「すみません。気をつけます」

こちらに頭を下げる岩田から衛生係のふたりに目を向けて頷きかける。佐藤と井原が台車に載せた鍋から手分けして取り分けた食事を食器口に入れていく。今日の朝食は麦飯、わかめの味噌汁、梅タケノコとふりかけだ。

佐藤が食器口を閉じて立ち上がり、台車を先導するようにしながら直也は隣の房に向かった。

フロアには六十六の房がある。その約半数にあたる二十八房に確定死刑囚がいる。

D棟十一階の配食を終えて中央監視室に戻ると、先輩刑務官の松下が近づいてきた。

「石原亮平がD棟十一階に転房になったから、十時頃に一緒に迎えに行くぞ」

その名前を聞いて胸の中がざわついた。

「石原亮平って、あの……？」

松下が顔を歪めて頷く。

「ふたりの若い女性を殺したやつだ。一昨日、死刑判決が確定して確定者処遇になった」

「死刑が確定したって……でも、ついこの間一審判決が出たばかりじゃ……」

「控訴しなかった。おまえ、ニュースも観てないのか?」

呆れたように松下に言われ、直也は頷いた。

「石原は今、どこにいるんですか?」

「B棟の九階だそうだ。午前の巡回が終わったら教えてくれ」

朝食が終わった頃に各房を訪ねて収容者の要望を訊いて回る。だいたいが不足した備品の購入を受けつけたり、読みたい本や新聞を聞いて後で届けてやるのだ。

松下がその場を去ってからも胸のざわつきはなかなか収まらなかった。

これから石原の相手をしなければならない――

ふたりの若い女性を残虐非道な方法で殺害した男を。

思わず重い溜め息が漏れ、直也は椅子に座った。目の前のテーブルに置いてあるペットボトルのお茶を手に取って飲み、渇いた喉を潤す。

今年三十歳になる直也は二十一歳のときに刑務官になった。最初に赴任したのは川越少年刑務所で、二年前に現在の職場である東京拘置所に異動した。

同じ刑務官といっても刑務所と拘置所では仕事の内容が大きく違う。二年働いてようやくここでの仕事にも慣れてきたと思っていた矢先の先月、D棟十一階のフロアを含む職務への配置転換を言い渡された。

東京拘置所は地下二階、地上十二階、延べ床面積が約九万平方メートルに及ぶ巨大な施設だ。中央に管理棟がそびえ、そのまわりに扇の中骨のように四つの収容棟が配置されている。

それまで直也が担当していたのはA棟で、相手にしていたのは裁判によって刑が確定する前の未決拘禁者ばかりだ。刑務所と違って拘置所に収容されている者たちには労役の義務はない。取り調べや裁判でもないかぎりは各々が三畳ほどの独居房の中で自由に過ごしている。

刑務所のように受刑者同士の諍(いさか)いに目を光らせる必要もないし、工場での作業効率を考えたりノルマを達成するために頭を悩ませたりすることもない。前の職場に比べて楽な仕事だと思える日々に、先月まであることをすっかり忘れていた。自分が働くこの施設には六十人近くの確定死刑囚がいることと、いずれその者たちを処刑する刑場があることだ。

以前読んだことのある死刑や拘置所を扱った書物の中には確定死刑囚を専門に収容する「死刑囚舎房」のようなエリアがあると書かれているものがあり、実際に自分もそのように思い込んでいたが、東京拘置所では一般の収容者と交ざる形で分散して独居房に収容されている。

直也はそれまで一度も確定死刑囚に携わらなかったが、実はAからDまでの四つの収容棟すべてに確定死刑囚がいるという。その中で数の多いのがC棟十一階と自分が担当するD棟十一階だ。

確定死刑囚の入る房はいずれも奇数番号で、一房ずつ間を空けて収容されている。監視カメラが取り付けられた三畳ほどの室内の壁は明るい白で、薄緑色の畳が三枚敷かれ、奥には洋式トイレと洗面所がある。自殺を防止するために洗面台の蛇口は突起のないボタン式で、鏡も割れないフィルムになっており、壁のフックも一定の重さがかかると外れる仕組みになっている。

逃走や自殺を防ぐため半年に一回ほどのペースで房が変更されるが、確定死刑囚は刑が執行されるまでの何年、何十年もの期間を、何ら変わり映えのしない三畳ほどの空間で過ごすことになる。

直也はこのエリアの担当になるとすぐに庶務課を訪ね、これから自分が相手をすることになる確定死刑囚の身分帳を借りて一通り目を通した。

確定死刑囚には身分帳と呼ばれる記録が作られ、そこには裁判であきらかになった事件の詳細をはじめ、拘置所内での態度や家族との面会時の様子など、あらゆる情報が事細かに記されている。

D棟十一階に収容されている二十八人の確定死刑囚全員がふたり以上の人間の命を奪っていた。中には五人を殺害した者もいる。

身分帳に記された残虐な事件の態様を読んだときには、自分に彼らの相手が務まるだろうかと怯んだ。それ以前に、こんな凶悪事件を起こした人間と言葉を交わさなければならないことに嫌悪感を抱いた。

だが、実際に接してみると、いたって普通に思える人間がほとんどだった。むしろかつて接してきた刑務所の受刑者のほうがよほど粗暴だと感じるほど、彼らはおとなしく弱々しかった。翌日には自分は生きていないかもしれないという常にまとわりつく恐怖が、彼らから生気を奪うのだろうと直也は思った。

十時になると直也は松下とともにエレベーターで九階に下りた。中央監視室で鍵を借りてから松下に続いてB棟の廊下を歩いているうちに動悸(どうき)が激しくなる。

石原亮平はどんな人間だろうか。

風貌は逮捕されたときのニュース映像を観て知っている。パトカーの後部座席に乗せられて前を見つめる石原は今風な優男に思えた。続けざまにたかれるカメラのフラッシュにも何ら臆することなく、薄笑いを浮かべていたのを覚えている。

街中でナンパでもすれば何人かはついていく女がいるだろうと思えるルックスなのに、どうしてふたりの若い女性を襲ったのかと不思議だった。

石原が起こした事件は強く印象に残っている。事件の残虐性が際立っていたこともあるが、被害者のひとりが自分の妻と同じ由亜という名前だったこともあるだろう。

自分と同じ名前の女性が絞殺され、さらにその被害者が妊娠中だったことを知るととても他人事とは思えなかったようで、いつもは穏やかで優しい妻が珍しくテレビに映る石原に向けて罵詈雑言を浴びせていた。

直也も同じ気持ちだった。もし、妻が同じような目に遭わされて殺されたらと想像すると、顔も知らない被害者とその遺族の無念を思ってどうにもやり切れなくなった。その後、裁判の様子もニュースでチェックしていたが、石原の傍若無人な言動を知るにつれてその思いがさらに増していった。

四十五房の前で足を止め、松下が視察口を覗き込んだ。

「石原、開けるぞ」と松下が言って、錠を外して鉄扉を開ける。

規則に従って鉄扉の前で正座している石原と目が合い、直也は息を呑んだ。

死刑判決が確定したばかりだというのに、こちらに向けた石原の眼差しには動揺や怯えのようなものは微塵も窺えなかった。そもそも感情といったものが垣間見えない。

見つめ続けられることに妙な息苦しさを覚え、直也は房内に視線を巡らせた。

今着ている上下グレーのスウェットと色違いのスウェットが二組と、下着類と、洗面用具が棚に置いてある。

確定死刑囚は許可されたものであれば約百二十リットル分までの私物の持ち込みができる。さらに一個当たり五十五リットルのプラスチックケースを三個まで領置品倉庫に預けられる。死刑が確定したばかりとはいえ、石原は一年近く拘置所で暮らしている。それにしてはあまりにも物が少ない。

「転房だ。荷物は後で届けるから外に出ろ」

松下が告げると石原がゆっくりと立ち上がり、サンダルを履いて独居房から出てくる。

鉄扉を閉じると、石原を左右から挟むようにしながらエレベーターに向かった。

D棟十一階の三十三房に入った石原は所在なさそうに房内を見回した。

「今までいたところと仕様はほとんど変わらない。規則も同じだ。何か用があったらそこの報知器で知らせろ」松下がそう言って鉄扉の横に付いたボタンを指さす。「一応、自己紹介をしておく。わたしは看守部長の松下で、こちらは主任看守の小泉だ」

関心がないと言わんばかりに石原はこちらに顔を向けることもない。

「きみは今日から確定者処遇になるから、そのつもりで」

松下の言葉に反応したように石原がこちらに顔を向けた。

「今までと何が違うっていうのさ?」

初めて石原の声を聞く。それまでイメージしていたものと違い、舌足らずな幼い口調だ。

「親族と弁護士を除いて接見交通は禁止する」

「せっけんこうつう？」その言葉を知らないというように石原が首をひねる。

「面会したり、文通や差し入れをすることだ」

石原が笑った。

「何がおかしい」松下が石原を睨みつけて言う。

「いやいや……もともとおれには親族なんかいないから関係ねえやと思って。それよりもひとつ訊きたいことがあるんだけど」

「何だ」不機嫌な声音で松下が返す。

「おれの死刑はいつ執行されるの？」

石原を見つめながら松下が眉根を寄せた。

「早くやってくれってあんたから上に言ってもらえないっすかね」

「そんなに早く死にたいのか？」

「そうね。ここでの生活は楽だけどつまんないし」

「つまんない？」

「もう女を殺してやることができないでしょ。制服を着た男だったら隙を見て……」

「口を慎め！」遮るように松下が怒鳴る。「それ以上言ったら懲罰にかけるぞ」

「冗談っすよ」

悪びれた様子もなく石原がにやにやして、さらに松下の表情が険しくなる。

「おい、石原。何かほしいものはあるか？」

この場を執り成そうと直也が話題を変えると、「特にないね」と石原が首を横に振った。

「何か必要なものがあったら願箋を出すように。一日一回朝食の後に訊ねに来るから」

拘置所の収容者が食品や文房具などの日用品を購入する際には、願箋と呼ばれる用紙に必要なものを記入して刑務官に提出することになっている。

「松下さん、そろそろ行きましょうか」

直也が呼びかけると、松下がこちらに顔を向けた。「そうだな」と言って鉄扉を閉じ、錠をかけて歩き出す。

「ふざけたやつだな」

憎々しげな声が聞こえ、「そうですね」と直也は返した。

努めて冷静さを保とうとしたが、心の中では激しい怒りが沸き起こっている。

ふたりの若い女性を残忍に殺し、後悔や反省の思いが微塵も窺えない石原への怒りだ。

これから日々あの男と接しなければならないと考えると気が滅入った。それでなくてもここに配置転換されてからというもの、確定死刑囚と接しなければならないストレスで、あきらかに寝つきが悪くなっているし、時折キリキリと胃に刺すような痛みが走るというのに。

中央監視室に戻ると、松下が収容者の予定を記した書類に目を通し、時刻を確認する。

「今日は十時半から教誨が入っていたな」松下が言った。

刑務所で勤務していたときもA棟にいたときも一度もなかったが、二週間ほど前に初めて教誨に立ち会った。教誨師の千堂は七十歳前後に思える好々爺で、神奈川の小田原にある寺から通っているという。

「千堂さんも大変ですね」

直也が言うと、「今日は違う教誨師だ」と松下が首を横に振った。

「鷲尾さんというプロテスタントの牧師さんだ。そういえば小泉はまだ鷲尾さんの教誨には立ち会ったことがなかったよな」

「ええ……どのようなかたなんですか?」

「いろんな意味で、おれが想像していたクリスチャンのイメージが覆される人だよ」

どういう意味かわからず首をひねったが、松下はそれ以上詳しい話をする気はないようだ。

「もっとも、そういう人じゃなきゃここでの教誨なんかは務まらないのかもしれないけどな」

以前松下に聞いた話によれば、ここで教誨を受けるのは確定死刑囚が多いというが、それも頷けることだ。

確定死刑囚になれば接見交通権は著しく制限される。また拘置所内では確定死刑囚が互いに交流することはほとんどといっていいほどない。過去には居房外で運動や教誨や誕生会などの行事を一緒にしたり、卓球やバドミントンに興じたり、また執行の際には確定死刑囚たちが冥福を祈る機会もあったそうだが、現在ではそのような集団処遇はいっさい行われていない。

死刑判決を受けるような罪を犯した者たちの多くは、家族や親族から見放されているだろう。面会に来てくれる人がいなければ、刑務官や衛生係ぐらいとしか話すことはない。そういう社会から隔絶された環境に置かれた確定死刑囚にとって教誨は、外部の人間と接することができる唯一の機会といっていい。さらに確定死刑囚は日々ひとりきりで死の恐怖にさらされているので、心情の安定をはかるためにも教誨を求めるのだろう。

松下に教誨の立ち会いを命じられて直也は中央監視室を出た。松下とともにD棟十一階の二十五房に向かう。

「岸本、開けるぞ」

視察口を覗き込んで声をかけると、松下が錠を外して鉄扉を開けた。確定死刑囚の岸本吾郎が鉄扉の前で正座している。

「教誨の時間だ」

松下の言葉に、岸本が微笑んで立ち上がった。サンダルを履いて廊下に出る。

岸本を挟むようにして教誨室に向かう。教誨室の前にたどり着くと、「おれは外にいるからおまえが立ち会ってくれ」と松下に言われ、直也は頷いてドアをノックした。

「どうぞ」としわがれた声が聞こえ、直也はドアを開けた。

正面の机に向き合っていた眼鏡をかけた白髪交じりの年配の男性が立ち上がる。眼鏡の奥の目つきは鋭く、顔全体がどことなく黄色っぽく見えた。

「岸本吾郎を連れてきました。失礼します」

直也はそう言って会釈すると、岸本を促して一緒に部屋に入った。ドアを閉めてすぐ近くに置いてある椅子に腰かけ、さりげなく室内の様子を窺う。

キリスト教の教誨室に入るのは初めてだが、仏教の部屋と同じ六畳ほどの広さだ。壁際に十字架が置かれた祭壇がある。

「さあさあ、岸本さん、こちらにいらっしゃい」

表情を緩めた鷲尾に手招きされて、岸本が近づいていく。鷲尾が岸本の背中に両手を回して抱きしめる。

「鷲尾さんに抱かれると、シャバがどうしようもなく恋しくなります」

岸本の声が聞こえた。

「そうでしょう。時間いっぱいこうしていたいんじゃないですか？」

「そうしたいのはやまやまですが、刑務官の目もありますのでね」

意味のわからないやり取りを聞きながら、なかなか身体を離そうとしないふたりを見つめた。

まさかこのふたりは同性愛者なのだろうかと訝る。

「名残惜しいでしょうが、そろそろおしゃべりを始めましょうか」

鷲尾の声が聞こえ、ようやくふたりが身体を離した。テーブルを挟んで向かい合って座る。

「最近の調子はどうですか？」

穏やかな口調で鷲尾が訊くと、「ええ……あいかわらずです」と岸本が答えた。

「夜はきちんと寝られていますか？」さらに鷲尾が訊く。

「はい」

「それはよかった」

「鷲尾さんのおかげです。鷲尾さんの教誨を受けるまではここで熟睡できたことなど一晩もありませんでしたから。明日の朝には刑が執行されるかもしれないと思うと、どうにも怖くなって眠れませんでしたし、ようやく寝ついても自分が殺してしまったふたりの顔が夢に出てきて飛び起きてしまったりして……」

身分帳によると、今年五十二歳の岸本は十年前に持田圭介と由香里という夫婦を殺害した容疑で逮捕された。当時、居酒屋を営んでいた岸本は経営不振から消費者金融に借金を重ね、返済の催促に追い詰められていたという。常連客だった持田夫婦の自宅を訪ねて金を貸してほしいと頼んだが、冷たくあしらわれたことから激高し、持っていた包丁でふたりを刺し殺した。その後、家に置いてあったふたりの財布から計七万円ほどの現金を奪って逃げたが、事件から十日後に逮捕された。

裁判で岸本は犯行の動機について、それまで友人のように接していた夫婦に激しくなじられたことから、かっとなって思わず持っていた包丁を向けてしまったと証言した。ただ、決して殺すつもりはなく、少し脅してやろうと思っただけだったが、ふたりから予想外の抵抗を受けて揉み合っているうちに夫の胸に包丁が刺さってしまったのだと。

妻のほうも殺すつもりはなかったが、大声を上げて近所に助けを求めようとする相手を無我夢中で黙らせようとしているうちに死なせてしまったと訴えた。さらに所持していた包丁は強盗するために計画的に用意したものではなく、店にあった包丁を家で研ぐためにたまたま持っていただけだと主張したが、判決では計画的に強盗殺人を行ったとして検察の求刑通り死刑判決が下された。二審、最高裁とも上訴が棄却され、六年前に死刑判決が確定した。

「鷲尾さんに言われてからは、就寝前の一時間必ず亡くなられたおふたりのために祈りを捧げています。それに自分の心にある苦い根と向き合うようにしています。鷲尾さんがおっしゃったように、そうすると心が穏やかになって、ぐっすりと寝られるようになりました」

「夢を見たりすることはありますか？」

「ええ、見ます。ただ、以前のようにわたしが殺した持田さんご夫妻は出てきません。同じふたりであっても今は娘たちの姿をよく夢に見ます」

「たしかお嬢さんは十二歳と八歳だと言ってましたよね」

鷲尾に問いかけられ、岸本が頷いた。

「事件を起こしたときはそうでしたので、今は二十二歳と十八歳になっています。想像でしかありませんが、その年頃になったふたりが夢に出てきます。就職活動や大学受験を精一杯頑張っている姿が……」

岸本の身分帳には逮捕された後に妻とは離婚した旨が記され、家族や親族が面会に訪れたという記録もなかった。

「死ぬまでに一度でいいですから、想像ではなく本物の娘に会いたいです。ただ、ふたりの人間の命を奪ったわたしがそんなことを願うだけでも罪なのではないかと……神様はそのことを許してくれないのではないかと悩んでしまいます」

「それを願うのは人間として当然のことだとわたしは思いますよ。決して罪なんかではありません」

「そうおっしゃっていただけて少しほっとしました」

「あなたが犯した過ちは決して消えるものではないけど、神様はあなたを赦しておられる。あなたはもともと真面目で善良な人間だ。ここで初めて会ってから六年ぐらいになりますかね」

「それぐらいですね」

「その間、自分の心としっかりと向き合って、聖書の言葉もここに来る誰よりも真剣に学んでいる。あなたとこうして一緒にいられることが誇らしく思えます」

「もったいないお言葉です」岸本がそう言って深く頭を下げた。「それまで宗教などにまったく関心がなく、ここに来たきっかけも馬鹿げた理由でしかありませんでしたが、今は教誨を受けることにして心からよかったと思っています」

「馬鹿げた理由というのは、どういったものなんですか?」興味を持ったように鷲尾が少し身を乗り出して訊く。

「少しでもいいから外の景色が見たかったんです」

直也は窓に目を向けた。わずかではあるが岸本の言う通り、外の景色が見られる。

「刑務官のおひとりから聞いたんです。ここに来ればわずかながらでも外の景色が見られるぞって。もう何年も外の景色を見ることはなかったので……」

確定死刑囚が収容される独居房は窓に格子こそ付いていないものの、その向こうにはさらに曇りガラスとよろい戸に覆われた外壁があり、かろうじて空を覗けるだけで外の景色はほとんど見ることができない構造になっている。電車や車の音はおろか鳥のさえずりさえ聞こえない、外部から完全に遮断された空間なのだ。

一日三十分ほど屋上に設置された運動場に出ることができるが、確定死刑囚の場合は左右が壁で奥にはよろい戸があるひとり用の場所を使う。頭上には金網が張り巡らされ、その上に空は見えるものの、独居房と同じく外の景色を目にすることはできない。さらに上にある通路からは刑務官が監視しているため、たとえ外にいるといっても自由な気持ちは味わえない。

「きっかけはどうであれ、わたしは岸本さんと出会えて幸せです。岸本さんの願いが叶うよう、わたしも神に祈りを捧げましょう」

鷲尾は目を閉じて両手を組むと小声で何やら言った。

おそらく聖書の言葉だろう。

手を解くと鷲尾が目を開いて岸本を見つめる。

「ありがとうございます」

そう言って頭を下げる岸本に頷きかけると、鷲尾が壁掛け時計に目を向けた。

「そろそろ時間ですかね」

視線を戻しながら鷲尾が言うと、「最後にひとつお話ししたいことがあります」と岸本が居住まいを正した。

「何でしょうか？」

「洗礼を受けたいと思っているのですが……」

神妙な声で岸本が言うと、まっすぐ相手を見つめていた鷲尾が顔をほころばせた。

「わかりました。拘置所のかたに相談してみます」


職員食堂に入ると、直也はまっすぐ券売機に向かった。

財布を取り出して券売機に千円札を投入しながら何を食べるか考える。いつもは唐揚げやハンバーグなどのガッツリとした肉料理が多いが、先ほど由亜から届いたＬＩＮＥのメッセージに今日の夕飯はハンバーグにするとあったので、カレーライスのボタンを押した。

カウンターに食券を出してカレーライスを載せたトレーを受け取ると、直也はフロアに目を向けた。一番お気に入りの席が空いているのでそちらに向かう。

向かっている途中で席に座っている男性が目に留まった。先ほど会った教誨師の鷲尾がアイスコーヒーを飲んでいる。目が合ったので軽く会釈を交わし、鷲尾から少し離れた窓際の席に座った。

カレーライスに手をつける前に窓の外に広がる景色を眺めた。雲ひとつない青空のもと、手前に荒川（あらかわ）が流れ、その向こうにスカイツリーが見える。

その景色を見つめていると思わず溜め息が漏れてしまう。

ここに収容された者ほどではないだろうが、自分も勤務の間は常に閉塞（へいそく）感に苛まれている。いや、仕事を終えて官舎の自宅に戻っても、窓からはこちらを睥睨（へいげい）するようにそびえ立つ職場が目に入ってくるので心が休まることはない。

特にD棟十一階を担当するようになってからは毎日が辛くてしかたがない。

日々、確定死刑囚と接するだけでも煩悶しているというのに、今後もし彼らの処刑に携わらなければならなくなったら、いったいどれほどの苦しみに苛まれることになるだろう。

主任看守という今の立場であれば死刑執行に携わることはないという。だけど、階級が一つ上の松下のような看守部長になれば、その職務から逃れることはできなくなるだろう。

出世を望みたくないような仕事をこのまま続けていていいのだろうか。もともと就きたくて就いた仕事ではないのだ。

辞めてしまおうか。この仕事を続けていても、やりがいや将来の希望など今の自分には見いだせないのだから。

だけど、中卒で特に資格も持っていない三十歳の自分に、今と同等の給与を得られる転職先が見つかるとはとうてい思えない。妻とふたりの子供を養わなければならないから、ここから逃げ出すわけにはいかないだろう。

ふたたび溜め息を漏らし、直也は窓から視線を移した。スプーンを手に取ってカレーライスを食べ始める。

いつもであれば食事を始めれば食べることに集中できるのに、今は様々な思いが頭から離れてくれない。あんなことをしなければ自分の人生はもっと違ったものになっていたにちがいないと、十七歳の夏の日の出来事をまた思い出してしまう。

直也は子供の頃から勉強はできなかったが、運動神経にはかなりの自信があった。小学校の低学年から所属していた地元のサッカーチームのコーチに才能があると言われ、勉強もそっちのけでサッカーに打ち込んだ。スポーツ推薦で都内でもサッカーの強豪校として知られる高校に入り、一年生のときからレギュラーのフォワードとして全国大会に出場した。優勝はできなかったものの卒業後はJリーグでも活躍できるのではないかと家族やまわりの人たちから期待され、実際に自分もそうなるものと信じて疑わなかった。

高校二年の夏休み、練習のない日に友人と映画を観るためにショッピングモールで待ち合わせした。そこで友人が乗ってきたスクーターに直也は興味を惹かれ、少し運転させてほしいと頼んだ。免許は持っていなかったが、屋上の広い駐車場なので少し走らせるぐらいであれば大丈夫だろうという軽い気持ちだった。

友人から運転の仕方を聞いてスクーターに乗ると、言われた通りにアクセルのグリップを回した。すると想像もしていなかったスピードでスクーターが急発進し、頭の中が真っ白になった。どれがアクセルでどれがブレーキなのかもわからなくなり、そのまま壁に激突して直也は地面に叩きつけられた。

一瞬、何が起きたのかわからないまま前面が大破したスクーターを見つめていたが、すぐに両足から突き上げてくるような痛みに襲われてその場でのたうち回った。

救急車で病院に搬送された直也はそのまま入院となった。両足首を複雑骨折していて全治四ヵ月と診断された。医師の話によれば完治すれば日常生活に支障はないだろうとのことだったが、サッカーを続けるのは難しいかもしれないとも言われた。その言葉通りに、長い入院生活を経て部活に復帰したが、以前のようなパフォーマンスはできなくなっていた。

アマチュアとして楽しむのであれば問題はないが、少なくともプロとして活躍するのは絶望的だと痛感し、直也は部活を辞めた。もともと授業にはあまりついていけず、サッカーをすることだけが生きがいだった直也は、それから学校生活の中に居場所や楽しみを見いだせなくなった。三年生になってから不登校気味になり、やがて夏休み前に自主退学した。

それからは自宅近くのコンビニでバイトしながら、夜になると渋谷に繰り出してそこで知り合った新しい友人たちとバカ騒ぎに興じるという、今から思うと何とも無意味な日々を過ごしていた。

二十歳のときに友人から由亜を紹介され、直也は彼女に一目惚(ぼ)れした。由亜は自分と同い年だったが、広島の親元を離れてショップ店員をしながらひとりで生活しているという。

サッカーをやめてから心がときめくことなど一度もなかったが、友人として由亜と接するようになってからあの頃に抱いていたような幸福感に包まれる日々に変わった。

直也の熱烈なアプローチが功を奏して、ふたりは付き合い始めた。そして付き合ってから半年ほど経った頃に、由亜から妊娠していると告げられた。戸惑いながらも「産みたい？」と直也が訊くと、由亜は小さく頷いた。

そのときの直也にとって由亜は何物にも代えられない大切な存在だった。彼女が望んでいない選択をすることなどできない。とはいっても今後のことを考えると不安しかなかった。

子供を産むとなれば由亜はしばらく働けなくなるだろう。当時の直也は親元で生活している立場で、今のコンビニのバイトの給料ではひとり暮らしを始めることさえ難しい。

そもそも中卒で定職に就いていない今の自分の立場では、由亜の両親が快く結婚を認めてくれるとも思えない。いずれにしても由亜とこれから生まれてくる子供を養っていける仕事に就かなければならないと、直也は必死に情報を集めた。そして行き着いたのが刑務官という仕事だった。

刑務官は国家公務員なので安定している。刑務官になるためには採用試験を受けなければならず、高校卒業程度の難易度とされているが、受験資格自体は十七歳以上二十九歳未満の男女となっており、必ずしも高校を卒業していなくてもなることができる。さらにネットの情報によれば、一般的な国家公務員よりも給与水準が高く、刑務官の職場は実力主義で学歴がなくても努力次第で出世できるとあり、自分にとっては打ってつけの仕事に思えた。

それから直也は高校の勉強を必死にやり直して、二十一歳のときに刑務官採用試験に合格した。実際の勤務に入る前に行われる八ヵ月間の初等科研修を受けている間に女の子が生まれ、それと同時に由亜と入籍した。

別に違う人生を歩みたかったと後悔しているわけではない。由亜と娘の亜美と息子の賢也に囲まれた生活はとても幸せなものだと思っている。サッカーを続けていれば由亜と知り合っていなかっただろうし、今と同じ幸せは得られていなかっただろう。ただ、この檻(おり)の中のような職場にいると、想像の中だけでもどこかに逃避したくなってしまうのだ。

付き合っていた頃に比べて口数が極端に少なくなったと、由亜によく言われる。

たしかにその通りだった。家に帰っても妻に話すことがあまりないのだ。

家にいないときのほとんどは仕事をしているわけだが、刑務官には守秘義務があるからちょっとした愚痴であっても迂闊(うかつ)なことは口にできない。ましてや確定死刑囚の相手をしなければならなくなったなど、口が裂けても言うわけにはいかない。

死刑が執行されればその事実と拘置所の情報などがニュースに流れる。自分の夫が、自分の親が、人の命を奪うことに加担したかもしれないなどとは絶対に思われたくない。

「ねえ、きみ――」

その声に我に返り、直也は顔を上げた。

目の前に鷲尾が立っている。

「どうも……おつかれさまです」

スプーンを皿に戻して頭を下げると、鷲尾が断りもなく向かいの席に座った。

なかなか強引な人のようだ。

「岸本さんを連れてきたということはD棟十一階の担当かい？　今まで見かけたことはなかったけど」

鷲尾が口を開くと同時に、アルコールの匂いが漂ってきた。

「自己紹介が遅れました。先月からD棟十一階の担当になった小泉です。よろしくお願いします」ここではアルコール類の販売はされていないはずなのにと思いながら、直也は答えた。

「そう。こちらこそよろしく。きみはいくつだい?」

「三十歳です」

直也が答えると、「そう」と頷きかけて鷲尾が上着のポケットに手を入れた。銀色の小さなスキットルを取り出すと、小刻みに震えた手でキャップを外して口もとに持っていく。

さらにアルコールの匂いが鼻腔(びこう)に流れ込んでくる。おそらく中にウイスキーでも入れているのだろう。

スキットルに口をつける鷲尾を見つめながら、教誨室で岸本と交わしていた意味のわからなかったやり取りを思い出す。

おそらく岸本はアルコールの匂いを嗅(か)いだことで、シャバが恋しくなると言ったのだろう。

直也にはその気持ちはわからないが、酒好きが何年にもわたって断酒させられていたら、アルコールの匂いを嗅ぐだけでも幸せな気持ちになれるのかもしれない。

スキットルから口を離して鷲尾がこちらを見た。人差し指を口に当てて目じりを下げる。

黙っていますと直也が頷きかけると、「飲まなきゃやってられないからさ」と鷲尾が笑ってキャップを閉めたスキットルをポケットにしまう。

先ほどの手の震えからアルコール依存症かもしれないと感じた。顔色がよくないのも肝臓を悪くしているからではないか。

「そういえば、一昨日また死刑が確定したけど、彼もそちらに?」

石原亮平のことを言っているのだろう。

知り合ったばかりの鷲尾にどこまで話していいかわからず、直也は黙ったままでいた。

「まあ、もし教誨に興味があるようだったら連れてきてよ」直也の肩を叩いて鷲尾が立ち上がる。

松下が言っていた通り、たしかに自分も少し鷲尾と接しただけで、クリスチャンや牧師や教誨師に対して抱いていたイメージを覆された。

もっとも、そういう人じゃなきゃここでの教誨なんかは務まらないのかもしれないけどな――

松下の言葉を思い出しながら、直也はふらついた足取りで出口に向かう鷲尾の背中をしばらく見つめた。

5

ゆるやかなテンポのメロディーが流れてきて目を開けた。

ずいぶん前から目を覚ましているが、くだらない規則のせいでまだ布団から起き上がることができない。調子っぱずれな音にイラつきながらそのまま横になっていると、ようやくチャイムが聞こえて布団を出て立ち上がった。

そのまま小便をしたかったが、先に面倒なことから片づけようと敷き布団に手を伸ばした。十五分以内に布団を片づけ、洗顔や歯磨きをすませ、独居房を掃除しなければならない。これもくだらない規則のひとつだ。

決められた通りに敷き布団を三つ折りにして壁際に置き、その上に四つ折りにした掛け布団、八つ折りにした毛布、十六折りにしたシーツを重ね、一番上に枕を載せる。

ようやく独居房の奥にある便器に腰を下ろして小便をして、すぐ目の前にある洗面台で顔を洗って歯を磨く。洗面台の下に置いたホウキとゾウキンを手に取って適当に掃除をする。

昨日までいた独居房と比べて広さや置いてあるものはほとんど変わらない。違っているのは天井に丸い小型のカメラがついているのと、洗面台に蛇口がついていなくて代わりにボタンを押すと水が出る仕組みになっていることぐらいだ。

おそらくおれのような確定死刑囚の自殺を防止するための対策だろう。

自分の手で自分を殺すなどここに入るまで考えたこともなかったが、最近ではそれも悪くなかったなと思い始めている。

ここに入ってしばらくはそれなりに快適だと思っていた。夜の九時から朝の七時まで寝ていられて、まずいながらも三度の飯にありつける。おまけにそれまで暮らしていたネットカフェや施設や刑務所のようにまわりにやかましいやつらはいない。午前と昼と夜に勝手に流れてくるラジオの音がうっとうしいぐらいで、もっと早くここに来るべきだったと後悔したぐらいだ。

だけど考えが甘かった。ネットカフェの個室のようにここでは隣から耳ざわりな物音や声が聞こえることはない。施設や刑務所のようにうっとうしく話しかけてくるやつもここにはいない。だけどそれ以上におれをイラつかせる規則がたくさんあって、それに従わせようとやっきになる刑務官がいる。

朝日が覚めてもチャイムが鳴るまで布団から出てはいけないのも規則だ。寝るときにドアのほうに枕を置かなきゃいけないのも、顔に布団をかぶせてはいけないのも規則だ。

刑務官のことは先生と呼ばなければいけない。布団はもちろんのこと、食器や服にいたるまで置き場所は決められている。数日に一回風呂に入るときも、タイマーで十五分ほどの時間をはかられ、浴槽から汲み出せる湯の量も桶で何杯までと決められているありさまだ。

他にもくだらない規則は山ほどあり、まったく馬鹿馬鹿しいと、しばらくは刑務官……いや、先生様か……の言うことを無視して何度か懲罰を食らった。

手紙を書くことや本を読むことや運動することを禁止されたが、もともとそんなことに興味がないので自分にとってはまったく意味がない。ただ、懲罰を食らうたびに刑務官にネチネチ小言を言われるのもいいかげんうっとうしく、最近では馬鹿馬鹿しい規則であってもとりあえず守るようにしている。

ただ、自分の手で死ぬのも悪くないなと思い始めたのは、規則ずくめの生活に嫌気がさしたからだけじゃない。

どうにも退屈だった。以前から生きているという実感がほとんどなかったけど、ここに来てからはさらにその思いが強くなっている。

寝て、起きて、飯を食って、小便や糞をする。ただ、それだけがえんえんと続く毎日。

こんなムダな時間があとどれぐらい続くのか、考えただけでうんざりする。

昨日まででであればできたかもしれないが、ここで自殺するのはそうとう難しいだろう。前の独居房でも手首を切る刃物や首を吊るロープは持ち込めなかったが、自分の舌を嚙み切ったり、手首の血管を食いちぎったり、箸を首に突き刺すなりの方法はあっただろう。今はそんなことをすればすぐに刑務官が駆けつけてきて、病院に送られるにちがいない。

昨日までに自分の人生とやらにさっさとケリをつけておくべきだった。

「点検用意！」

刑務官の声が響きわたり、ホウキとゾウキンを元の場所に戻して扉の前で正座した。

しばらくすると扉が開いてふたりの刑務官が目に入った。ひとりは昨日ここに来るとき一緒にいた松下という男で、もうひとりは知らないやつだ。

「番号！」

馬鹿みたいに大声を張り上げる松下を見て笑いそうになったが、何とかこらえて「一三七〇番」と答える。もうひとりの男が持っていた紙にチェックすると、こちらを睨みつけるようにしながら松下が扉を閉めた。

昨日のことをまだ根に持っているようだ。あのときは初めて会った刑務官をからかってやりたいという気持ちになったが、あまり目をつけられないように気をつけるとするか。

このフロアの房を回り終えたようで「点検終了」という声が聞こえ、すぐに足を崩した。両足の裏を少し揉んでから立ち上がり、配食の準備をする。洗面台の近くにある棚からプラスチックの食器とコップを取って、壁際に置いた小さなテーブルに持っていく。

今日の朝食は麦飯と佃煮と海苔と味噌汁だ。麦飯はパサパサしていてまずく、佃煮と味噌汁はあいかわらず味が薄い。麦飯に味噌汁をぶっかけて我慢して食べきる。

食器を洗面台に持っていって洗うと、テーブルの前に戻って座った。

何もやることがなく、ただ壁を見つめる。

就寝時間以外は座っていなければいけないのもくだらない規則のひとつだ。基本は正座だが、あぐらをかくことはかろうじて許されている。だが、どんなにだるくても横になることは許されない。独居房の中を歩き回ることも、退屈しのぎに腕立て伏せすることも、刑務官に見つかれば懲罰にかけられる。

午後五時に仮就寝のチャイムが鳴ると、それ以降は布団を敷いて寝ることが許されるので、毎日そうしていた。さらに昼食を終えた十二時過ぎから一時までの五十分間も横になることが許されるので、やはりそうしている。つまり一日に十五時間近くを寝て過ごしているということだ。

すでに死人のようだ。それでも視界には変わりのない光景が映り続け、頭の中ではどうでもいいことを考え、ふいに振り返りたくない過去を夢で見せられる。

どうせいずれは死刑になるのなら、少しでも早くそうしてくれ。

おれのすべてを無にして、何もかもを真っ暗な闇で塗りつぶしてもらいたい。

コツコツと足音が聞こえた。近づいてきて足音がやむ。

「石原、開けるぞ」

声が聞こえて、座ったまま扉のほうに身体を向ける。

扉が開いて、廊下に刑務官がひとり立っている。昨日ここに来るときに立ち会った男だ。たしか小泉という名前だった。

刑務官がひとりということは、お迎えではないだろうとがっかりした。

「何か願いごとはあるか？」こちらに少し身を乗り出して訊いてくる。

「ありません」

「そうか……一応、自弁の購入用紙を置いておくから、必要なものがあったら記入して呼ぶように」小泉がそう言って手に持っていた紙をこちらに差し出す。

受け取った三枚の紙に目を向ける。それぞれ『総菜購入申込用紙』『弁当購入申込用紙』『飲食物購入申込用紙』とあり、弁当以外のものには品名が書いてあった。

自弁の説明をされたことがあったが、実際に用紙を渡されたのは初めてだった。

ここに入る前に持っていた金や家族や知人からの差し入れを領置金として預け、そこから自分がほしいものを買えるということだ。警察に捕まる前にパチンコで手に入れた金が二万円ほどあったはずだが、今まで使ったことがない。

「以前に聞いていると思うが、一応説明しておく。自弁の申し込みは週二回、食料品は月曜日で、それ以外は木曜日だ。申し込んでから品物が届くまでに一週間はかかるからそのつもりで。食料以外のものについては購入用紙がないからそのつど相談してくれ」

淡々と言って小泉が扉に手をかけた。閉めようとする小泉に「ちょっと」と言うと、手を止めてこちらを見た。

「ひとつ訊きたいことがあるんだけど」

「何だ？」

「他のやつらは毎日いったい何してるんだ？」

こちらを見ながら小泉が首をかしげた。

「まわりにはおれみたいな確定死刑囚がたくさんいるんだろ？」

小泉は黙っている。

「そいつらは毎日どんなことをして時間をつぶしてるんだ？」

「どうしてそんなことを知りたい」

「退屈でしょうがないからに決まってるじゃない。他のやつらが毎日どうやって退屈しのぎしてるのか気になってさ」

「退屈しのぎでやってるわけじゃないだろうが、いろいろだ」

「いろいろって……」

「本を読んだり、家族や弁護士や被害者のご家族にあてて手紙を書いたり……あと、再審請求のための上申書を作成したり。中には自分が殺した被害者の冥福を祈るために一日中写経している者もいる」

どれもこれも興味のないことばかりだ。

「そういえば石原は今までに官本を借りたことがないみたいだな」

週に一回、刑務官と衛生係と呼ばれるやつが拘置所にある官本と呼ばれる本を台車にたくさん積んでやってくる。希望者に本の貸し出しをしているのだが、小泉の言う通り一度も借りたことはない。

「どれもこれもつまんなそうな本だからね。マンガとかないんでしょ？」

「官本にはないな。購入本や差し入れされた本であれば内容次第で読めないこともないが」

「いや、いいっす。どうせおれの好みに合うものはだめだろうし」そう言いながら手を振る。

「あと……他の者がやっていることといえばセイガン作業かな」

「セイガン？」

「わかりやすくいえばこの中でやる内職のことだ。袋をのりづけしたり箱を折ったり、割り箸の袋詰めなんかをして金をもらう」

「へえ」

初めて聞くことに少し興味がわいた。

「いくらぐらいもらえるの？」

「一日中作業して月に五千円といったところかな」

「一日じゃなく月に五千円？　マジ、ありえねえ……」

「普通に考えればそうかもしれないな。だけど、ここでは金がなければ便箋一枚、切手一枚手に入れることはできない。家族や支援者からの差し入れがあればいいが、そうでなければセイガン作業をして金を作るしかない。それにやっている者に言わせると、一日中手を動かして物事に集中していたほうがいろいろと気が紛れていいらしい。そんなに退屈でしょうがないなら、おまえもやってみたらどうだ？」

「冗談っしょ」と返すと、「そうか」と小泉が言って扉を閉じた。

テーブルのほうに身体を向けようとしたときに、ふたたび扉が開いて「そういえば……」と小泉が覗き込んでくる。

「石原はキョウカイには興味はないか？」

「教会？　行ったことはないな」

「そのキョウカイじゃない。仏教のお坊さんや、キリスト教の牧師さんや神父さんと話をすることだ」

「話をしてどうするのさ？」

「生きている間に自分の行いを悔い改めるためのきっかけにするんだ」

思わず声を上げて笑うと、小泉が眉をひそめた。

「まったく興味がないね。そんなことをするぐらいなら、えんえんと割り箸の袋詰めをしていたほうがまだマシだ」

そう吐き捨てると、小泉が溜め息を漏らして無言のまま扉を閉めた。


畳の上で横になっていると、「石原、入るぞ」と声が聞こえて扉が開いた。

外に立っている小泉が目に入ったが、起き上がりはしなかった。

昼食後のこの時間は横になるのが許されている。それでも松下だったら怒鳴りつけられたかもしれないが、小泉はこちらを見下ろしながら「面会人が来てる」とだけ言った。

面会を求めてくるとすれば弁護士の徳村ぐらいしか思いつかないが、そうであればいったい何の用か。

死刑判決が確定したのでおれにはもう用はないはずだ。そもそもおれも徳村に用はない。

「弁護士？」

一応訊くと、「そうだ」と小泉が頷いた。

「何の用？」

「そんなこと、おれが知るわけがない。どうする？　断るか？」

そうしたほうがよさそうな口ぶりに、しばらく考えて起き上がった。

「会うのか？」

小泉に訊かれて、頷いた。

せっかく来てくれたのに悪いという気持ちなどこれっぽっちもない。ただの退屈しのぎだ。それにここの連中があまり望んでなさそうなことをやってやりたいといういじわるさもある。

サンダルを手に取って独居房を出た。小泉についてこられながら廊下を歩いて面会室に入る。

アクリル板の向こう側に座っている徳村と目が合った。軽く頭を下げてきたが、応えることなくパイプ椅子に座る。

いつもなら刑務官は外で待っているが、小泉が一緒に入ってきて隣に座り、ノートを広げてペンを握る。

「彼は確定者処遇になりましたので、わたしが同席して会話も記録させていただきます。面会の時間も三十分ほどにしてください」

小泉が言うと、「わかっています」と徳村が頷いてこちらを見た。

「来てくれてありがとう。会ってくれるかどうか冷や冷やしながら待合室で待っていたよ」

「ヒマでヒマでしょうがなかったんでね。何か用？」

「ひとつは……あらためて今のきみの心境を聞きたかったんだ」

「おれの今の心境？」

何が言いたいのか、いまいちよくわからない。

「前回会ったときにはヤケになっていて上訴しないことに決めたけど、確定死刑囚になったことであらためてそのときの判断を後悔しているんじゃないかと」

そういうことかと鼻で笑った。

「もしそうであったとしたら、再審請求を勧めようと思ってね」

「再審請求とやらをして死刑じゃなくするっていうことか？」

おれを見つめ返しながら徳村が首を横に振る。

「正直言ってそれはかぎりなく難しいだろう。きみの場合は特に」

「はっきり言うねえ。じゃあ、何でそんなムダなことをさせるんだ」

徳村がちらっと小泉を見て、こちらに身を乗り出してくる。

「法律では、死刑判決確定後六ヵ月以内に死刑執行しなければならないと定められているんだ」

「へえ……」

初めて知った。へたをしたらあと半年も生きていなければならないということか。

「ただ、その条文には、再審請求や恩赦を出願した場合には、その結論が出るまでこの期間に算入しないとの但し書きがついている。つまり再審請求をしている間は刑が執行される可能性が低くなるということだ。きみに少しでも長く生きてもらうために取れる最後の手段なんだ」

「そんなくだらないことを言うためにわざわざここに来たのか？」

徳村が今にも泣きそうな顔になった。オモチャを買ってくれと駄々をこねたのに、あっさりと親に拒絶された直後のガキのような顔つきだ。

「ごめんだね。おれは少しでも早く刑を執行してもらいたいんだ。そうなるように逆にあんたに頼みたかったぐらいなんだから」

「わたしはできるかぎり長くきみに生きていてほしい」

徳村の勢いにあっけにとられた。

「少なくとも、今のような心情のまま死んでもらいたくない……」

「どんなふうに死のうとおれの勝手だ……」

「昨日、遥（はるか）さんとお会いしたんだ」

遮るように徳村に言われ、はっと口を閉ざした。

「きみのお姉さんの遥さんだ。きみの弁護を担当したわたしを自分で調べて、事務所を訪ねてきた」

しばらく頭の中が真っ白になっていたが、やがて胸の中で何かが暴れだす。

「ニュースできみが起こした事件のことを知ったとき、言葉では表せないほどの激しいショックを受けたそうだ。事件の内容からきみに面会しようとか、裁判を傍聴しようとかという気持ちにはとてもなれなかったけど、ニュースでそれまで自分が知らなかったきみの過去に触れ、またきみの死刑判決が確定したと知って、居ても立ってもいられなくなってわたしのことを調べて会いにきたそうだ」

「だから何なんだよ。それと再審請求といったい何の関係があるんだ」

声が震えているのに気づいた。

「遥さんは唯一の肉親であるきみに対して、これから自分はどうするべきなのだろうかと思い悩んでおられた」

「唯一の肉親？」

「お母さんは四年ほど前に病気で他界されたそうだ」

胸の中がざわつく。

「お父さんとは十歳のときから会っていなくて、どこにいるかもわからないから、彼女にとってはきみが消息のわかる唯一の肉親ということになるんだろう。遥さんはきみが父方の祖母を殺したことを今回の事件の報道を観るまで知らなかったそうだ。あの事件を起こしたときには未成年だったからきみの情報が報じられることはなかったし……お母さんは知っていたかもしれないが、いずれにしても遥さんには話さなかったんだろう」

どうにも息苦しくなって小泉を見た。

「もういいよ」と言うと、ペンを走らせていた小泉の手が止まった。こちらを見て首をひねる。

「面会」

「終了していいのか？」

小泉に訊かれ、頷く。

「ちょっと待ってくれ。まだ時間はあるだろう。もう少しだけでいいから話を聞いてくれないか……」

徳村の声を無視して立ち上がると、小泉もノートを閉じて席を立った。

「遥さんはとても後悔していた。別々に暮らすようになってから、自分がもっときみに会う努力をしていればと……そうすればお父さんがきみを置いて出ていってしまったことや、代わりにおばあちゃんの家に預けられたことや、そこできみが寂しくて苦しい思いをしていたことも知ることができたんじゃないかって」

小泉に続いてドアに向かう。

「……そうであったなら何らかの形できみの力になれたかもしれない。あんな事件を起こさずにすんだかもしれないととても悔やんでいた」

振り返って徳村を睨みつけ、「うるせえ」と叫ぶ。

「遥さんはきみに会いたいと言っていた。確定者処遇になっても家族であれば面会することができる。途切れていたお姉さんとの絆（きずな）を結び直すことができるかもしれない。だからもっと時間が……できるだけ長くきみに生きていてほしいんだ」

会うわけねえだろう――

舌打ちしながら部屋を出ると、小泉がドアを閉めた。

6

千葉駅の改札を抜けると、宗佑は上着のポケットからスマホを取り出した。ネットのグルメサイトを確認しながら駅前の繁華街のほうに足を進める。

五分ほど探すと目当ての居酒屋が見つかった。暖簾(のれん)をくぐって店内に入ると、「いらっしゃいませ」という威勢のいい声とともに女性の店員が現れた。

「おひとり様ですか?」

「いえ、西澤さんというお名前で予約が入っていると思うんですけど」

女性の店員がレジに置いた予約表と思える紙を確認して、店の奥に案内する。一番奥にある小上がりに座っている西澤が目に入り、「お待たせしました」と宗佑は声をかけた。西澤がこちらに目を向けて首をひねる。

「保阪です」

宗佑が告げると、驚いたように西澤が仰(の)け反った。

「ぜんぜん気づきませんでした。何だか別人のようですね」

口のまわりに蓄えたひげを剃り、眼鏡ではなくコンタクトをしている。

「どうなさったんですか?」

「いや、ちょっとした気分転換でして」

宗佑はそう言いながら靴を脱いで小上がりに入り、西澤の向かいに腰を下ろす。とりあえず生ビールをふたつと簡単なつまみを数品頼んだ。

「こちらまでお越しいただいてすみません。刑務所の近くが自宅なので」西澤が頭を下げる。

「いえいえ、こちらこそ……いきなりご連絡して申し訳ありませんでした。お忙しいのにお時間を作っていただいて。ご迷惑ではなかったですか?」

一昨日、西澤に連絡をして時間のあるときに会いたい旨を伝えると、さっそく今夜の会食を提案された。

「いや、わたしも保阪さんとお会いしたいと思っていましたから。五年間お世話になったのに、けっきょく送別会もできないままでしたしね」

生ビールとつまみが運ばれてきて乾杯する。ビールをひと口飲んでジョッキをテーブルに置くと、西澤が表情を変えて少し身を乗り出してきた。

「ずいぶんお疲れのご様子ですね」

「そんなふうに見えますか？」

宗佑が訊き返すと、心配そうな顔で西澤が強く頷く。

「以前に比べてかなりお痩せになったようだし、顔色もすぐれないように見えます。教会での活動がお忙しくなったとのことですけど、あまり無理をなさらないほうがいいですよ」

教誨師を辞める際に使った嘘を信じて心配してくれている西澤に対して、かすかな罪悪感を抱いた。

別に教会での活動が忙しくなったわけではない。むしろ以前に比べて身が入っていないと言ったほうが正しいだろう。

「ちゃんと睡眠をとられたほうがいいですよ」西澤がそう言ってジョッキを持ち上げる。

「そうするようにします」

最後に由亜の墓参りをした日からあまり眠れていない。

真里亜からされた教誨の話はあまりにも無謀に思えたが、やがてどうすればそうできるだろうかと模索するようになった。

たしかに宗佑は千葉刑務所で五年間教誨師を務めていたが、石原が収容されている東京拘置所には何のツテもなく、誰が教誨師をしているのかということさえ知る術はない。

いろいろと方策を考えている中で思い出したのが千葉刑務所で処遇部長を務めている西澤だ。以前、西澤から千葉刑務所に赴任する前は東京拘置所にいたと聞いたことがあった。

「そろそろ本題に入りましょうか」

その声に我に返り、宗佑は手に持ったジョッキから西澤に視線を移した。

「何かお話ししたいことがあったのではないですか?」先ほどまでの心配げな表情から微笑みに変わっている。

「ええ……倉田さんの様子はどうでしょうか?」

とりあえず自分にとっての本題には触れず、代わりの教誨師として紹介した人物の話を振った。

「やはりそういったお話でしたか」納得したように西澤が頷く。

「教誨を受けていたかたすべての引き継ぎがきちんとできなかったので、ずっと気になっておりまして」

「なかなか型破りなかたですよね。でも、受刑者のウケはとてもいいですよ」西澤がそう言って笑う。

倉田は元暴力団組員の牧師だ。若い頃から少年院を出たり入ったりする不良で、暴力団組員になってからも覚せい剤を使用した容疑で何度かの逮捕歴がある。刑務所に服役しているときに受けた教誨がきっかけで回心し、洗礼を受けて出所した後に牧師になった人物で、「刺青（いれずみ）を背負った牧師さん」としてマスコミなどでも度々取り上げられたことがある変わり種だ。

倉田とは牧師の集まりで知り合い、宗佑が刑務所の教誨をしていると知ると、興味深そうにいろいろと話を訊いてきて、その後個人的にも連絡を取り合うような仲になった。

由亜の事件によって罪を犯した受刑者の教誨に耐えられなくなっていたとき、倉田がいずれは教誨師になりたいと言っていたのを思い出して、自分の代わりとして西澤に紹介することにしたのだ。

「そうですか。それを聞いて安心しました。彼はずっと教誨師になって刑務所にいる受刑者が立ち直れるように支援したいと話していたので、きっと頑張ってくれるでしょう」

「ええ。保阪さんに教誨していただけないのは非常に残念ではありますが、いいかたを紹介していただいたと思っています」

「受刑者の皆さんの様子はどうですか？」

「それほど変わりはなくといったところでしょうか。まあ、奈良の様子がちょっと気になりますが」

「奈良昇平ですか？」

西澤が頷く。

元恋人を刺し殺して服役している男だ。

「様子が気になるというのは、どう？」少し身を乗り出して宗佑は訊いた。

「この半年ほどですかね……粗暴な言動が目立って、何度か懲罰にかけられました」

半年ほどということは、宗佑が教誨をしなくなった頃からか。

「一時期……たしか保阪さんの個人教誨を受けるようになったあたりには、それまでよりも前向きになっているように思えたんですけどね」

犯した罪と向き合うためにもまず、自分は赦されたと思うようにと教え諭した。

彼と最後に交わした会話はどんなものだっただろう。

たしか奈良は宗佑が伝えたことを実践していると話していたと記憶している。

それまでとは打って変わって晴れやかな表情だったと。

それに対して宗佑は何も応えられないまま、いや、どうしようもない嫌悪感に苛まれて、逃げるように教誨室から飛び出した。

あのときから奈良に会っていない。

「ところで……拘置所にも教誨師はいるんですか？」

こびりつくような罪悪感を振り払って宗佑が切り出すと、話題が変わって戸惑ったように西澤が首をひねった。

「以前、東京拘置所にいらしたとお話しされていたのを思い出して」

「ああ……そんな話をしましたっけ。すべての拘置所にいるわけではないと思いますが、東京拘置所にはいます。それに……」西澤が言いよどむ。

「刑場のある拘置所でしょうか？」

宗佑の言葉に反応したように表情を硬くして西澤が頷く。

「千葉刑務所で教誨をしていたときですが、死刑囚についてのドキュメンタリー番組を観まして。教誨師のことは出ていませんでしたけど、当時の自分の立場を重ね合わせながらいろいろと想像してしまって……きっと刑務所の教誨よりも大変なんだろうなと」

西澤の表情を見るかぎり、好ましい話題ではないと感じているが、やめるわけにもいかずに言葉を紡いだ。

「無宗教のわたしがこんなことを言うのは何ですが……おそらく刑務所の教誨と拘置所の教誨はまったくの別物なんじゃないかと思います」

「まったくの別物……」

「そうです。生きる希望を持たせるためのものと、死ぬ覚悟を持たせるためのもの。同じ聖書の言葉、同じ仏教の教えを説いても、相手に求めるものはあきらかに違うでしょうから」

「教誨師は複数いるんですか?」

「ええ。宗教や宗派によってそれぞれいましたから」

「プロテスタントの牧師も?」

西澤が頷く。

「鷲尾さんというかたでした。今もやってらっしゃるかどうかわかりませんが……」

その名前を頭に刻み込む。

「どのようなかたなんですか?」

さらに訊くと、「何て言ったらいいんでしょうね……」と困ったように西澤が頭をかいた。

「うまく言えないんですが……わたしが勝手にイメージしている牧師さんとは違う雰囲気のかたでしたよね。保阪さんよりも、どちらかというと倉田さんに印象が近いような。大きな教会の牧師さんではなく、錦糸町にあるスナックだかバーだかを間借りして、昼間に近所の人たちを集めて活動しているとのことでした」

「そうなんですか……それでその合間に拘置所に収容された人たちの教誨をしているんですね」

「本当に頭の下がる思いですよ。わたしなんかにはとても真似できない」西澤が重い溜め息を漏らして頭を垂れる。

錦糸町にある教会の鷲尾という牧師――

とりあえずこれだけわかれば今日はいいだろう。

宗佑は手に持ったスマホから車内の液晶パネルに目を移した。次は錦糸町駅だと確認して、すぐにスマホの画面に視線を戻す。

西澤と別れて電車に乗ってからネットで鷲尾のことを調べていた。『鷲尾』『錦糸町』『教会』というワードで検索すると目的の教会のホームページが出てきた。

鷲尾は錦糸町駅から五分ほどのところにある『ルビー』というカラオケスナックに間借りし、『罪人の門　イエス・キリスト教会』を設立して伝道活動をしているという。

ホームページに掲載された鷲尾の写真を見るかぎり、自分よりも一回り以上年齢を重ねているように思えた。眼鏡の奥に覗く鋭い眼光が印象に残った。

電車が停まってドアが開いたが、なかなか降りる決心がつかない。

発車ベルの音に反応して思わず座席から立ち上がった。まわりの乗客の顰蹙もおかまいなしにドアに向かってホームに飛び出す。そのまま錦糸町駅の改札を抜けると、スマホの地図を頼りに店を探した。

これからどうしようというのかわからないまま、得体の知れない衝動に急き立てられていた。由亜の無念を晴らしたいという切なる欲求なのか、それともそれを断ち切るような現実を求めているのか、自分でも判然としない。

由亜の無残な最期を絶え間なく想像し、のたうち回るような苦しみに苛まれているうちに、教誨師として石原に近づいて彼女の無念を晴らしたいという激情があふれ出してきて止まらない。だが同時に、そうなることへの恐れも心の中に抱き続けている。

自分がやろうとしていることは神の教えに背く行為だ。

そんなことはわかっているが、理性では抑えることができない。

それならば現実としてそれが不可能なことだと突きつけられるしかない。

鷲尾に会って東京拘置所の教誨師になりたいと直訴し、それは無理な話だと一蹴されたら諦めざるを得ないだろう。

きらびやかなネオンが満ちる一角に目当ての店があった。年季の入った雑居ビルの一階のドアの右横に『カラオケスナック・ルビー』と紫色の看板が灯っている。

ドアの左横には看板の十分の一ほどの小さな木札が貼りつけられ、『罪人の門　イエス・キリスト教会』と手書きで記されていて、その下にチラシが入った透明なラックが掛かっていた。

宗佑はラックからチラシを一枚手に取って見た。教会の月報のようだ。

折り畳んだチラシを上着のポケットに入れると、ひとつ大きく息を吐き出してから店のドアを開けた。

「いらっしゃいませぇ……」

気だるそうな女性の声が聞こえ、宗佑は目を向けた。

カウンターの中に立っていた女性が煙草を吸いながら探るような眼差しを向けてくる。

茶色がかった髪の女性は自分と同世代ぐらいに思え、その年齢の割には派手な柄のワンピースを着ている。

「まだやっていますか？」宗佑は訊いた。

カウンターと四人掛けのテーブル席がふたつのこぢんまりとした店に客はいない。

「おひとり？」

宗佑が頷くと、女性がカウンター席を手で示した。カウンターの椅子に座り、とりあえずビールを頼む。女性が用意している間にさりげなく店内を見回したが、ここが教会であることを窺わせるものは何もない。

「誰かの紹介ですか？」

その声に、宗佑は女性に視線を戻した。

「そういうわけでは……」

宗佑の前に出たグラスに女性が瓶ビールを注ぐ。

「よかったら何か飲んでください」宗佑は女性に告げてグラスに口をつけた。

女性が礼を言って冷蔵庫から缶チューハイを取り出す。プルタブを開けて宗佑が持ったグラスと合わせてから飲む。

「この時間には鷲尾さんはいらっしゃらないんですか?」

思い切って訊ねると、「鷲尾さんのお知り合いのかた?」と女性の声のトーンが上がった。

「いいえ、知り合いではありません。実は……わたしも目白の教会で牧師をしていまして、保阪といいます。鷲尾さんの噂を聞いて興味を持ちまして、少しお話しさせていただきたいなと思って……」

「そうだったの。さっきまでここで飲んでたんだけど、どっかから電話があって明日の早朝に用事ができたからって帰っちゃった。連絡してみようか?」

「いえ、早朝から用事があるのにお呼び出ししたら申し訳ないので。また日を改めて訪ねます」

正直なところ、鷲尾に会えなくてほっとしている。

まったく知らない相手にいきなりあの話をするのはハードルが高いと思っていた。

鷲尾の人となりをそれなりに知ってからのほうがいいだろう。

「教会だと思って入ってきたんだとしたら、さぞかし驚いたでしょう」

どのように答えていいかわからず、愛想笑いでごまかす。

「それにしても……変わった名前ですね」

宗佑が言うと、意味がわからないというように女性が首をひねった。

「罪人の門……です」

「ああ。マタイの何たらって言葉からヒントを得たって鷲尾さん言ってたなあ。わたしはクリスチャンじゃないからよくわからないけど……」

おそらく、新約聖書の「マタイによる福音書」の9章13節にある言葉だろう。

わたしは正しい人を招くためではなく、罪人を招くために来たのです——

その思いが強いから罪を犯した人間を相手にする教誨師をしているのかもしれない。

「教会はいつからあるんですか？」

「十五年ぐらい前に設立したらしいけど。わたしがこのお店を継ぐずっと前のことだから」

「以前はどなたがなさっていたんですか？」

「わたしの叔母。糖尿病を患って店を続けるのが辛いって話になって、わたしもそれまで水商売をいろいろと渡り歩いていたから五年前に店を継ぐことにしたの。叔母からの条件でそれまで通りに日中は教会として使わせてあげてという話だったけど、何だかなあって……」女性が言葉を濁して顔を歪めた。

「どうしたんですか？」続きが気になって宗佑は訊いた。

「うーん……同じ牧師さんに愚痴を言うのはさすがにどうかなって」

「鷲尾さんとは知り合いではないですし、ここで聞いた話をするつもりはありませんよ」

「叔母の話によると、高い志を持って教会を開いたみたいだけどね。実際、わたしが店を継ぐ前には信者さんもけっこう多かったらしいし。わたしは教会のことをよく知らないけど、普通日曜日の礼拝っていうのは午前中にやっているんでしょう？」

「十時や十時半からスタートする教会が多いですね。うちの教会も十時からやっています」

「ここの礼拝は午後二時からなの」

「珍しいですね」

「この近辺で働いてる水商売や風俗関係の女性が来やすいようにその時間にしたっていう話」

たしかに深夜や明け方まで働いている人であれば、午前中から礼拝に参加するのは負担が大きいだろう。

「そういった人のほうが悩みを抱えていたり、心の救いを求めていることがより多いだろうから、理にかなっているとは思うけど」

死刑の判決を下されるような重い罪を犯した人間に寄り添っていることといい、水商売や風俗の仕事をしている女性のことを一番に考えていることといい、自分が今までに出会ったことのないタイプの牧師のようだ。

先ほどまで会っていた西澤も、自分がイメージしていた牧師とは違う雰囲気だと鷲尾のことを評していた。

「たしかに志の高い牧師さんのようですね」

宗佑が言うと、「昔はそうだったかもしれないけど……」と女性が苦笑する。

「今は違うんですか？」

「牧師というよりただの酒浸りのおじさんだよ。日曜日の礼拝こそやっているものの、それ以外はほとんど飲んだくれてるよ。教会の雑務なんかは全部昔からいる信者に丸投げしちゃって。叔母さんもよく言ってる。あんなことを始めたせいで昔の面影は消え失せて、抜け殻のようになってしまったって」

抜け殻——という言葉が重く耳に響く。

「あんなこととは？」

宗佑が問いかけると、溜め息を漏らして女性がこちらに視線を合わせた。

「死刑囚の相手をすること」

7

鉄扉の前で足を止めると、直也は視察口を覗き込んだ。未決囚の杉田(すぎた)が鉄扉の後ろで正座している。鉄扉を開けて「番号——」と声をかけると、「一四三七番」と杉田が答える。同行している刑務官の久保(くぼ)が点検簿にチェックするのを横目で見て、直也は鉄扉を閉じて次の房に向かった。

二十五房の前で立ち止まり、視察口を覗き込む。正座している岸本を見て鉄扉を開けた。

「番号——」

「一一二〇番」殊勝そうな口調で岸本が答える。

確定死刑囚なので何か異変がないかと房内に視線を巡らせる。特に変わった様子はなく、きちんと整理整頓(せいとん)もされている。

ふと、棚に置かれた聖書が目に留まり、鉄扉を閉じようとしていた手を止めて岸本に視線を戻した。

「ところで……洗礼の件はどうなったんだ?」

直也が問いかけると、こちらを見つめ返しながら岸本が首をひねった。

「この前の個人教誨のときに、洗礼を受けたいと話していただろう」

さらに言うと、「ああ……」と思い出したように岸本が呟いた。

上司からそのことについての話はされていない。

「わたしは何も聞いておりませんが……おそらく鷲尾さんが拘置所のほうにお願いしてくださっているのではないかと」

「そうか。早く洗礼を受けられるといいな」

「ありがとうございます」と岸本が満面の笑みで頷くのを見届けて、直也は鉄扉を閉じた。久保とともに点検を続ける。

三十二房の点検を終えて次の房に向かう足取りが重くなる。

D棟十一階の三十三房に石原亮平が入ってから二週間あまり経っているが、彼と顔を合わせるのがどうにも苦手だった。

どうしてだか自分でもよくわからない。たまに人を小馬鹿にするような言動が見受けられるが、ことさら反抗的な態度をとるわけでも、自分たちを困らせるような厄介な頼みごとをしてくるわけでもない。それなのに石原と目を合わせているとどうにも沈鬱になり、妙な息苦しさを覚える。

石原が起こした事件への嫌悪感がそのような気持ちにさせるのか。それとも自分よりも若いのに、そう遠くない未来に死を宣告されている人間への憐(あわ)れみを感じてしまうのか。

このフロアの担当になってから三十人近くの確定死刑囚と接しているが、このような思いを抱くのは彼だけだった。

三十三房の前で足を止め、直也は視察口を覗いた。正座している石原を確認してから鉄扉を開ける。

「番号――」

「一三七〇番」石原が答える。

房内に視線を巡らせて鉄扉を閉じようとしたとき、「ちょっといいかな――」と声が聞こえ、直也は石原を見た。

「何だ？」

「この前の紙をくれないかな」

「紙？」何のことを言っているのかわからず直也は首をひねった。

「自弁のやつ」

おそらく自弁の購入用紙のことだろう。先日、自弁の購入方法を教えながら三枚の申込用紙を渡したが、石原が頼んだ様子はない。

「この前、渡したのは？」

「使わないと思って捨てちゃった。だけど、変な夢を見たせいか、無性に甘いものが食いたくなってさ」

甘いものを食いたくなる変な夢というのがどういうものか興味を持ったが、おそらく答えないだろうと思って訊くのをやめた。

「わかった。後で持ってきてやる」

直也はそう言うと鉄扉を閉じて、久保とともに次の房に向かった。

D棟十一階の点検を終えて中央監視室に戻ると、松下をはじめ交替の刑務官が数人いた。

「おはようございます」

直也は声をかけたが、皆一様に仏頂面をしたまま返事をしない。

いったいどうしたのだろう。喧嘩でもしたのか、交替の刑務官は互いの顔を見ようとせず、硬い表情でうつむきがちにしている。

その場に漂う重苦しい空気に戸惑って久保に目を向けた。久保も気まずさを感じているようで、すぐに時計を見て七時半を過ぎているのを確認すると「お先に失礼します」とそそくさと中央監視室を出ていった。

自分も早くこの場から立ち去りたかったが、石原に頼まれたものを持っていかなければならないと自弁の申込用紙を探した。総菜と弁当の申込用紙はあったが、飲食物の申込用紙があいにく切れている。庶務課に行ってもらってこなければならない。

「おまえももう上がりだろう」

不機嫌そうな声が聞こえ、直也は振り返った。松下が睨むようにこちらを見ている。

「ええ……三十三房の石原から飲食物の自弁の申込用紙を頼まれたんですけどここになくて、庶務課でもらってきて届けたら上がります」

「後でおれが届けるから早く上がれ」

「でも、たいした手間じゃないんでおれが……」

「早く上がれって言ってんだろッ！」

松下の怒声にびくっとして直也は仰け反った。上司であったが思わず睨み返してしまう。交替の仕事の手間を省こうと厚意で言っているのに、何で怒鳴られなくてはならないのだ。

「大声を出して悪かった……ちょっと神経がささくれ立ってて……後はおれたちがやっておくから、もう上がってくれ」

「わかりました……お先に失礼します」

気を取り直して言うと直也は中央監視室を出た。エレベーターに乗って更衣室に向かう。昼夜間勤務の疲労と先ほどの苛立たしさを嚙み締めながら着替えをする。

拘置所の建物を出ると腕時計に目を向けながら足早に官舎に向かった。

松下の言動には頭にきたが、それでも早く上がることができたので登校前の亜美と賢也に会えるかもしれないと期待した。

娘の亜美は小学四年生で、息子の賢也は二年生だ。ふたりとも目に入れても痛くないと思えるほど可愛く、少しでも長く一緒にいたいが、昼間勤務のときにはふたりが寝ている間に家を出てしまうし、昼夜間勤務を終えて家に戻ったときにはたいてい登校した後なので、朝に顔を合わせられるのは休みのときぐらいだ。

官舎のエレベーターを降りて廊下を進んでいくと、部屋のドアが開いた。中から出てきた亜美と賢也が直也に気づき、「あっ、お父さーん」とこちらに駆け寄ってくる。直也はその場にしゃがみ込んでふたりを迎えた。

「お父さん、今日おうちにいるんでしょう?」

賢也に訊かれ、直也は頷いた。

「じゃあ、学校から帰ったらサッカーゲームやろうよ。亜美ちゃんは弱いから、やっててもつまんない」

「何、生意気なことを言ってるのよ。サッカーゲーム以外だったらお姉ちゃんのほうが強いじゃない」

「わかった、わかった。じゃあ、サッカーゲームと亜美が得意なゲームをやろう。ふたりともお父さんが打ち負かしてやる」

たとえ仕事で嫌なことがあっても、ふたりの姿を見ればそれだけで吹き飛んでしまう。

エレベーターに乗るふたりを見送ると、直也は部屋に入った。妻の由亜が玄関にやってきて「おかえりなさい。今日は早かったのね」と笑顔で出迎える。

「ああ、速攻で帰ってきた。腹減ったー」直也はそう言いながら靴を脱いで玄関を上がった。

「すぐに用意するね。お風呂の準備はできてるから先に入っててくれる?」

「わかった」と直也は寝室に入って持っていた鞄を床に置き、棚から着替えを取って浴室に向かった。

目を覚ますと、直也はサイドテーブルに手を伸ばしてスマホをつかんだ。画面の時刻表示は午後一時を過ぎている。

朝七時半から翌日の同時刻まで働く昼夜間勤務で帰宅したときには、食事と入浴の後に三時間ほど仮眠をとることにしているが、疲れが溜まっていたのかいつもよりも長く寝てしまった。

まだ身体がだるかったが、これ以上寝てしまうと夜眠れなくなってしまう。

直也はベッドから起き上がるとスマホを持って寝室を出た。リビングに入ったが由亜はいない。そういえば今日はＰＴＡの集まりがあるので三時頃まで出かけると言っていたのを思い出した。亜美と賢也が帰宅するのもそれぐらいの時間だろうか。

直也はソファに座ってスマホをテーブルに置き、代わりにリモコンを手に取るとテレビの電源を入れた。所在なく昼のワイドショーを眺める。埼玉県内で発生した陰惨な殺人事件について報じていた。

ワイドショーやニュースを観ていていつも感じることなのだが、どうしてこうも毎日のように殺人事件が起きるのだろう。これらを観ているほとんどの人たちにとっては自分たちとは関係のない遠い世界の出来事だと感じるのかもしれないが、直也にはとてもそういうふうには思えない。

ワイドショーやニュースで報じられた事件の犯人と、その後実際に対面することが少なくないからだ。

陰惨な事件やそれによってもたらされる悲しみや苦しみは自分のすぐそばにある。ただ、自分も含めて家族や知り合いがそういった悲劇にたまたま運よく遭遇していないだけのことだ。

速報音が聞こえ、画面の上部に『ニュース速報』というテロップが出る。続いて出てきた文字を見て直也は息を呑んだ。

『法務省は15日、岸本吾郎死刑囚（52）＝東京拘置所＝の刑を同日午前に執行したと発表』

十五日——今日だ。

テロップが切り替わる。

『岸本死刑囚は2009年、千葉県市川市の会社役員宅で夫婦を殺したなどとして強盗殺人罪に問われ、死刑が確定していた』

今日、岸本の死刑が執行された。

その事実を嚙み締めると同時に、岸本の最後の姿が脳裏をよぎった。

「早く洗礼を受けられるといいな」という直也の言葉に、「ありがとうございます」と満面の笑みで頷く岸本の姿だ。

通常、死刑執行は午前八時から九時頃に行われるという。

あれから岸本は自分の命が残りわずかだということを知らないまま最後となる朝食をとり、そのすぐ後、迎えに訪れた刑務官らによって死刑執行を知らされ、刑場に連行されたのだ。

岸本はどんな最期を迎えたのだろう。

刑務官たちに目隠しをされ、後ろ手に手錠をかけられ、首にロープをかけられ……

それらの光景を想像するうちに、今朝の中央監視室での同僚たちの様子がよみがえる。

同僚たちのこわばった表情と、互いに目を合わせようとしない気まずい雰囲気。

大声を出して悪かった……ちょっと神経がささくれ立ってて――

松下をはじめとするあの場にいた同僚たちはきっと、その直後に岸本の死刑執行に立ち会ったにちがいない。

松下が早く仕事を上がれと怒鳴りつけたのは、直也にこの後死刑執行があることを悟らせたくなかったからではないか。たとえ数時間後にはその事実がわかったとしても、ほんの少しでも直也が陰鬱な気持ちに支配されるのを先延ばしにしようとして。

あのとき自分は何ということをしてしまったのだ。松下に怒鳴られた直後に思わず反抗的な目を向けてしまった。いや、もしかしたら松下に対して舌打ちすらしてしまったかもしれない。

今頃、松下や執行に携わった同僚たちはどのような思いでいるだろう。

職務とはいえ、人の命を奪うことに携わらざるを得なかった同僚たちの苦しみはどれほどのものだろうか。

テレビ画面を見つめながら、今朝がた廊下で会ったときの亜美と賢也の姿が浮かび上がってくる。

たとえ仕事で嫌なことがあっても、ふたりの姿を見ればそれだけで吹き飛んでしまう。

あのとき自分はそんなことを思った。

松下にも亜美と同い年の息子がいる。自分に負けず劣らず子供を愛している。

今日、帰宅した松下は息子の顔を見てそんなふうに思えるだろうか。いや、そもそも家族の顔を直視できるだろうか。

張り裂けるように胸が痛くなり、居ても立っても居られなくなったが、自分にはどうすることもできない。

テロップが消え、ワイドショーではいつの間にか明るい話題に変わっていたが、しばらくしてもいっこうに動悸が収まらない。

これからどうすればいいのかまったくわからなかったが、ひとつだけはっきりしていることがある。今の自分の姿を家族に見られたくない。

由亜や亜美や賢也が帰ってきても、平静でいられる自信がない。何事もなかったかのように子供たちとゲームに興じ、楽しく語らいながら食卓を囲むのは、少なくとも今日は無理だ。

子供たちはどうかわからないが、おそらく由亜は直也の異変を察知するだろう。ニュースを観て東京拘置所で死刑執行があったと知れば、直也の挙動に関連付けて確定死刑囚を担当していると勘づかれてしまうかもしれない。

いつかは自分の夫も死刑執行に携わらなければならない立場にいるということを。

直也はスマホを手に取ってLINEを開いた。

『さっき谷から連絡があってこれから会わないかって誘われたんだけど、行ってきていいかな？』

由亜も名前を知っている友人をダシにしてメッセージを送った。しばらくすると『わかった。何時頃に戻ってくる？』と由亜からメッセージが届いた。

『遅くなると思うからおれの夕食はいらないよ』

直也はメッセージを返すと、出かける準備をするためにソファから立ち上がった。

「次は北千住――」

電車のアナウンスが聞こえ、直也は腕時計を見た。もうすぐ午後八時になる。

由亜と子供たちはちょうど夕食を終えた頃ではないだろうか。ただ、子供たちはまだしばらく起きているだろうから、もう少し時間をつぶしてから官舎に戻りたい。

直也は由亜にLINEのメッセージを送って午後二時過ぎに官舎を出ると、時間をつぶせそうな場所を求めて電車で有楽町に向かった。有楽町に着くと歩き回るのも億劫でとりあえず映画館に入った。

ただ、どんな内容の映画だったかまったく覚えていない。少しでも気を紛らわせようと食い入るようにスクリーンを見つめていたが、頭の中では岸本が処刑される映像が流れ続け、それを遂行する同僚たちの心境を自分の胸に重ね合わせてしまい涙した。

映画館を出るとまだ五時にもなっていなかった。帰るにはあまりに早いので飲み屋に入って時間をつぶそうかと考えたが、それほど酒に強くない自分がこの時間から飲むと夜までに泥酔してしまうと思い直して、それから当てもないまま街をさまよった。そして時間をつぶすのにも疲れ果てて、電車に乗ったのだ。

電車が停まってドアが開くと、直也はホームに降りた。地下鉄の改札を抜けて地上に上がり、乗り換えのためのＪＲ北千住駅に向かいかけ、足を止めた。

少し飲んでから官舎に戻ろうと思うが、小菅(こすげ)周辺の飲み屋だと拘置所の職員がいるかもしれない。直接死刑囚に接することのない者であっても、今日のニュースは衝撃をもって受け止めているだろう。たとえ顔見知りではなく、直接話をしなかったとしても、死刑執行の話題が耳に入るのは今の自分にとっては辛い。

直也は踵(きびす)を返して駅前の飲み屋街に向かって歩き出した。店前に貼りだされているメニューを見ても食指が動かないまま飲み屋街を進む。ふと、少し先の電柱にしゃがみ込んでいるふたりの男性が目に留まり、直也は足を止めた。

介抱しているのが見覚えのある人物だと目を凝らし、教誨師の鷲尾だと気づいた。

鷲尾は電柱にもたれかかるようにしてしゃがんだ男性の背中をさすっている。

直也はそちらに近づいていき、「鷲尾さん？」と声をかけた。

こちらに顔を向けた鷲尾が首をかしげるが、思い出したように「ああ……拘置所の」と呟いて、苦しそうに呻きながら電柱の根本に吐いている男性に視線を戻す。

どうやら酔っぱらった連れの介抱をしているようだ。

「小泉です。どうされたんですか？」

直也がさらに言った瞬間、それまで苦しそうに吐いていた男性が「なにー、小泉⁉」と素っ頓狂な声を上げながらこちらに顔を向けた。

男性と目が合い、直也ははっとした。松下だ。

こちらに向けた松下の目は焦点が合っておらず虚ろで、まるで極寒の地にいるかのように顔は真っ青だった。

「おぉ……ちょうどいいところに……付き合え。もう一軒行くぞ……」

嘔吐物を顎に垂らしながら呂律の回らない口調で言って、松下がこちらに手を差し出してくる。

「松下くん、あんたはもう帰ったほうがいいよ」

諭すように言った鷲尾の手を払い、松下がふらふらと立ち上がる。

「それとも……おれみたいな最低な人間の命令は聞けないってか？　じゃあ、殺せよ。おれのことなんか殺しやがれ！」

大声でまくしたてる松下に戸惑いながら、直也は鷲尾に目を向けた。憐憫の眼差しで松下を見つめていた鷲尾が重い溜め息を漏らした。

「災難だったな」

その声に、直也はテーブルに突っ伏して唸(うな)り声を上げている松下から正面に視線を向けた。

コップ酒を口に運ぶ鷲尾を見つめ返しながら首を横に振る。

「いえ、災難だったのは……」

おふたりのほうでしょう――という言葉をとっさに飲み込む。

あの後、鷲尾と三人で居酒屋に入ると松下はコップ酒を三杯立て続けに飲みながら、ひたすら自虐の言葉を口にしてから電池が切れたように寝てしまった。死刑執行に携わったことはいっさい口には出さなかったものの、いつもとは別人のような荒れた姿を見れば、尋常ではない経験をさせられたことが十分に窺える。

「ずっと一緒に飲んでいたんですか?」

小泉が訊くと、「いや……」と鷲尾が首を横に振った。

「前の店で飲んでるときに松下くんが現れた。六時過ぎぐらいだったかな。彼らは午前中には帰宅を許されたそうだから、それからずっと違う店で飲んでたんだろう。会ったときからかなり泥酔していた」

帰宅を許されたといってもそのまままっすぐ官舎に戻れるはずがない。出勤した夫が数時間ほどで帰宅すれば家族だって不思議に思うだろう。しかも勤務先で死刑執行がされたばかりだとニュースで報じられているのだ。

「松下さんは……どんな……」

それ以上言葉にならない。

「最も敬遠される役割だよ」そう言って鷲尾がふたたびコップ酒に口をつける。

おそらく『受け止め役』のことだろう。受け止め役のふたりの刑務官は地下で待機し、死刑囚の身体が落下すると、ひとりが抱きかかえるようにして反動で身体が大きく揺れることを防ぎ、もうひとりがロープのねじれを直しながら立会人のほうに向かせて静止させるという。

死刑執行に携わるどの役割も辛いだろうが、吊るされた直後の死刑囚の身体に触れ、消えゆく鼓動を感じ続けなければならないのはことさら苦しいだろう。

直也は隣で寝ている松下に目を向けた。テーブルに突っ伏して苦しそうに呻いている松下を見つめながら、彼が今見ているにちがいない悪夢を想像して暗澹(あんたん)となった。

「当初は違う者がそれを担当する予定だったそうだ」

その言葉に反応して、直也は視線を戻した。

「ただ、その人はどうしてもやりたくないと、その場で刑務官を辞めると言ったそうで……それで急遽(きゅうきょ)彼に代わったらしい」

「そうですか……」

「自分もそうすればよかったと……さっき飲んでいたときに何度も後悔の言葉を漏らしてたよ」

辞職した刑務官が誰であるかはわからないが、家族を養っていかなければならない松下にとっては簡単にできる決断ではない。

「あの……ひとつお訊きしたかったんですが……」

直也が言うと、「何だね」と鷲尾が少し身を乗り出してくる。

「岸本さんは洗礼を受けることはできたんでしょうか？」

「ああ……執行の前に洗礼を受けたよ」

そのことがわずかばかりの救いのように思えた。

「それから岸本さんは取り乱すことなく、わたしや世話になった刑務官たちに礼を言ってから毅然とした態度で刑を受け入れたよ」

「鷲尾さんのおかげで、岸本さんはきっと安らかな死を迎えることができたんで……」

「わたしのおかげ？」と鷲尾が直也の言葉を遮って鼻で笑い、乱暴な手つきでコップをテーブルに置いた。

「わたしはそんな御大層な人間じゃない。しょせん死神の手先だよ」

鷲尾が投げつけた言葉に衝撃を受ける。

「いや……わたしの存在そのものが死神かもしれないとさえ思っている」

「どういうことですか？」

「岸本さんとは六年ほどの付き合いになるかな。出会った頃はちょうど死刑が確定したばかりで、ずいぶん荒んでいたよ。自己弁護を繰り返し、自分が殺したふたりの被害者に対する謝罪や反省の気持ちも持てず、事あるごとに刑務官に食ってかかって、よく懲罰を受けていたそうだ。だが、わたしの教誨を受けるようになったことで、聖書の言葉を真剣に学ぶようになり、徐々にではあるけど自分が犯した罪に向き合い、ふたりの被害者に対する贖罪の思いを深めていくようになった」

鷲尾の言葉を聞きながら、教誨を受ける岸本の姿をよみがえらせた。

そこにはふたりの命を無残に奪った凶悪犯罪者の面影は窺えず、娘のことを思う父の姿と、被害者へ祈りを捧げ続けているという穏やかな男の姿があったように思う。

鷲尾の存在によって、岸本は回心して人としての心を取り戻したのだろう。それなのにどうして鷲尾は自らを死神だと言うのだろうか。

「きみは刑事訴訟法第四百七十九条の一を言えるかね？」

ふいに鷲尾に訊かれ、直也は答えられずに口ごもった。

「死刑の言い渡しを受けた者が心神喪失の状態に在るときは、法務大臣の命令によって執行を停止する。つまり言い換えれば、確定死刑囚の精神状態が動揺したり乱れたりしているときには執行されにくいが、心から罪を悔い改めて償いとしての死を迎える覚悟ができたとみなされたときは処刑されやすいということじゃないか？」

直也ははっとした。

たしかに自分たち刑務官も、確定死刑囚の心情の安定を図ることを一番に考えて接している。

「確定死刑囚を速やかに滞りなく刑場に導くために、わたしは存在しているということだ」

それは自分たち刑務官についても同じことが言えるのではないか。

死神――その言葉が澱(おり)のように胸の底に沈んでいく。

「東京拘置所の教誨師になって十年の間に、わたしは六人の死刑執行に立ち会った。死神としてなかなか優秀だと思わないかね？」

笑いかけるように鷲尾に訊かれたが、直也は言葉を返すことができなかった。

鷲尾が視線をそらした。どんよりとした眼差しで松下を一瞥してから、こちらに視線を戻して「彼の住まいを知っているか？」と訊く。

「ええ……同じ官舎です」

「じゃあ、送ってやってくれ」

鷲尾はそう言って立ち上がると、ポケットから取り出したしわくちゃの一万円札をテーブルに置いて出口に向かった。

8

店の前にたどり着くと、ドア越しにカラオケの音が聞こえた。

宗佑はドアを開けて中に入った。真っ先にマイクを握った会社員風の男性が目に入る。前回来たときと違い、ふたつあるテーブル席のひとつは男女の客で埋まり、カウンターにもふたりの男性客がいた。

店内を見回してみたが、教会のホームページに載っていた写真の男性はいない。

「あら、牧師さん——」

カウンターの中にいたママが声をかけてきたのがわかり、宗佑は近づいた。

「混んでますね。いいですか？」

「もちろん、大歓迎よ」

空いていたカウンター席に座り、ビールを頼んだ。ママにも一杯飲んでもらい、グラスを合わせる。

「牧師さんって呼んでたけど、鷲尾さんの知り合い？」

ふいに右隣にいた男性客に声をかけられ、「そういうわけではないんですけど……」と言葉を濁す。

「鷲尾さんの噂を聞いて興味を持ったらしくて訪ねてきてくださったの」ママが言い添える。

「へえ……何とも物好きな牧師さんだね。反面教師にしかならないと思うけど」

「あの人もそう言ってた」

「あの人って……鷲尾さんにぼくの話をされたんですか？」宗佑は訊いた。

「そう」

「何か言っていましたか？」

「だから、物好きな人だと。今日も鷲尾さん目当て？」

「お会いできるならお会いしたいですね」

「ここ一週間ほど店には来てないんだ。残念だけど今日も来ないんじゃないかと思う」

「忙しいんですかね」

宗佑が言うと、「そうじゃないわよ」とママが大仰に手を振った。

「この前、お店で血を吐いちゃってね」

「血？」ぎょっとしながら訊き返す。

「そう……肝硬変を患ってるんだって。叔母にその話をしたら鷲尾さんにお酒を出しちゃいけないって命令されて、それを伝えたら来なくなっちゃった。どうせ違う店で飲んでるんだろうけど」

「そうなんですか……」

宗佑は相槌を打ちながら、どうしようか考えた。

自分の話はしているということだから連絡先を教えてもら[illegible]ここは早めに引き揚げて近くの飲み屋を巡ってみるか。

「ここ以外に常連にしているお店は……」

訊こうとしたときにドアの開く音が聞こえ、ママがこちらから視線をそらした。

「あら……ちょうどいいところに」

ママの言葉に反応して、宗佑は振り返った。ジャージ姿の年配の男性が店に入ってくる。写真の男性と印象が重ならなかったが、鷲尾のようだ。

写真では精悍そうに感じられたが、目の前の男性は白髪も多く、ずいぶんと痩せこけている。だが、眼鏡の奥に覗く眼光は写真よりも鋭く感じる。

「鷲尾さん、このかたがこの前話してた牧師さん」

ママに紹介され、「保阪です。よろしくお願いします」と言ったが、鷲尾は軽く手を上げただけで店の奥に向かい、テーブル席に座る。

「鷲尾さん、今日もお酒出せないからね」

「忘れ物を取りに来ただけだ」

鷲尾がそう言いながらテーブル席の脇にある棚から何かを取り出して立ち上がる。賛美歌の伴奏を再生するヒムプレーヤーだ。

自分の後ろを素通りしてドアを開けて外に出る鷲尾の背中を見つめていると、こちらを振り返って口を開いた。

「あんた、付き合わないのか？　この店じゃうるさくて話ができないだろう」

自分に向けられた言葉だと察して、宗佑は慌てて財布を取り出した。会計をして店を出ると、鷲尾の後に続いて歩き出した。

夜のネオン街を歩いていると、少し先を進んでいた鷲尾が居酒屋の前で立ち止まった。引き戸を開けて店に入っていくのを見て、宗佑も後に続いた。

カウンターにテーブル席が三つの小ぶりな店だ。席は半分ほど客で埋まっていた。

カウンターに目を向けると、中にいる店主らしき年配の男性がこちらを見ながら表情を曇らせている。どうやら招かれざる客のようだと察した。

店員からの挨拶もないまま鷲尾が空いていたテーブル席の奥に座る。宗佑が向かい合わせに腰を下ろすと、すぐに誰かがこちらに近づいてくる気配を感じて振り返った。先ほどまでカウンターの中にいた年配の男性が後ろに立っている。

「鷲尾さん、あんたは出禁にしたはずなんだけどねえ……」咎めるような表情で男性が言った。

「大将、今日は保護者がいるから大丈夫だよ。八海山を冷やで。あと、つまみを適当に」

大将と呼ばれた男性が大仰に溜め息を漏らしてこちらに視線を向けた。「で、そちらさんは？」とぞんざいな口調で訊かれ、「同じものをお願いします」と答える。

「恥ずかしながら、ここで何度か泥酔したことがあってね。いや、ここだけじゃないか……この辺は飲みに入れる店が少なくてなかなか不便だ」

カウンターに戻っていく大将を見ながら鷲尾が悪びれた様子もなく笑って言う。

「それよりも……お酒を飲まれて大丈夫なんですか？」

宗佑が訊くと、「どうして？」と鷲尾が首をひねる。

「ご病気されていると聞きまして」

「ヨシコが言っていたのか。まったくおしゃべりなやつだ」

スナックのママはヨシコというのか。

「……イエス・キリストも最後の晩餐(ばんさん)にパンとワインを食しておられる。わたしも日々、同じ思いで酒を飲む。ただそれだけだ」

何と答えていいかわからず宗佑は黙ったまま鷲尾を見つめた。しばらくすると、コップ酒とお通しらしい小鉢が目の前に置かれる。

コップ酒を手に取ると乾杯することなく鷲尾が一気に飲んで、すぐにお代わりを頼んだ。大将がふたたび溜め息を漏らしてカウンターに戻っていく。

「目白の教会で牧師をしていると聞いたが……」

宗佑は頷いて、隣の椅子に置いた鞄から名刺入れを取り出した。

「あらためまして。保阪と申します」と言って名刺を渡すと、鷲尾がしげしげと眺める。

「そんなハイカラな場所にある教会の牧師がわたしに何の用かね？」値踏みするような眼差しをこちらに向けて鷲尾が言う。

「鷲尾さんの噂を聞いて興味を持ちました。それでぜひ一度お会いしてみたいと」

宗佑が返したとき、鷲尾の前にお代わりしたコップ酒とつまみが数品置かれる。

「わたしの噂？　錦糸町のスナックに飲んだくれの不謹慎極まりない牧師がいるとでも？」笑いながら言って鷲尾がコップ酒を手に取る。

「いえ……東京拘置所で教誨師をやってらっしゃると」

宗佑が返した瞬間、コップを口もとに持っていった鷲尾の手が止まった。眼鏡の奥の目が訝しそうに見つめ返してくる。

「実はわたしも以前、千葉刑務所で教誨師をしておりました」

「以前、ということは辞めたのか」酒を飲まないままコップをテーブルに置いて鷲尾が言った。

「ええ。わたしの知り合いの牧師がどうしても教誨師をしたいというので、わたしの後任として推薦しました。そのときにはわたしにも考えていることがありましたので、ちょうどいいのではないかと」

「考えていること？」鷲尾が首をひねった。

「いつか東京拘置所で教誨師を務めたいと考えていました」

千葉刑務所の刑務官である西澤に確認されれば、教誨師を辞めた理由が嘘であるとわかってしまうだろうが、おそらく今後も交流はないだろうと踏んだ。

今はとにかく東京拘置所の教誨師になれるよう鷲尾に食い込むしかない。

「以前、テレビで死刑囚についてのドキュメンタリー番組を観まして……それ以来、死刑囚の教誨をしたいと思うようになりました。重い罪を犯し、死を待つしかない死刑囚の心に少しでも救いを与えたいと。死刑囚に寄与することが、わたしがこれからしなければならないことなのではないかと……」

「重い罪ね……」鷲尾が呟くように言ってコップを手に取り、酒を飲んだ。

鷲尾は宗佑のことをどう思っているのだろうか。

自分と同じように社会的弱者に救いの手を差し伸べようとする、篤志ある牧師に映っているのか。それとも腹に一物ある胡散臭いやつだと思われているのか。

じっとこちらを見つめる鷲尾の表情から心中を読み取ることはできない。

「きみの家族はクリスチャンなのかね」

ふいに鷲尾に訊かれ、「いえ」と宗佑は首を横に振った。

「両親は神道です。わたしは二十二歳のときに洗礼を受けました」

「どうしてクリスチャンに？」

しごく当たり前な質問だったが、すぐに答えることができなかった。

優里亜を死なせてしまった自分の罪を赦されたい——

自分が洗礼を受けようと思うに至った理由を知ったら、鷲尾から拒絶されてしまうのではないかと恐れた。

黙っていると、鷲尾がコップをつかんで半分ほど酒を飲んだ。

「先ほど、重い罪を犯し、死を待つしかない死刑囚の心に少しでも救いを与えたいと言っていたね」そう言って鷲尾がコップを置き、テーブルの上で両手を組んで少し身を乗り出してくる。

「ええ」

「きみの人生の中で一番重い罪はどんなものだ？」

こちらをじっと見つめながら鷲尾に言われ、息苦しさを覚える。

嘘や言い逃れは見逃さないという鋭利な眼差しだった。

視線をそらさないまま心の中で覚悟を決め、ひとつ息を吐き出した。

「恋人を死なせてしまいました」

声にした瞬間、胸のあたりに鈍い痛みが走った。

「恋人を死なせてしまったとは？　事故か何かでか？」

「いえ……二十歳のときに、付き合っていた女性のお姉さんを好きになってしまいました。そのことを彼女に告げると、彼女はわたしと姉の前から姿を消して、それから一年ほど経った頃に住んでいたマンションから飛び降りて自殺しました。わたしとの子供を残して」

「彼女が妊娠していたのをきみは知らなかったのか？」

「ええ。彼女が亡くなるまで知りませんでした。それからわたしは自責の念に苛まれ、自暴自棄になりました。そんなときに聖書の言葉に出会い、さらにその言葉の意味を深く知りたいと思って近くにあった教会に通い、洗礼を受けました。彼女を裏切って死なせてしまったことが、わたしの人生の中で一番重い罪だと思っています」

話すまではためらっていたが、不思議と今は少しばかり気持ちが楽になっている。

どうしてだろうかと考えて、目の前にいる鷲尾の表情の変化に気づいた。

こちらを見つめる鷲尾の眼差しには先ほどまでの鋭さはなく、すべての辛苦を受け入れようとする慈悲深いものが窺（うかが）えた。

「……それでお子さんは？」

殺されたとは言えない。

「そのことを知らせずにきみが育てているのか？」

さらに訊かれ、「いえ」と宗佑は首を横に振った。

「母親の姉と暮らしています。戸籍上は本当の娘として」

「そうか……」と呟いて、鷲尾がコップを手にした。残りの酒を飲み干してコップを置くとこちらに視線を戻した。

「残念だが、そんな罪深い人間にはわたしの後を任せるわけにはいかないだろうね」

宗佑は奥歯を嚙み締めた。やはり本当の話をするべきではなかった。

「……いや、きみ自身がきっと耐えられないだろう」

どういう意味だろうか。

「あの……」

「話ができて楽しかったよ」

宗佑の言葉を遮るように言うと、ズボンのポケットから取り出したしわくちゃの千円札二枚をテーブルの上に置いて鷲尾が立ち上がった。

「あの、わたし自身が耐えられないとはいったいどういう意味ですか？」

宗佑が問いかけると、出口に向かおうとしていた鷲尾が足を止めて振り返った。

「何も好き好んで暗闇を覗き込むことはないってことだよ」

そう言って店を出ていく鷲尾の背中を宗佑は見つめた。

これで諦めるわけにはいかないが、このまま後を追っても鷲尾を説得できる言葉が今は見つからない。

鷲尾の姿が消えると、これからどうするべきかと考えながら宗佑は酒を喉に流し込んだ。

9

三十三房の前で直也は足を止め、視察口を覗き込んだ。座卓の前で石原があぐらをかいている。

「石原、開けるぞ」

そう言いながら錠を外して鉄扉を開けると、あぐらをかいたままの状態で石原がこちらを向いた。

「おまえに手紙が届いている」

「手紙？」怪訝そうな表情で石原が首をひねった。

房の中に一歩足を踏み入れ、あらかじめ封を切っていた封筒を石原に差し出す。受け取った石原が裏側の差出人を見て、口もとを歪めた。

武井遥（たけい）——と書いてある。

文面と、以前面会に訪れた弁護士との会話から、石原の姉だろうと察した。引き取られた母方の姓を名乗っているのか、結婚して苗字が変わったのだろう。

「手紙を出したいなら便箋と封筒と切手を用意するから願箋を出せ」

そう告げて踵を返そうとしたとき、「ちょっと待って」と石原が呼び止めて、封筒を中身ごと半分にちぎった。さらに何度も細かくちぎる。

「捨てといてくれないかな」と言って石原がちぎった紙切れをこちらに差し出す。

「いいのか？」

「この部屋のごみ箱に捨てるのも忌まわしい」

直也は手を伸ばしてちぎられた紙を受け取った。

「ところでさ……ここんところ、松下って刑務官を見かけないな。どうしてるんだ？」

その名前に思わず反応したが、言葉を返さずに石原を見つめた。

「最後に見かけたのは、そうだ……ここで死刑執行があったってニュースが流れた日だったな。朝、真っ青な顔でおれのところに自弁の申込用紙を届けに来たよ」こちらの反応を楽しむような顔で石原が言う。

死刑が執行されたというニュースであっても、拘置所内では流している。

それからしばらくの間、このフロアに収容されている確定死刑囚の様子が殺伐としていた。

「もしかして、松下センセはあの岸本って死刑囚を殺したのか？　その褒美に長期休暇でももらってるのか？」茶化すように笑いながら訊いてくる。

「黙れ」

「そんなにつれなくするなよ。どんな様子か聞きたいだけだよ。自分がどういうふうに殺されるのかってことを。小泉センセは死刑執行に立ち会ったことはあるのか？」

「一応、もう一度確認しておく。これは捨てていいんだな？」石原の質問には答えず直也は紙を握り締めた手を突き出して確認した。

「ああ。いらねえよ。そんなもん」

「わかった」

「おれが死ぬときは小泉センセに付き添ってもらいたいな。どんな顔をしながらおれを殺すのかを見てみたいからさ」

笑いながら話す石原を無視して直也は房から出ると、鉄扉を閉じて錠をかけた。

中央監視室に戻ると、まっすぐごみ箱に向かった。ごみ箱の上で握り締めた手を解こうとしたが、思い直してその場を離れた。机に向かって座り、その上に握っていた無数の紙切れを落とした。

努めて平静を装っているようだったが、執拗（しつよう）なほどに細かくちぎられた紙切れから、石原の心情が垣間見える。

検閲のために直也はこの手紙を読んでいる。石原に読ませたいと思っていた手紙だった。

石原が九歳のときに両親が離婚し、それ以降母親と姉と離れて暮らしていたことは彼の身分帳を読んで知っているが、姉と弟の間にどのような確執があるのか直也は知らない。

だが、あのような残忍な殺人事件を犯し、確定死刑囚になってもなお、弟に会いたい、そして刑が執行される前に贖罪の気持ちを抱いてほしい、素直で優しかった子供の頃の心を取り戻してほしいと願う姉の思いが切々と自分にも伝わってきた。

先ほど自らが言っていたように、石原の刑はいずれ執行される。

それが今年なのか、五年後なのか十年後なのか直也にはわからないが、再審請求に興味を示さないことからも、そう遠い日のことではないように思える。

石原の最期に立ち会いたいなどとは露ほども思わないし、想像したくもないが、せめて少しでも人間らしい心を取り戻して逝ってほしいと願っている。

直也は机の上に散らばった紙切れを見つめて溜め息を漏らし、引き出しを開けてセロハンテープを探した。


「工藤、開けるぞ」

視察口を覗き込みながら告げて鉄扉を開けると、懐かしいメロディーが耳に響いてきた。

房内のラジオ放送から流れているもので、刑務官の初等科研修を受けていた頃に流行(はや)っていてよく耳にした曲だった。

「教誨の時間だ。用意しろ」

直也が言うと、目の前で正座していた工藤が立ち上がり、サンダルを履いて廊下に出る。

鉄扉を閉じ、同僚の久保とともに工藤を連れて廊下を進む。房から離れても先ほどのメロディーが耳に残っている。刑務官になりたての頃の記憶がよみがえってくる。

あの頃の直也は希望にあふれていた。長女の亜美が生まれ、由亜と入籍し、安定した仕事に就くこともできて、これから充実した未来が待っていると思っていた。

だけど、今の自分は……死神の手先として、確定死刑囚を教誨室に向かわせている。

おれが死ぬときは小泉センセに付き添ってもらいたいな。どんな顔をしながらおれを殺すのかを見てみたいからさ――

石原との会話を思い出し、同時に最後に会ったときの松下の姿が脳裏にちらつく。

岸本の死刑が執行された翌日から三週間近く松下は出勤していない。体調不良で欠勤したままだ。

北千住の飲み屋で泥酔した松下を官舎の部屋まで送り届けてから会っていない。

出迎えに現れた妻は松下の様子を見てすぐに事態を察したようだった。昼過ぎには夫の職場で死刑の執行があったとニュースで報じられていた。

目の前の夫婦を見ていると、どうにもいたたまれなくなり、妻に松下を託すと直也は逃げるように自分の部屋に向かった。

同じ官舎に住んでいるがそれから松下を見かけることはなく、ずっと心配に思っている。部屋を訪ねて様子を窺おうかと思ったこともあったが、松下と顔を合わせるのをためらった。

今頃、松下はどのような思いでいるだろうか。

教誨室の前にたどり着くと、直也はドアをノックした。「どうぞ」としわがれた声が聞こえ、ドアを開ける。

「工藤義孝を連れてきました。失礼します」

正面のテーブルに向かって座っている鷲尾に言うと、久保を外に控えさせ、工藤を促して一緒に部屋に入った。ドアを閉めて近くにある椅子に腰かける。

「工藤さん、ひさしぶりだね。いらっしゃい」

工藤が近づいていくと、鷲尾が立ち上がっていつものように相手の背中に両手を回して抱きしめる。

飲み屋で会ったときとは別人のような穏やかな表情をしているが、顔色はあいかわらずよくない。いや、この前会ったときよりもさらに薄暗い印象だ。

鷲尾は工藤の背中に回していた手を離すと、テーブルを挟んで向かい合って座る。

「最近、調子はどうですか？」

穏やかな口調で鷲尾が問いかけると、「調子ですか……」と工藤が顔を伏せた。

「どうしましたか？」さらに鷲尾が訊く。

「ここしばらくよく眠れなくて……」

「何か悩みがあるんですか」

顔を伏せたまま工藤が言いよどんでいる。

「もしかして……例のニュースの影響ですか？」

一拍置いて、工藤が頷く。

岸本の死刑執行のニュースのことだろう。

「……岸本さんというかたの刑が執行されたと知ってから、気持ちがどうにも落ち着かなくなって……今度は自分の番なんじゃないか……いつ執行されるんだろうって……」

工藤は友人とその家族の三人を殺し、死刑が確定している。確定してからかなりの年月が経っているので、いつ執行されてもおかしくない状況だ。

「あなたのような立場でなかったとしても、誰も未来のことはわかりません。一日一日を……い、一日……」鷲尾が片手で腹のあたりを押さえ、苦しそうに表情を歪める。

向かいに座った工藤も異変を感じたようで、「……鷲尾さん、どうしました？」と心配そうに前のめりになる。

「い、いや……何でも……ありま……」と震えた声が聞こえると同時に、もう片方の手で口もとを覆い、鷲尾が椅子から床に倒れ落ちる。

「鷲尾さん⁉」

頭の中が真っ白になり、椅子から立ち上がって鷲尾に近づいた。口もとを覆った手の隙間から赤い液体があふれているのが見え、「大丈夫ですか？」と声をかけて目の前で屈む。

鷲尾は苦しそうに呻きながら、大丈夫だというように小さく頷く。

大丈夫なはずがない。

直也は立ち上がってドアに向かった。ドアを開けて外に飛び出すと、待機していた久保が驚いたようにこちらに視線を合わせる。

「鷲尾さんが吐血して倒れました！　救急車を呼んで医務室から先生に来てもらってください」

慌てた様子で久保が駆け出していくと、直也はすぐに鷲尾のもとに戻った。

通用口を抜けて外の空気に触れたとたん、思わず溜め息が漏れた。

疲れる一日だったと、直也は足早に官舎に向かった。

教誨室で倒れた鷲尾は駆けつけた救急隊員によって病院に搬送された。同乗した上司からの連絡によると、鷲尾はそのまま入院することになったという。

どんな病気なのかは知らされていないと上司は電話口で語ったが、肝臓を患っているのではないかと直也は感じていた。

鷲尾はアルコールをよく飲んでいるようだし、いつも顔色が悪かった。肝硬変や肝臓がんであれば吐血することもあるらしい。

飲まなきゃやってられないからさ――

そう言って拘置所の食堂で酒を隠し飲みしていた鷲尾の姿を思い出す。

自分の身体を壊すほど飲まないとやっていられない死刑囚の教誨を、鷲尾はなぜ続けているのだろうか。

死神の手先だと、自らが思っているようなことを。

鷲尾は東京拘置所の教誨師になって十年の間に、六人の死刑執行に立ち会ったと言っていた。たとえひとりであっても立ち会うのは嫌だ。だが、自分たち刑務官はそれも仕事のひとつだから、その機会が訪れてしまったらやらざるを得ないだろう。でも教誨師は仕事ではなく、あくまでもボランティアなのだ。避ける手立てはいくらでもあるだろう。

鷲尾はどうしてそんな苦しくて辛いことを十年間も続けているのか、不思議でならなかった。

「おい、小泉――」

背後から声が聞こえて、直也は立ち止まって振り返った。背広姿の松下がこちらに向かってくる。歩いてきた方向からすると、拘置所から出てきたのだろう。

「職場にいらっしゃってたんですか?」

直也が問いかけると、松下が頷いた。そのまま松下と並んで歩き出す。

「おまえに礼を言わなきゃいけないと思いながら、言えずじまいだったな。あらためてあの夜はありがとう」

　あの日の話になって痛々しい思いで松下を見る。どんな言葉をかけていいのかわからない。

「いえ……体調はどうですか？　ずっと心配だったんですけど……」

「あの日から変わらない。おそらく……ずっと変わらないだろう」

　松下を見ているのが辛くて視線をそらした。

「さっき退職願を出してきた。有休を消化するから職場で会うことはもうない。引き継ぎなどでおまえにも迷惑をかけてしまうけど……すまないな」

「いえ……」

「来週には官舎も出ていく」

「どちらに移られるんですか？」

「島根だ」

　意外な答えに、松下に視線を戻した。

「妻の実家だ。農家を営んでる。今は無性に土いじりがしたくてさ」松下がそう言いながら軽く笑った。

　それがいいかもしれないと直也も思った。

「鷲尾さんにも迷惑をかけてしまった。お詫びを言いたいけど連絡先を知らない。次に会ったときにおまえの口から伝えてもらえないか」

「それが……鷲尾さんといつお会いできるかわかりません」

　松下が首をひねる。

「今日、教誨中に吐血されて……救急車で病院に搬送されました。そのまま入院したそうで」

松下が表情を曇らせて、「そうか……」と呟いて立ち止まった。振り返ってすぐ目の前にある巨大な建造物を見上げる。

直也も同じように自分の職場を見つめた。

「おまえはこの仕事を続けていくのか？」

答えられなかった。

「そうであるなら深入りするなよ」

その言葉の意味を図りかねて松下を見た。

「おれはあのフロアにいた三年で、いつの間にか死刑囚という存在を、同じ人間として見てしまっていた。あの人のことも……」

あの人――岸本のことを言っているのだろう。

「あの人が自分と同じ人間だというのは当たり前のことなんだけどな。だけど……人間が人間を殺すというのはとても辛くて苦しいことだ」

松下はしばらく東京拘置所を見つめていたが、やがて過去を振り払うように前を向いて歩き出した。

10

錦糸町駅に降り立つと、宗佑は近くの商業施設に入った。地下の食料品売り場を巡って手土産を探す。

酒が好きだという以外に鷲尾のことについてはよく知らない。まさか酒を持って行くわけにはいかず、かといって甘いものが好みかどうかもわからない。シンプルに花束というのも考えたが、そういう柄にも思えない。けっきょく無難なフルーツの詰め合わせを包んでもらった。

一昨日、『カラオケスナック・ルビー』のママのヨシコから教会に電話があった。一週間ほど前に鷲尾が入院したそうだが、話し相手がいなくて退屈だと伝えてほしいと頼まれて彼から預かった名刺にあった番号に電話したという。

商業施設を出ると、駅前からタクシーに乗った。ワンメーターでたどり着き、タクシーを降りて病院に入っていく。四階でエレベーターを降りると、ナースステーションに立ち寄った。

「四〇三号室に入院している鷲尾さんのお見舞いに伺ったのですが」

看護師から入室の了解をもらい、四〇三号室に向かう。ドアの横に貼りつけてあるプレートを見ると、六人部屋の窓際のベッドだ。

「失礼します」と小声で言って病室に入り、奥に進んでいく。ベッドに横たわって本を読んでいる鷲尾が目に入った。気配を感じたようで、声をかける前に鷲尾が手に持っていた本からこちらに視線を向けた。

「ああ……来てくれたのか」鷲尾はそう言って閉じた本をベッドサイドテーブルに置いた。

前に会ったときよりも顔つきがさらにほっそりとしているように思えたが、顔色は今のほうがよさそうだ。

「これ、つまらないものですけど。後でお召し上がりください」宗佑はフルーツを詰めたカゴをテーブルに置いた。

「本当につまらないものだな。酒を期待してたんだが」

「そういうわけには……」

「まあ、適当に座ってくれ」

宗佑は近くにあったパイプ椅子を引き寄せて座ると、鷲尾がベッドのボタンを押して上半身を起こした。

「ヨシコから聞いたが、あれからも度々訪ねてきてくれてたそうだな」

鷲尾に言われ、「ええ」と宗佑は頷いた。

あのときの会話だけでは諦めきれずに、週に二回ほど錦糸町に赴き、鷲尾を求めてあのスナックと近くの飲み屋を徘徊(はいかい)した。

話をするのであればヨシコから鷲尾の連絡先を教えてもらうという手もあったが、直接顔を合わせない形だと簡単に拒絶されるだけだろうと思った。

「何とも酔狂な牧師だな。それほど執着するような人間でもなかろうに。それとも執着しているのはわたしというわけではないのかな」

含みを持たせた言いかたに反応しそうになる。小首をかしげて鷲尾を見つめる。

「まあ、いい……わたしもきみともう一度話がしたかったから」

「一週間ほど前から入院されているそうですが、お加減はいかがですか」

「たいしたことはない。ただの肝臓がんだ」鷲尾がこともなげに言って笑う。

「肝硬変ということでは……」

「病気のことは隠しておくつもりだったが店で血を吐いてしまったんでな。親しい知り合いに肝臓がんで余命が半年ほどとは言い出しづらいだろう」

最後の言葉に衝撃を受けた。

「余命が半年ほど……それは本当ですか」

「医者の話によればな。これから先のことをいろいろと考えていたときにきみが目の前に現れた。何かのお導きなのかね」

「わたしともう一度話がしたかったというのはどんな……」宗佑は身を乗り出しながら言った。

「きみにひとつ訊き忘れていたことがあった」

「何でしょうか」

「それまでとは違う生き方を求めて、きみは自分の罪悪感を拭えたかね?」

鷲尾がじっと見つめてくる。とても重病人とは思えない、強堅な眼差しだ。

「恋人を死なせてしまった罪は赦されたときみは思っているのかね」

鷲尾の言葉と眼差しが宗佑の胸を鋭くえぐった。

優里亜を死なせてしまった自分の罪を赦されたいという思いで聖書の言葉を学び、洗礼を受け、その後牧師になったが、彼女のことを思い出すたびにいまだに胸に刺すような痛みが走る。

「……思っていません」

「洗礼を受け、神の子となったのに？」こちらを覗き込むような眼差しで鷲尾が訊く。

宗佑は黙って頷いた。

「牧師として人を教え導く立場にいるというのに？」

「……神からは赦されたと思っていますが、自分で自分のことをまだ許せずにいます」

「そうか……わたしと同じだな」

鷲尾を見つめ返しながら、宗佑は首をかしげた。

「もうすぐ死んでしまうというのに、自分の罪を許せずにいる」

鷲尾はどのような罪を犯したというのだろう。知りたかったが、鷲尾から話し出すのを待つことにした。

少しの間の後、鷲尾がゆっくりと片手を持ち上げ、パジャマのボタンを上から外していく。パジャマをはだけさせると、胸もとから肩口にかけて立派な刺青が鎮座しているのが見えた。

知り合いの牧師の倉田を思い出した。実際に見たことはないが彼も刺青をしているという。

「……若い頃から札付きの不良で、十八のときに暴力団の組員になった。三十五歳で破門されるまでいろいろと悪いことをやって生きてきた」

「どうして破門されたんですか」宗佑は訊いた。

「覚せい剤にはまって逮捕された。組ではクスリはご法度だったからな」

「暴力団員のときに犯した罪を今でも許せないと？」

「もちろん、悪いことを散々してきたと思う。ただ、人生で一番重い罪ではないだろう。少なくとも自分ではそう思っている」

人生で一番重い罪——前回会ったときに鷲尾にそれを訊かれ、宗佑は優里亜が自殺したきっかけを自分が作ったと話した。

「今まで誰にも話したことはなかったんだが……きみに話させておいて、自分は口をつぐんだままあの世に逝くわけにはいかないだろうね」

鷲尾の言葉を受け止めながら、宗佑は居住まいを正した。

「組を破門されたからといって堅気に戻ったわけじゃない。むしろタガが外れたようにより最低な人間へと成り下がっていった。日中はギャンブルに明け暮れ、夜になると飲み屋街に繰り出して、そこで知り合った人間を騙したり、弱みをつかんで脅したりして……そうやって得た金でクスリをやり、ふたたび捕まって刑務所に入れられた。出所してからも懲りることなく同じような生活を送っていたんだが、四十三歳のときにある女性と出会って、生まれて初めて自分の人生を顧みようと思わされた」

「どのような女性だったんですか？」

「フミノという、わたしよりも五つ年下の女性だった」

その名前を発するのに痛みを伴うのか、鷲尾が口もとを歪めた。

「彼女が働いているスナックの客として出会ったんだが、接していくうちにどうしようもなく惹かれていった。フミノは数年前に暴力癖のある旦那と離婚して、ヤスコという当時中学一年生の娘とふたりで生活していた。夜はスナックで働き、昼はスーパーと清掃のパートを掛け持ちしながら、女手一つで懸命に娘を育てていた。フミノは娘をすごく可愛がっていた。店に行くとよく楽しそうに娘の話をして、写真なども見せてくれた。そういう健気でしっかりした姿に加えて、それまで自分が接してきた女性と異なっていたのも、わたしを夢中にさせた理由だったんだろう。わたしの母親はわたしが小学生のときに病弱だった父親と子供を捨てて、男と蒸発してしまった。わたしが関係を持った女は皆、どこかそんな母親を思わせるような者ばかりだった。わたしのようなどうしようもない男とそうなってしまうぐらいだからな。フミノに自分にとっての理想の母親像を重ね合わせていたのかもしれない」

フミノという女性の話をしているうちに、鷲尾の目じりの皺が深くなる。

初めて宗佑が触れる優しそうな眼差しだった。

「……いつ何時もフミノのことを考えるようになっているのに、それを口にできないまま、わたしは客として店に通い続けた。彼女に気に入られたくて、ときには娘のためにとその年頃の子供が興味のありそうな本やキャラクターグッズなどを探して土産に持って行ったり、ときにはフミノの相談事に乗ってやったりして、精一杯いい人間を装った。付き合いが続いていくうちに、フミノもわたしに好意を持ってくれているかもしれないと感じることもあったが、それ以上の進展を自分から求めるのはためらった」

「自分の過去を話さなければならないからですか？」

鷲尾の身体を見ればどういう人生を歩んできたかがわかるだろう。

「過去だけではない。当時のわたしは、一時期ほどの頻度ではなかったにしても、まだ時々クスリをやっていたからね。わたしはまず、何とかしてクスリと縁を切ろうと自分に誓った。そして生まれて初めてちゃんと働こうと、必死に仕事を探し回って、建設関係の職に就くことになった。まっとうな人間になれたと思えたら、それまでたどってきた人生を正直に話したうえで、フミノに自分の気持ちを伝えるつもりだった。それで相手に受け入れられなければしかたがないと。いずれにしても最低な人生を変える最後のチャンスだという思いで……」

どこか遠くを見つめるような鷲尾の眼差しに、その思いは叶えられなかったのだろうと察した。

「簡単ではなかった……それまで一度もまともに仕事をしたこともなく、しかもクスリで体力の落ち切った身体には、建設現場の肉体労働はかなりきつかった。上司や同僚から叱り飛ばされ、そのたびに相手をぶん殴って辞めてやろうという気持ちをぐっとこらえる毎日だったよ。クスリの禁断症状も日に日に激しくなっていく。そのたびにフミノの顔を思い出し、彼女から写真で見せてもらったヤスコの姿をよみがえらせ、いつの日か彼女たちに囲まれる生活を夢見て、歯を食いしばってきつい仕事と禁断症状に耐えた。それから半年ほどクスリを断ち、さらに職場で信頼を得られるようになったらフミノに自分の気持ちを伝えようと思っていた。だけど……」そこで言葉を切り、鷲尾が顔を伏せた。

直前に見せた鷲尾の表情は暗澹としていた。

「お話しされるのが辛いようでしたら無理に……」

「いや、聞いてもらいたい……」

遮るように鷲尾が言って、顔を上げてまっすぐこちらを見る。

「……そんなことを思っていた頃、フミノが働いていたスナックに新しい客が来るようになった。わたしよりも少し年上の男で、話によると数年前に離婚して今はひとりで暮らしているということだった。会計事務所の所長をしているとかで、店に来るときにはいつもこぎれいな身なりをしていたよ。フミノに好意があるのを隠そうともせず、彼女の気を引こうといつも高級そうな菓子を土産に持ってきて、会話の端々で食事やデートに誘っていた。フミノはやんわりとかわしていたが、それでもめげることなく口説き続ける男を見るにつけ、わたしは何とも言いようのない苛立ちと焦燥感に苛まれた。このままだと彼女を取られてしまうかもしれないという焦りと、そうなる前に気持ちを伝えるべきかという迷いと、そうしたときに自分は見かぎられて彼女を完全に失ってしまうんじゃないかという恐怖が、心の中でない交ぜになってね。今の自分はこんなに苦しみ悶えながら耐えているが、そんなことはそもそも何の意味もないことなんじゃないかとも。そんなことを考えていると、必死に抑えつけていた欲望が急速に胸の中で増殖していってね……」

「ふたたび覚せい剤に手を出してしまわれたんですか？」

想像していたことを口にすると、鷲尾が頷いた。先ほどにも増して悲愴(ひそう)な顔をしている。

「それだけじゃない。わたしは取り返しのつかない重い罪を犯してしまったんだ」

血走った目で見つめられ、息苦しくなる。

「ある日、働き詰めで身体がしんどいと訴えていた彼女に、疲れが取れる栄養剤だから試してみたらと言って錠剤を渡した。自分が常用していた錠剤型の覚せい剤だ」

胸の底からこみ上げそうになる溜め息を必死に押し止めながら宗佑は鷲尾を見つめた。

「次に会ったとき、わたしを見るフミノの目は変わっていたよ。恍惚とした表情で、あの栄養剤がまたほしいと頼んできた。自分が飲んだ錠剤が覚せい剤であることなどまったく想像もしていないようだった。わたしはなかなか手に入らない貴重なものだといくぶん恩着せがましく言いながら彼女にあげた。それを繰り返した……」

鷲尾が視線をそらした。窓の外をしばらく見て、こちらに視線を戻して口を開く。

「数ヵ月後にはフミノはわたしの女になっていた。自分の行いを顧みることなく、欲望の赴くまま、労せずして彼女を手に入れたんだ。その頃には、わたしがかつてヤクザであったことや、逮捕歴や刑務所に入っていたことがあることや、自分が飲まされていたものが覚せい剤であると知っても、何ら興味がなさそうだった。会っているときには、ひたすらクスリとわたしの身体を求めるようになっていた。わたしは性に合わなかった仕事を辞めて、以前のような自堕落な暮らしぶりに戻った。フミノも以前のように働けなくなり、かといって今まで以上に金が必要だったから、手っ取り早く稼げる世界に堕ちていった」

身体を売ることだろうと察した。

「彼女の変わりように、それまで抱いていた執着はなくなってしまった。自分でそう仕向けたくせに何とも身勝手な言い分だが……そばにいられると自分の罪悪感を煽られるようで、それが嫌になり、彼女とは距離を取るようになった。それからしばらくしてわたしは飲み屋に居合わせた客を殴って逮捕され、覚せい剤をやっていたこともわかって、懲役三年の刑でふたたび刑務所に入れられた」

「フミノさんとはそれから？」

その後の親子のことがどうにも気になった。

「刑務所に入った後、フミノが面会に来ることも、手紙が届くこともなかった。今さら何をと思うかもしれないが、刑務所の中で規則正しい生活を送り、クスリの誘惑が抜けていくにしたがって、あらためて自分が犯した罪を自覚するようになった。それから服役している間はずっとフミノと娘のことを考える毎日だった。自分はとんでもないことをしてしまった……どうか薬物依存から抜け出して、元の生活に戻っていてほしいと。出所後、ためらいながら彼女が住んでいたアパートに向かった。だが、フミノとヤスコはもうそこには住んでいなかった。アパートの大家を調べて親子の消息を知っているか訊ねると、一年ほど前にフミノは逮捕されたと教えられた。娘を殺害した容疑で……」

宗佑は息を呑み、「どうしてそんなことを……」と言葉を絞り出した。

「知りたかったが訊けなかった。調べることもしなかった。フミノが娘を殺したという事実だけで胸が押しつぶされたから」

覚せい剤の影響だと思っているのだろう。

「いや、フミノが殺したんじゃない。ヤスコを殺したのはわたしだ。フミノの心を壊して……きみのことを罪深い人間だとなじったが、実はわたしのほうがよほど罪深い人間なんだ」

「それで信仰を求めるようになったんですか」

「そういうことだ……自責の念にのたうち回るように苦しんでいたときに、駅前で布教活動をしていた女性に声をかけられたのがきっかけだった。それまでの自分であれば立ち止まったりなどしなかっただろうが……何かにすがらなければとても耐えられなかった」

その気持ちは宗佑にもよくわかる。

優里亜が自殺してから、自分も自責の念に苦しめられた。

「だが、いくら聖書の言葉を学び、洗礼を受けてクリスチャンになっても、わたしの心が救われることはなかった。脳裏にはいつもフミノとヤスコの姿がちらつき、どんなに振り払おうとしても消えてくれず、ふたりの人生を壊した自分をとうてい許すこともできなかった。どうすれば自分は神から赦されるのだろう、自分で自分を許すことができるのだろうと煩悶した。償い続けるしかないと思った。フミノとヤスコにはもう償うことはできないが、他の誰かの心にわたしが少しでも救いをもたらすことができたなら、もしかしたら……と……」最後は呟くような声になり、鷲尾が辛そうに顔を伏せた。

「その償いの場が『罪人の門』だったんですか」

宗佑が問いかけると、ゆっくりと鷲尾が顔を上げた。頷く。

鷲尾が牧師をしている教会の礼拝は、他の教会で多く行われている午前ではなく午後二時からだという。近辺で働いている水商売や風俗関係の女性が来やすいようにするためだと、教会がおかれているスナックのママのヨシコから聞いたが、それはかつてのフミノのような女性の心に寄り添いたいという鷲尾の思いからではないか。

さらに教会のホームページから、刑務所や拘置所にいる犯罪者の社会復帰や、薬物中毒者に救いの手を差し伸べることに力を入れていたことが窺えた。

だが、ヨシコの話によれば、今は日曜日の礼拝こそやっているものの、教会としての役割はほとんど果たされていないようだ。

死刑囚の相手をすることで、鷲尾が抜け殻のようになってしまったから——と。

「どうして東京拘置所の教誨師になられたんですか？」宗佑は訊いた。

「十年ほど前に知り合いだった牧師に打診された。そのかたはわたしが牧師になる際に按手礼(あんしゅれい)をしてくださったひとりで、長年東京拘置所で教誨師をしていたが、高齢になって心身ともにきつくなってきたので後任を探しているということだった」

「そのかたはどうして鷲尾さんに打診されたんでしょう？」

宗佑が問いかけると、「どうしてだろうね……」と鷲尾が首をひねった。

「はっきりと訊いたことはなかったが、おそらく罪を犯した者を相手にするのであれば、清廉潔白な牧師でないほうが適任だと思ったのかもしれない。そのかたはわたしの過去をある程度知っていたからね」

「それで引き受けることになさったんですか？」

「とはいっても、すぐに決められたわけではない」鷲尾が即座に手を振る。「そのかたの話を聞いて二の足を踏んだ。東京拘置所は刑場のある施設だから、当然死刑囚の教誨もする。いや、むしろ教誨に訪れるのは死刑囚が多いということだった。死刑が執行される際にはその直前まで教誨師が立ち会わなければならない。これから死んでいく者に祈りを捧げるのはとても苦しいことだと、絞り出すような口調でそのかたは語っていた」

鷲尾の話を聞きながら、宗佑はあらためてその光景を想像した。

これから処刑される石原亮平に向かい合う自分の姿を。

「悩んだ末にわたしは引き受けることにした。ただ、そのときは使命感に駆られたからというよりも、どちらかといえばよこしまな思いからだった」

「よこしまな思い……」その言葉の意味がわからず宗佑は呟いた。

「その頃になってもわたしは自分の犯した罪を許せず、苦しみ悶えていた。フミノの幸せだった人生を壊し、ヤスコを殺させたのは自分だと。自分は最低な人間だと。死刑になるような酷い罪を犯した人間……いや、鬼畜どもを目の当たりにすれば、少しは自責の念が薄められて楽になれるんじゃないかと……何とも浅ましい考えでね」

決してそうはならなかったのだと、目の前の痩せこけた鷲尾を見つめながら宗佑は思った。

「わたしの前に現れた死刑囚は皆、普通の人間だった。やってしまった行為は鬼畜のような所業だったとしても、紛れもなくわたしと同じ人間だった。わたしと同じようにおもしろいことがあれば楽しそうに笑い、シャバにいる家族のことに話が及べば思い出して泣き、聖書の勉強に真面目に取り組んでいることを褒めると嬉しそうな顔をする。そんな姿に触れているうちに彼らが死刑囚であることをいつの間にか忘れてしまう。拘置所にいないときも彼らのことを思い出す際には、死刑囚としてではなく、あくまでもひとりの人間であり、ひとりの友人だと認識していた。だけど、その報せはふいにやってくる。拘置所から電話がかかってきて、『明日の朝、来てほしい』とね。翌日、刑場にやってきた人物と対面して、苛烈な現実に引き戻される。最後の祈りを捧げ、友人は刑務官たちによって目隠しや手錠をされて執行室に連れられて行く。それを見つめながら、わたしは祈ることしかできない……」

こちらに視線を据えながらそのときの光景を思い出しているようで、鷲尾の上半身が小刻みに震えている。

「初めて立ち会った刑の執行が終わって拘置所から出ると、あたりが真っ暗に思えた。午前十時頃で雨も降っていないというのに。自分の魂が半分ちぎられたような深い喪失感に苛まれた。二度と……二度とこんな思いはしたくないとそのときは願ったが、けっきょく今までに六人の友人を見送った」

「辞めようとは思わなかったんですか？」

「初めて執行に立ち会った後、これは自分への罰ではないかと思った。これほど苦しい思いをさせられるのはきっと自分が犯した罪への罰なのだと。それからはどんなに苦しくても辛くても、それがフミノとヤスコへの償いなのだと思うようになった。わたしのような罪深い人間が教誨師をしていていいのだろうかと思うこともあった。そう遠くないうちに処刑されてしまう死刑囚の心に救いを与えることなど、わたしにできるのだろうかと。そもそもそんな資格がわたしにあるのかと。だけど同時に……わたしのような人間のほうがいいのではないかとも感じている」

「どうしてですか？」

「自分が犯した罪を許せずに苦しみもがいている人間のほうが、罪深いことをして死を待つしかない相手の心をより理解できるんじゃないかとね」

恋人を死なせてしまった罪は赦されたときみは思っているのかね——

先ほど、鷲尾がどうしてそのようなことを宗佑に問いかけたのかを理解した。

「今までわたしの話を聞いていて、それでも死刑囚の教誨をしたいと思うかね？」こちらをじっと見つめながら鷲尾が訊いてくる。

心の声を聞くために、宗佑はゆっくりと目を閉じた。まぶたの裏に由亜の姿が浮かぶ。

「暗闇を覗き込む覚悟はあるかね？」

鷲尾の声が聞こえ、宗佑は目を開けた。

「たとえ苦しむことになったとしても、わたしの気持ちは変わりません」

無言のまましばらく見つめ合う。やがて鷲尾が重い溜め息を漏らして口を開いた。

「そうか……わかった。死ぬ前に関係者に掛け合ってみよう」

すでに信者の中から選ばれた役員たちには、機会があればまた教誨をやりたいと伝えていて了承してもらっている。

「ありがとうございます」宗佑は深く頭を下げた。

「しゃべりすぎたせいかちょっと疲れた。休ませてもらうよ」

鷲尾がそう言ってベッドのボタンを押し、起こしていた上半身を倒して目を閉じる。

「それでは……わたしも失礼します」

宗佑はパイプ椅子から立ち上がった。見られていないことはわかっていたが、もう一度鷲尾に頭を下げてからドアに向かう。

病院を出て外の空気に触れたが、息苦しさがやまない。

相手の触れたくない記憶をほじくり出す結果になってしまったことに胸の疼き（うずき）を感じている。

由亜の無念を晴らす――という自分の願望のために。

宗佑はひとつ大きく息を吐いて歩き出した。

第三章

1

エレベーターから杖（つえ）をついた男性が降りてくるのが見えて、宗佑はベンチから立ち上がった。女性の看護師に肩を支えられながらこちらに向かってくる鷲尾に近づく。

「具合はいかがですか？」

宗佑が問いかけると、「朝食がまずかったこと以外、何も問題はない」と鷲尾が苦笑した。ちらっと隣にいる看護師を見ると渋い表情をしている。

おそらく外出などするべきではない状態なのに、医者に無理を言って許可させたのだろう。

「とりあえずここで座って待っていてください。タクシーを呼んだら戻ってきますので」

宗佑は鷲尾を受付のベンチに座らせて、その場から離れた。病院の出入り口に備え付けられたタクシー専用電話の受話器を持ち上げて車を呼んだ。

十五分ほどして病院の前にタクシーが到着すると、宗佑は受付に戻った。ベンチに座ってテレビのワイドショーを観ている鷲尾に声をかける。

鷲尾に肩を貸しながらゆっくりと病院を出た。時間をかけて鷲尾をタクシーに乗せ、宗佑は反対側のドアから隣に座った。

「東京拘置所までお願いします」

宗佑が行き先を告げると、車が走り出した。

「本当に大丈夫ですか?」鷲尾に目を向けて宗佑は訊いた。

ベンチから立ち上がるのも、タクシーに乗り込むのも、かなり難儀している様子だった。

「いつどうなるかわからないからな。できるときに多少の無理をしなきゃ……引き継ぎをしないままお別れしてしまうことになる」

二週間ほど前に宗佑のもとに入院中の鷲尾から連絡があった。見舞いにやってきた東京拘置所の処遇部長に、自身の余命のことや宗佑が教誨師をやりたがっていることなどを話したら、ぜひ後任を願いたいと打診されたそうで、最終的な承諾の確認をされた。

お引き受けしますと宗佑が迷いなく告げると、その後はとんとん拍子に話が進み、今日鷲尾からの引き継ぎを兼ねた最初の教誨を行うことになった。

宗佑は何と言葉を返していいかわからず、鷲尾から視線をそらして窓外を見た。

今の自分の気持ちを表したような、どんよりとした曇り空だ。

「……わたしが初めて東京拘置所に行ったときも、こんな天気だったな」

その声に、鷲尾に視線を戻した。

「十年以上前のことなのに覚えてらっしゃるんですか?」

「ああ……もしかしたら本当は晴れていたのに、そう見えただけなのかもしれないけどね。これから会う人たちのことを考えて、ひどく滅入っていたし、緊張もしていたからな」

今の自分もそうだ。これから会う人たちの中には死刑囚もいるにちがいない。狭い独居房の中で死を待つしかない彼らにどんな話をすればいいのか、今の宗佑にはわからない。そして、もしかしたらその中には、由亜を無残に殺した石原が含まれているかもしれないのだ。

手のひらが汗ばむのを感じながらふたたび窓外を見つめていると、テレビなどで見覚えのある建物が遠くに見えてきた。東京拘置所の巨大な建造物が近づいてくるにしたがって、心臓が激しく鼓動を打つ。

入り口らしきところの前でタクシーが停まった。宗佑は支払いをすると、財布を鞄にしまって車を降りた。肩を支えながら鷲尾を降ろすと一緒に建物に入っていく。先ほどよりも鷲尾の足取りがしっかりしているのを感じながら、後に続いて廊下を進む。

廊下に立っていた制服姿の刑務官がこちらに顔を向けて、「おつかれさまです」と声をかけてきた。

「おつかれさま。聞いていると思うけど、彼が後任の教誨師でね。これからよろしく頼むよ」

鷲尾に紹介され、宗佑は刑務官と挨拶を交わした。

「よろしくお願いします。一応規則になっておりまして、教誨に必要なもの以外のお荷物を預からせていただきます。あと、書類のほうにもご記入ください」

承知していると宗佑は頷き、聖書とヒムプレーヤーを取り出した鞄を刑務官に預けた。渡された書類に名前などを記入する。

その後、刑務官とともにエレベーターに乗り、宗佑と鷲尾は一室に案内された。応接セットが置かれた十畳ほどの部屋だ。祭壇の類はないので教誨室ではなさそうだ。

鷲尾と並んでソファに座ると、「こちらで少々お待ちください」と廊下から刑務官が言ってドアを閉めた。

「ここは控え室のようなものですか?」

宗佑が訊くと、鷲尾が頷いた。

「あそこにお茶が用意されているから、淹れてもらえるかな」

宗佑は立ち上がり、鷲尾が指をさしたほうに向かった。壁際に置かれた台の上に湯沸かしポットと茶碗とパックのお茶、さらに盆に載せた菓子がある。お茶を淹れたふたつの茶碗を持って鷲尾のもとに戻った。

お茶を飲んで尋常ではなく渇いた喉を潤していると、ノックの音がしてドアが開いた。背広姿の年配の男性が部屋に入ってくるのを見て、宗佑は茶碗をテーブルに戻してソファから立ち上がった。

「いろいろとご迷惑をおかけして申し訳ありませんでした。彼が保阪さんです」ソファに座ったまま鷲尾が言った。

「処遇部長の丹波です。今回はうちの教誨師をお引き受けいただいてありがとうございます。これからどうかよろしくお願いいたします」

「保阪です。こちらこそ、よろしくお願いいたします」

名刺を交換すると、宗佑は丹波と向かい合わせに座った。

「ここで教誨をしていただくにあたっていくつかお話しさせてください。保阪さんは以前にも教誨師をしておられたと、鷲尾さんから伺いましたが……」丹波が少し前のめりになって言う。

「ええ。千葉刑務所で五年間教誨師をしておりました」

「いやあ、それは大変心強いですな」

丹波がそう言って相好を崩した。だが、すぐに表情を引き締めて口を開く。

「ただ、やはり刑務所とは勝手が違うこともたくさんあると思います。ご存じのように刑務所とは違ってここには死刑囚が収容されていますし」

丹波を見つめ返しながら、宗佑は頷いた。

「……さらに言いますと、教誨を求めている者の大半が死刑囚だと考えていただいて差し支えないと思います。教誨の際には刑務官が同席しますが、それでも相手の置かれた状況を考えますと、どんなことが起きても不思議ではありません。保阪さんご自身もどうかそのことを十分肝に銘じながら教誨をしていただきたいと思います。相手を刺激したり、心情の安定を乱すような言動は絶対に慎んでください」

「わかりました」

「また、これは刑務所でも同様だと思いますが、教誨した相手のことや、この拘置所の内部の構造や職員の情報などについてはいっさい口外しないでください」

「守秘義務ということですね」

「そうです。収容されている者とのプライベートな関わりも禁止しています。頼みごとなどをされても絶対に受けないでください。たとえば刑務官に内緒で手紙を出してほしいといったことや、誰かに何かを伝えてほしいなどといったことです」

「承知しています。わたしからもお伺いしていいでしょうか?」

「どうぞ」

「教誨を受けている人は現在何人おられるんですか」

「プロテスタントの教誨を受けているのはたしか六人でしたよね？」

丹波が隣に視線を移して訊き、鷲尾が頷いた。

「確定死刑囚が二名と、それ以外の者が四名です。もっともその四名のうちの三名が一審ないし二審で死刑判決を下されて上告中ですが」

「残りのおひとりは？」

「横領事件を起こして上告中の男です。もともとクリスチャンだそうで」

「そうですか……」

確定死刑囚の中に石原が含まれているかどうか知りたいが、ここで個人名を出したら怪しまれてしまうかもしれない。

「確定死刑囚のふたりは、刑が確定してからかなり年数が経つんでしょうか？」宗佑はそう訊いた。

「ひとりはもうすぐ十年になりますね。もうひとりは四年です」

石原ではない。

「十年ですか……」思わず宗佑は呟いた。

死刑が確定してから十年間も狭い独居房の中で生き続けるのはどういう心境なのだろうと考えた。自分には想像すらできない。

東京拘置所の教誨師を引き受けることになってから、時間を見つけては死刑や拘置所に関する実情をネットなどで調べた。死刑は判決が確定してから六ヵ月以内に執行することが刑事訴訟法で定められているが、この十年ほどの間に執行された、確定から執行までの平均期間は七、八年ほどだという。

確定してから十年ということは、いつ死刑が執行されても不思議ではないだろう。

「ええ。保阪さんの教誨が重要になるということです」

こちらを見つめ返す緩みのない眼差(まなざ)しから、自分と同様の思いを丹波も抱いているのが窺(うかが)えた。

「刑務所では集団教誨を行ったり、クリスマス会などの催し物をしたりして、キリスト教に興味を持ってくれる者を増やしたりしていたのですが、ここではそういったことは……」

それらをきっかけにして石原に教誨を受けさせることはできないだろうかと考えた。

「以前はここでも集団教誨や映画鑑賞会などの催し物をしていたようですが、現在ではまったくしていません」

「どうしてですか?」落胆を隠しながら宗佑は訊いた。

「先ほどお話ししましたが、死刑囚の心情の安定を図るためです。とりわけ確定死刑囚は日々、尋常ではない緊迫状態に置かれながら生活しています。死刑囚同士、もしくは死刑囚と他の収容者とが顔を合わせることによって何か重大な問題が生じるおそれもありますから」

鼻で笑う音が聞こえて、宗佑は隣にいる鷲尾に目を向けた。丹波を見つめる眼差しから反発の思いが窺えたが、何に対しての感情なのかは宗佑にはわからない。

「確定死刑囚は……」

すぐに声がして、宗佑は丹波に視線を戻した。

「刑務官と教誨師と食事や官本を運んでくる衛生係、あとはかぎられた数名の面会者以外と顔を合わせることはありません」

どうにかして石原に自分の教誨を受けさせる術はないかと考えたが、今は何も見つからない。

「教誨はそれぞれ月に一回行っていて、時間は二十五分ほどと定めています。人数を分けて行っていますので、保阪さんにはこれから月に二回こちらに御足労をおかけすることになります」

「問題ありません」

「ただ、ごく稀にではあるのですが……急遽ご連絡して翌朝にお越しいただかなければならない場合もあります」

丹波の言葉を聞いて、室温が数度下がったような気がした。

死刑の執行――

ここで教誨をしているかぎり、いつかは立ち会わなければならない。

その光景を想像して怯みそうになるが、もう後戻りはできないと無言のまま宗佑は頷いた。

「今日は引き継ぎということもあり、鷲尾さんの御体調もありますので、昼食をはさみながら六人全員に教誨をしていただこうと思っています。けっこう時間がかかってしまいますが大丈夫でしょうか？」

「わたしは大丈夫です」

答えながら隣を見ると、鷲尾が頷いた。

丹波が上着のポケットから紙を取り出して鷲尾に渡す。

「工藤、秋山、東、水戸、山辺、服部の順番でいこうと思います。十時からスタートしますので、よろしくお願いします」

宗佑は立ち上がりながら時計を見た。あと十五分ほどだ。

「教誨が終わりましたら今後のスケジュールについて確認させてください」

声をかけてきた丹波に宗佑は頭を下げて、鷲尾とともに部屋を出た。

「先ほど、どうして笑われたんですか？」

廊下を進みながら問いかけると、鷲尾が足を止めた。こちらを向いて「滑稽だったからだよ」と言ってふたたび歩き出す。

「滑稽……というのは？」

「死刑囚の心情の安定を図るためというのが、彼らの決め台詞だ。そのために外部とのつながりを極力遮断し、我々のような宗教家にすがらせ、生への執着を奪う」

自嘲するような鷲尾の口調が気になった。

鷲尾がふたたび立ち止まり、ドアを開けて中に促す。中に足を踏み入れると、六畳ほどの部屋にテーブルをはさんで二脚の椅子が置いてあり、その奥に十字架の祭壇が設えてある。

ドアの横にも簡易な椅子がふたつ置いてあり、続いて入ってきた鷲尾が「よっこいしょ……」と言いながらそのひとつに腰かけた。

「今日はここから見学させてもらうよ」

てっきり教誨をする鷲尾を自分が見学して、後で紹介してもらうものと思っていた。

初対面の相手なので、せめて会話の端緒になることを知りたい。

「あの……最初に教誨をする工藤さんというかたはどういう……」

宗佑の言葉を遮るように「確定死刑囚だ」と鷲尾が答えた。

「どちらの？」

「十年のほうだ」

鷲尾を見つめながら胃のあたりに鈍い痛みが走る。

「十四年前に借金で首が回らなくなって友人の家に金の無心に行き、言い争いの末に友人と妻と九歳の男の子を殺した罪で逮捕された。死刑判決が確定して三年ほど経った頃からわたしの教誨を受けるようになった」

ふいにノックの音がして、宗佑はドアに目を向けた。

鷲尾に頷きかけられ、「どうぞ」と宗佑は声をかけた。ドアが開いて若い刑務官に連れられた白髪交じりの年配の男性が目に入る。

三人を殺害した死刑囚と聞いて粗暴で荒々しい姿を想像していたが、目の前の男は宗佑よりもはるかに華奢(きゃしゃ)で小柄で弱々しい印象を受けた。

こちらを見つめながら男性が小首をかしげるが、刑務官はすでに新しい教誨師のことを知らされていたらしく、「工藤義孝を連れてきました。失礼します」と表情を変えずに言って部屋に入ってくる。

刑務官が鷲尾の隣の椅子に座ると、工藤が戸惑ったようにこちらとドアの横を交互に見る。

「工藤さんですね。はじめまして。わたしは保阪といいます」

「は、はあ……」

「工藤さん――」

鷲尾に呼びかけられ、工藤がこちらから顔をそらした。

「申し訳ないんだけど、わたしはもう工藤さんの教誨はできないんだ」

「えっ……ど、どうしてですか……そ、そんな……」

工藤のうろたえた様子を見て、この場所でしか出会うことのできないふたりの七年間に思いを巡らした。

「実は末期の肝臓がんになってしまって、余命がわずかだということなんだ」

刑務官が驚いたように隣の鷲尾を見る。そのことは知らされていなかったようだ。

憐憫を滲ませた若い刑務官の眼差しから、鷲尾とそれなりに親しい間柄だったのだろうと察せられた。

「そういうわけでね……これからはそちらにいる保阪さんがわたしの代わりに教誨をしてくれることになった。ここに来る前にも刑務所で教誨師をしていたそうだから、きっと工藤さんの力になってくれるだろう」

「そ、そんな……わたしは鷲尾さんがいてくださったからここまで……ここまで……」

そうとうなショックを受けているようで、工藤の身体が小刻みに震えている。

「今日でおそらくお別れになるだろうけど、先にあちらに逝って待ってるよ。あんたはまだまだここで学ばなければならないことがあるから、少しでも再会が遅くなるようあの世から願ってる」

しばらく見つめ合った後、鷲尾がこちらに視線を移した。「それじゃ、時間がもったいないからそろそろ始めてくれ」と頷きかけてくる。

名残惜しいというようにようやく工藤がこちらに向き直り、宗佑は一歩足を踏み出しながら右手を差し出した。

「わたしは以前から教誨を始める際に相手と握手をすることにしているんです。よろしければそうしてもらえませんか」

努めて丁寧な口調で言うと、ためらうような表情をしながら工藤が宗佑の手を握った。もう片方の手を工藤の手に添えてから離し、「どうぞ」と椅子のほうに促して向かい合わせに座る。

「初めての教誨ということで、わたしもどのようなことをお話しすればいいのかわかりません。工藤さんがお話しになりたいことをまず聞かせていただく、ということでいかがでしょうか？」

宗佑が切り出すと、「わたしが話したいこと……」と戸惑ったように呟いて工藤が顔を伏せた。

「どんなことでもかまいません。いつも鷲尾さんの教誨ではどのようなお話をされていますか？」

「鷲尾さんとは……」工藤が顔を上げて弱々しい眼差しでこちらを見つめる。「よく母の話をします……」

「では、お母様のお話をわたしにも聞かせていただけませんか？」工藤を見つめ返しながら宗佑は口を開いた。

肩を支えながらベッドに腰を下ろさせると、疲れ果てたように鷲尾が大きな溜め息を漏らした。

「お疲れになったでしょう。今日はありがとうございました」

もうしばらく鷲尾の様子を見てから病室を辞去しようと思い、宗佑はパイプ椅子を引き寄せて座った。

昼食をはさんで四時間以上東京拘置所にいた。タクシーでの移動も含めると五時間以上の外出だ。今の鷲尾の体調ではかなりこたえただろう。

「礼を言うのはこっちのほうだ。これでようやくゆっくり休める……」

鷲尾はそう言って靴を脱ぐと、片足ずつ持ち上げてベッドの上で横になった。

「教誨のことで悩むことがありましたら、お伺いしてもいいですか？」鷲尾を見つめながら宗佑は訊いた。

「たぶんその機会はないんじゃないかな」

「そんなことおっしゃらないでください。わたしが教誨をするにしても、時には鷲尾さんの思いや言葉を彼らに聞かせてあげたいですから」

六人の教誨をして、彼らがどれだけ鷲尾を必要としているのかがよくわかった。

宗佑が彼らからそれだけの信頼を得られるまでにはそうとうな時間がかかるであろうことも。

「あんたはあんたの思うようにやればいい。ただ、ひとつわたしから言えることがあるとすれば、どれだけ聖書の言葉を理解していたとしても、それで彼らを救えるとは思わないほうがいいということだ」

「では、どうすれば彼らの心を救えるんですか？」

宗佑が訊くと、「わからん」と鷲尾が首を横に振った。

「そんなものは誰にもわからん。こうすればあなたの心は救われますという答えなど誰にも出しようがないだろう。せいぜい彼らが抱えている宿題を一緒に考えて悩んでやることぐらいしかできない。我々の存在などしょせんそんなものだ」

「教誨師の存在は無力だと鷲尾さんは思ってらっしゃるんですか?」

「そうではない。彼らにとって教誨師は必要だ。自身が抱えている宿題を必死になって一緒に考えて悩んでくれる存在がいれば、彼らは自分がひとりではないと思えるだろう。たとえ途方もなく長い時間、社会から隔絶されてひとりきりで狭い独居房に閉じ込められ、いつ訪れるかわからない死の恐怖に苛まれていたとしても」

鷲尾を見つめ返しながら宗佑はその言葉を嚙み締めた。

「そろそろ休むとしよう……後のことはよろしく頼む」

そう言って鷲尾は目を閉じたが、宗佑はしばらく椅子から立ち上がれずにいた。

先ほど鷲尾が言ったように、これが最後の機会になるかもしれないという予感があったからだろう。

しばらく鷲尾の姿を目に焼きつけていたが、宗佑は深く頭を下げてからゆっくりと立ち上がった。

病室を出てエレベーターに向かいながら鷲尾の言葉をよみがえらせた。

せいぜい彼らが抱えている宿題を一緒に考えて悩んでやることぐらいしかできない——

最初にやってきた工藤への教誨でさっそく、一緒に考えて悩むべき宿題を出されたような気がしていた。

向かい合って宗佑が促すと、工藤はためらう様子を窺わせながらも、自分の生い立ちや唯一の家族である母親のことについて話し始めた。

工藤は秋田の出身で、十九歳のときに上京するまで母親とふたりで生活していたという。幼い頃に両親が離婚して母親の手で育てられたが、経済的にはかなり困窮していて、学校の給食費すら滞納してしまう状況だったそうだ。

家が貧乏だということで学校でも肩身の狭い思いを強いられていた工藤はやがて地元の悪い仲間と付き合いだすようになり、度々警察に補導されるような不良になったという。何とか入った高校も問題を起こして退学になってからはさらに素行が悪くなり、十八歳のときに仲間と共謀して起こした窃盗事件で逮捕されてしまう。

留置場に面会に来た母親に「どうしてそんな悪いことをしたの」と咎められ、工藤は思わず自身の家庭環境への恨みごとを口にした。父親がいないことで、家が貧乏なことで、どれだけ自分が苦しい思いをしてきたのかと。それを聞かされた母親は「ごめんなさい」と言って目の前で泣き崩れた。

生まれて初めて母親の涙を見たことで工藤はそれまでの自分を省みたという。経済的に困窮していることへの不満を抱くだけで、女手一つで必死に育ててくれた母親に感謝するどころか心配や苦労ばかりかけてしまっていたと。

まっとうになって早く母親に楽をさせてやりたいと考えたが、地元ではなかなかいい仕事が見つからず、また悪い仲間の誘惑を避けるため、工藤は十九歳のときに上京した。だが、中卒の学歴では東京でもできる仕事はかぎられ、雇われても自分ひとりが生活していくのがやっとで、とても母親に仕送りができるような収入は得られない。

成功を夢見てわずかばかりの貯金を元手にして事業を始めたが、数年後には暗礁に乗り上げてタチの悪い借金取りから追い詰められるようになった。そして、借金を頼むために訪れた友人宅で三人を殺害してしまう。

工藤は自分が犯した罪を心から悔いているようだった。そして、罪もない三人の命を奪ってしまった自分の罪は自らの命をもって償うしかないと、これから科される死刑執行という罰も冷静に受け止めていた。もちろんそのような思いにすぐになれたわけではなく、鷲尾の教誨によって自分のそれまでの行いや犯してしまった罪と長年向き合った末に、ようやくそのような心境になったのだという。

ただ、死への恐怖で動揺することは少ないが、母親のことを思うと激しく心がかき乱されると工藤は語っていた。今年八十一歳の母親は高齢であるにもかかわらず、月に一回は必ず秋田から面会に来てくれるのだそうだ。息子が凶悪な事件を起こして地元では針の筵(むしろ)のような生活を強いられているはずだが、自分を責めるような言動はいっさいせず、ただ身体を労(いた)わるようにとだけ口にするという。

自分は一度たりとも親孝行をしたことがなかった。そうしたいという思いは常に持ち続けていたが、それができないまま拘置所の刑場で死ぬしかない。自分が生きている間に一度でいいから親孝行をしたいが、どうすればいいだろうか。

すがるような工藤の問いかけに、宗佑は答えることができなかった。そんな自分を教誨師として不甲斐(ふがい)なく思っていたが、先ほどの鷲尾の言葉を聞いて少し気持ちが楽になった。工藤の心を救えるかどうかはわからないが、一緒に考えて悩むことは自分にもできるだろう。

一階でエレベーターを降りると、宗佑は出入り口に向かわずに受付のベンチに座った。とても鷲尾ほどではないだろうが、自分も疲れていた。

鞄からスマホを取り出して着信を確認するとＬＩＮＥのメッセージが届いている。

『どうだった？』

真里亜からのメッセージだ。昨日のＬＩＮＥのやり取りで、東京拘置所に行って教誨師の引き継ぎをすると伝えていた。

『教誨が終わって今は錦糸町の病院にいる』

メッセージを送ると、待ち構えていたかのようにすぐに返信があった。

『おつかれさまでした。話を聞きたいから今日時間があったらわたしの部屋に来てもらえる？』

『わかった。これから向かう』と宗佑はＬＩＮＥのメッセージを送った。

インターフォンのベルを押すと、ドアが開いて真里亜が顔を出した。

真里亜に促されて宗佑は玄関に入って靴を脱いだ。廊下を進んで部屋に入るとすぐに、「どうだった？」と急かすように真里亜が訊いてくる。

「先に由亜に手を合わさせてくれ」

宗佑は落ち着かせるように言って壁際に置かれている仏壇に向かった。その前で正座をして手を合わせる。

今日、きみの無念を晴らすための第一歩を踏み出してきたよ——

かといって、これから自分たちが思うように事が運ぶかどうかはまったくわからない。たとえ石原の教誨ができるようになったとしても、由亜の無念を晴らすまでにはそうとうな時間がかかるだろう。

それにこれから死刑囚の教誨を続け、その者たちの無残な死に携わらなければならないことに精神的に耐えられるかどうかも、今の自分には自信がない。

だけど……何とかやり遂げてみせる。

どうかあの世から自分を導いてほしい――

こちらに向けて微笑みかけてくる由亜の遺影を見つめながら宗佑は心の中で念じ、合わせていた手を解(ほど)いて立ち上がった。振り返るとローテーブルにふたり分のお茶が用意されている。

自分では意識していなかったが、かなり長い時間由亜に語り掛けていたようだ。

ローテーブルの前に座っていた真里亜が焦(じ)れた表情でこちらを見上げている。向かい合わせに宗佑が座ると、早く話を聞かせろというように身を乗り出してくる。とりあえずお茶を飲んで渇ききった喉を潤してから宗佑は口を開いた。

「プロテスタントの教誨を受けている者が六人いたが、その中に石原はいなかった」

宗佑の言葉を聞いて、「そう……」と真里亜が呟く。

そのことは予期していたようで、彼女の表情からはそれほど落胆は見られない。

「他の宗派の教誨を受けているっていうことは？」

真里亜に訊かれ、「わからない」と宗佑は首を横に振った。

「拘置所の職員から石原に関することは何も聞いていない」

「どうして？」

「いきなり個人名を出したら、何か目的があって教誨師に名乗りを上げたんじゃないかと怪しまれてしまうかもしれないだろう」

「そうかもしれないけど……」真里亜が顔を伏せる。「これからどうすれば石原に宗佑さんの教誨を受けさせられるかしら」

「正直言ってハードルはかなり高いと思う。刑務所では集団教誨やクリスマス会などの催し物をやったりして、個人教誨に来るように勧めることができたし、受刑者同士の会話から興味を持って教誨を受ける者もいたが、拘置所ではそういった催し物なんかは今ではやっていないそうだ。特に確定死刑囚は他の収容者と顔を合わせる機会もないとのことだから、石原が自ら興味を持たないかぎり教誨を受けることはないだろう」

「拘置所の職員から石原が教誨を受けるよう働きかけてもらうことはできないかしら?」

宗佑もここに来る前に同じことを考えた。それ以外に石原に自分の教誨を受けさせる方法はないのではないかと。だが……

「それをするべきかどうか悩んでる」宗佑はそう言って溜め息を漏らした。

「何を悩むというの?」

「さっきも言ったけど、刑務官に個人の名前を出してそういったことを託そうとすれば、教誨以外の目的で近づこうとしているのではないかと怪しまれてしまうかもしれない。拘置所の刑務官は死刑囚の処遇に関して非常に敏感になっているみたいだからな」

「大丈夫だと思う」

強い口調で言った真里亜を見つめ返しながら、どうしてそう思うのだと宗佑は首をひねった。

「仮に怪しまれて調べられたとしても、宗佑さんと石原には何の接点もない。石原が殺した被害者の女性の父親が宗佑さんであることは、わたしたちしか知らないんだから」

たしかにそうだが。

「それでも不安だというなら石原の名前だけを出すんじゃなくて、二十代の若い死刑囚の教誨をして彼らの心を救いたいとか何とか、もっともらしいことを言えばいいんじゃないかしら」

真里亜の言う通り、そういうアプローチをすれば不自然さは拭えるのではないか。

いずれにしてもこちらから動かなければ、何も始まらないだろう。

2

「石原、開けるぞ」

三十三房の視察口を覗き込みながら告げると、中にいた石原がこちらを向いた。

錠を外して鉄扉を開け、直也は房の中に入った。黙って右手を差し出すと、石原が面倒くさそうな顔で直也が持っていた手紙を奪う。

封筒の差出人を見て石原が鼻で笑った。そのまま破ろうとしたので、「いい加減にしてくれないかな」と声をかけると、石原が手を止めてこちらに目を向けた。

「おれに捨てさせるのは何回目だ？」

石原は答えない。

「それを入れたら八回目だ。読む気がないなら、もう送ってくるなと手紙を出してやれよ。お姉さんが哀れに思えてしょうがない」

石原が視線をそらした。いつものように手紙を封筒ごとちぎり、紙切れを握った手をこちらに差し出そうとしてやめた。そのまま反対側に手を動かし、紙切れをごみ箱に捨てる。

「これでいいんだろ？」

石原を見つめながら直也は溜め息を漏らして房を出た。鉄扉を閉じて錠をかけると中央監視室に向かう。

房のごみ箱に捨てられたので今回の手紙を復元することはできないが、いつもと同じような内容なのでいいだろう。

おそらく姉の遥は自分が出した手紙は読まれないまま捨てられていると感じているのかもしれない。

いつも手紙には、残忍な殺人事件を起こして確定死刑囚になった弟に会いたいと、そして刑が執行される前に贖罪の気持ちを抱いてほしいということが切々と綴られていた。

遥からの手紙によると、父親と離婚した母親との生活はかなり大変だったという。病弱だった母親は定職に就けず経済的に困窮し、精神的にも母娘ともに追い詰められる日々の中、たまたま出会ったキリスト教の教えに唯一心を救われ、教会の関係者の援助を受けて何とか生活してこられたという。それがきっかけで母娘は洗礼を受けてクリスチャンになったそうだ。

母親は離婚する際に息子も一緒に引き取ることを望んだが、懐いていた父親のほうについていくのを望んだ石原の気持ちを尊重し、また病弱な自分ではふたりの子供を育てることはできないと、断腸の思いで元夫に託すことにした。

ふたりの若い女性を殺害する事件を起こすまで、遥自身は石原が幸せに暮らしていると思っていたという。

懐いていた父親についていったのに、すぐに邪険にされて祖母に預けられたというのは何とも皮肉な話だ。経済的に苦しかったとしても母親のもとで生活していれば、十六歳のときに祖母を殺害することなく、さらにふたりの若い女性を残忍に殺す鬼畜のような人間にはなっていなかったかもしれない。

中央監視室の椅子に座って今までに復元した遥からの手紙を読んでいると、「そろそろ行こうか」と声をかけられた。

顔を上げると目の前に久保が立っていて、直也の手もとを覗き込んでいる。

「何だ、それは?」興味を持ったように久保が訊いてくる。

「石原のお姉さんからの手紙です。届けてもいつも破っておれに処分させるんですよ」

「それでおまえがジグソーパズルみたいな真似をしてるってのか?」

直也が頷くと、「ずいぶんと奇特なやつだな」と久保が呆れたように言う。

「そうかもしれないですけど……いつか、読みたいと思う日が来るかもしれないですからね」

「あの男にそんな人間らしい感情が芽生えるとはとても思えないけどな」

直也も前まではそう思っていた。今も心の半分ではそう思っているが、もう半分は石原が変わることを期待している。

なぜ、そんなふうに思うようになったのだろうかとあらためて考えた。

以前、鷲尾から死刑が執行された岸本について聞かされたことが大きいのかもしれない。ふたりの命を奪って死刑が確定した岸本も、自己弁護を繰り返し、被害者に対する謝罪や反省の気持ちも持たず、よく問題を起こして懲罰を受けていたそうだが、鷲尾の教誨を受けるようになったことで変わっていったという。

そんな話を久保にするのは詮無いことかもしれない。

「……ところで、行くってどこへですか？」直也は訊いた。

「十時からプロテスタントの教誨があるだろう」

そうだったと、直也は椅子から立ち上がり、久保とともに中央監視室を出た。

「……なるほど。そういう考えもありますね」

教誨師の保阪の話を聞いていた工藤が感心したように言った。

「でも、答えはこれだけではないとわたしは思います。他にもお母様への親孝行になることがあるはずです。わたしもまだまだ考えてみますので、工藤さんもぜひ考え続けてください」

「ええ。そうします」保阪をまっすぐ見つめながら工藤が大きく頷く。

鷲尾から教誨を引き継いで半年ほどになる。最初の頃はお互いにぎこちなさが窺えたが、今では工藤も保阪に信頼を寄せているように思えた。

前任の鷲尾とはあきらかにタイプが違うが、保阪も熱心な教誨師だと直也は感じている。

保阪が時計に目を向けた。「そろそろお時間ですね。次回の教誨のときにまたお話ししましょう」と保阪が言ってふたりが席を立つのを見て、直也も椅子から立ち上がった。

こちらに工藤が向かってきて、直也はドアノブに手をかけた。

「小泉さん、ちょっとよろしいでしょうか」と声をかけられ、保阪に視線を向けた。

「小泉さんと少しお話ししたいのですが、今日どこかでお時間をいただくことはできないでしょうか」

「ぼくとですか？」

教誨師が自分にいったい何の話だろうと戸惑う。

「ええ。難しいでしょうか」

真剣な眼差しで保阪に見つめられ、断るのをためらう。

「わかりました……一時から昼の休憩があります。上に職員食堂がありますので、そこでどうでしょうか」

「ありがとうございます」と丁寧に頭を下げる保阪に直也は会釈を返して、工藤を伴って教誨室を出た。


職員食堂に入ると、直也はあたりを見回した。窓際の席から外を眺めている保阪を見つけて近づく。窓に映った直也の姿に気づいたのか、保阪がこちらに顔を向けた。

「お待たせしました」直也はそう言いながら保阪の向かいに座った。

「いえいえ。こちらこそ、せっかくの休憩なのにお時間を割いていただいて申し訳ないです」

「大丈夫です」

「それにしてもいい景色ですね」保阪が目の前のカップをつかみ、外の景色を見ながらコーヒーを飲む。

「職場での唯一のオアシスですよ。ところで……ぼくに話というのは？」

直也が訊くと、保阪がこちらに視線を戻した。カップをテーブルに置き、神妙な表情になって口を開く。

「先日、鷲尾さんがお亡くなりになったのはご存じでしょうか」

胸に鈍い痛みが走った。

「いえ……」

「そうですか。初めて小泉さんにお会いしたときに、もしかしたら鷲尾さんと親しい間柄なのではないかと感じて、一応お伝えしておいたほうがいいのではないかと……」

「それでわざわざ？」

保阪が頷いた。

「お声をかけたときにお伝えしようかとも考えたんですが、工藤さんにはお知らせしないほうがよいのではないかと思い直しまして、とりあえずあの場では……」

いつ自分の刑が執行されるかわからない工藤にさらなる動揺を与えるべきではないという、保阪なりの配慮だったのだろう。

「……すごく親しかったわけではありませんが、何度かお話ししたことがあったので亡くなったと聞いてショックを受けています」

こちらを見つめ返しながら保阪が頷き、上着のポケットから取り出した紙を目の前に置いた。

「鷲尾さんのお墓の場所です」

「ありがとうございます。時間ができたら行ってみます」直也はつかんだ紙をポケットにしまった。

「先生となるべきかたがお亡くなりになって、わたしも心細さを感じています。拘置所の教誨師として必要なことをもっとお聞きしたかった」

「保阪さんならきっと大丈夫ですよ。自分が担当しているフロアでプロテスタントの教誨を受けているのは工藤さんだけなので他の人のことはわかりませんが、少なくとも工藤さんは保阪さんのことをとても信頼していると思います」

「工藤さんと直接接してらっしゃる刑務官のかたにそう言っていただけて少し安心しました。工藤さんを含めて六人のかたが教誨を受けていますけど、皆さんわたしよりも年上なんですよ。若造が何を偉そうなことを言っているんだというふうに心の中では思われているかもしれないと、ちょっと不安を感じていたので」

「そうなんですか」

「教誨師を引き継ぐ際に鷲尾さんがおっしゃっていたんですが……もちろん今まで受け持ってきた人たちの教誨もとても重要だけど、たとえば二十代の若さで確定死刑囚となった人たちはさらに教誨の必要があるのではないかと。きっとそれまで自分が受け持ってきた人たち以上に死の恐怖に怯(おび)えて自暴自棄になり、心の救いを求めているにちがいないと」

そういえば石原の死刑が確定したすぐ後に、教誨に興味があるようなら連れてくるよう鷲尾が話していたのを思い出した。

「わたし自身も強くそう思いますし、ぜひ鷲尾さんの遺志を引き継ぎたいと考えていますけど、どうすればそのような立場の人たちが教誨を受けてくれるようになるだろうかと頭を悩ませていまして……」

「たしかに難しいですね。ぼくが担当しているフロアにもひとり死刑が確定して間もない二十代の男がいますが……」

保阪が驚いたように目を見開いて、こちらに身を乗り出してくる。

「どのような事件を起こしたんですか?」

「若い女性をふたり殺害しました」

「もしかして去年世田谷と練馬で起きた事件ですか」

「ええ」

直也が頷くと、保阪が目の前のカップに視線を落とした。

「その事件のことは非常に印象に残っています。たしか裁判でも被害者に対する反省の言葉もなく、むしろあざ笑うようなことを言っていたと……」

「そうですね」

しばらくして保阪がこちらに視線を合わせた。おぞましい事件の記憶をよみがえらせたせいなのか顔が引きつっている。

「その人は教誨を受けているんですか」保阪が訊いた。

「いえ……それこそ鷲尾さんに言われて、教誨の話を振ったことがありましたが、本人はまったく興味がないと」

「もう一度、働きかけてみてもらえませんか」

保阪の訴えに直也はためらった。

「きっとその若者の心は荒(すさ)み切っているのではないでしょうか。宗教家のひとりとしてそのような状態のまま死を迎えさせたくないんです」

こちらに据えられた保阪の強い眼差しに、教誨師としての並々ならぬ熱意を感じる。

自分は宗教家ではないが同じような思いを抱いている。せめて死を迎えるときには少しでも人間らしい心を取り戻してほしいと。それはきっと姉の遥の願いでもあるにちがいない。

「おそらく今、彼に働きかけたとしても結果は同じでしょう」

直也が言うと、「そうですか……」と落胆したように保阪が肩を落とした。

「ただ……教誨を受けさせるきっかけが何かないか探ってみます」

遥の手紙がそのきっかけにならないだろうかと考えている。

「よろしくお願いします」

他人事(ひとごと)であるにもかかわらず、こちらに向けて保阪が深々と頭を下げた。

3

スピーカーから流れてくる音を聞くと、胃の奥底から吐き気がこみ上げてくる。

どうしてこんなに不快になるのかと、胃のあたりを手でつかみながら狭い房内をうろついているうちに思い出した。

あの女どもがおれを捨てた頃にテレビや街中でよく耳にした歌謡曲だ。

頭の中に浮かび上がってきそうになるふたりの女の姿を必死に消し去ろうとした。

スピーカーを睨(にら)みつけていた目をごみ箱に向ける。

おまえらのせいでおれはこんなふうになってしまった。おまえらがおれを捨てたから。あんなにふたりのことを求めていたのに……

どんなことが書いてあるか知らないが、今さら遅いんだよ。

気持ちとは正反対に足が勝手にごみ箱のほうに向かっていく。迷いながらごみ箱を持ち上げて中に入っていた紙切れを座卓の上に落とす。

座卓の前であぐらをかき、散らばった紙切れを一枚ずつつかんで合わせていく。

きれぎれだった文字がつながっていくにしたがって、胸の奥からふつふつとした怒りがわき上がってくる。

ふざけるな――！

紙切れを手で払いのけて、座卓を持ち上げて便器に投げつけた。

それでも怒りは収まらない。

便器に向かっていき、ふたたび座卓を持ち上げた。ふたりの女の姿が浮かんだところに手当たり次第振り回す。

「――石原、何をやってる！」

後ろから大きな声が聞こえたが、かまうことなく座卓を叩きつける。

「――やめろッ！」

房内になだれ込んできた刑務官たちに羽交い締めにされ、畳の上に倒された。両腕をひねり上げられながら「ふざけるなッ！」と声のかぎりに叫んだ。

廊下から響いていた足音が扉の前あたりで消えた。

「石原、開けるぞ」

声が聞こえて、扉が開く。小泉が一歩中に入ってきてこちらを見つめる。

「ジグソーパズルをやった後、大暴れしたんだってな」

小泉に言われ、「だからどうした」と返した。

「何に腹を立てたんだ？」

「あんたには関係ねえだろう」うっとうしさに視線をそらした。

「お姉さんの思いを知って自分の愚かさに腹が立ったか」

「違う！」小泉を睨みつけて叫んだ。

「何が違うっていうんだ」

「あの女が嘘ばっかり書いてやがったからだ」

「あの手紙の何が嘘だっていうんだ」

「遥とお袋はおれを捨てたんだ。おれをあんなろくでなしに預けて、自分たちだけ幸せになろうとした。それなのにあんな嘘を書いてきやがって……」

「どうしてお姉さんの書いていることが嘘だと言い切れる？」

そう言って小泉は手に持っていたものを畳の上に放った。テープで貼りつけられた手紙だ。

「今まで届いた手紙だ。これを読むかぎり、お姉さんが嘘を書いているようにはおれには思えない」

「あんたに何がわかるっていうんだ！」

「九歳の頃の記憶だろう。慕っていた父親の仕打ちを受け入れるのが辛（つら）くて、お母さんとお姉さんのせいだと勝手に記憶を上書きしたとも考えられるんじゃないか？」

そんなことあるわけない。

「お姉さんに手紙を書くか、面会してもらうかして、記憶を突き合わせてみればいいんじゃないのか」

今さら遥に会うなど考えられない。

「そんな度胸はないか？」

顔を上げて小泉を睨みつける。

「手紙は全部読んだのか？」

小泉に訊かれて、「いや……」と答えた。

「どこまで読んだ？」

「おれに会いたいってことと、死ぬまでに被害者への贖罪の思いを持てっていうこと……それと、母親はおれを引き取りたかったけど、おれが父親のほうについていくのを望んだっていう嘘八百だ」

「そうか。おまえと離れて暮らすようになったふたりはずいぶんと苦労したみたいだ。お母さんは重い病気に罹(かか)って定職に就けずに経済的にも困窮したそうだ。精神的にも追い詰められて生きる希望を見失っていたときに、たまたま出会ったキリスト教の教えに救われて人生が変わったと」

「キリスト教?」訝(いぶか)しい思いで訊いた。

「そうだ。お母さんとお姉さんにとってキリストの教えはとても大切なものだったんだろう。その後ふたりとも洗礼を受けてクリスチャンになったそうだ。暇でしょうがないなら、おまえも学んでみたらどうだ?」

「学ぶって何を?」

「キリスト教だよ。ここには定期的にキリスト教の教誨師も訪ねてくる」

「ふざけんなッ。馬鹿馬鹿しい……」

「お母さんとお姉さんの人生を変えた大切な教えだ。もしかしたら、おまえも変われるかもしれないだろう」

ふたりの人生を変えた大切な教え——

その言葉にわずかな興味が芽生えた。

別にキリストの教えとやらを学ぼうという気などさらさらない。

ただ、ふたりが大切にしているというものを馬鹿にして、そんな教えは無力で意味のないものだとあざ笑ってやりたい。

どうせ他にやることはないのだ。

4

拘置所の廊下を進んでいくと、見知った刑務官がこちらに顔を向けて「おつかれさまです」と声をかけてきた。

「よろしくお願いします」と宗佑は会釈を返し、窓口にいる刑務官にも挨拶した。差し出された書類に記入して渡し、聖書とヒムプレーヤーを取り出した鞄を預け、廊下に立っていた刑務官とともにエレベーターに向かう。

エレベーターに乗っている間、前回ここに来たときのことを思い出して胸が疼(うず)いた。鷲尾が亡くなったのをいいことに、二十代の確定死刑囚について探りたくて小泉に作り話をした。

控え室の前で足を止めると、刑務官がドアをノックして「教誨師の保阪さんがいらっしゃいました」と告げる。

「どうぞ」と中から声が聞こえ、刑務官がドアを開けた。宗佑が中に入ると、ソファに座っていた丹波が「今日もよろしくお願いします」と言って立ち上がった。

「こちらこそよろしくお願いします」

丹波がソファを勧めて壁際に置いた台に向かう。お茶を用意してこちらに戻り、向かい合わせに座った。

「今日の教誨は水戸、山辺、服部と……あとひとり、初めて教誨を受ける者をお願いしたいんですが」

その言葉に反応して、宗佑は手に持っていた茶碗から丹波に視線を移した。

「何というかたですか?」

「石原という二十六歳の確定死刑囚です」

心臓が跳ね上がり、すぐに茶碗をテーブルに戻した。

案の定、膝(ひざ)の上に置いた手が小刻みに震えだした。丹波に気づかれないよう、テーブルの下に両手を隠す。

「この男については前もって情報をお伝えしておいたほうがいいと思いまして……石原は昨年ふたりの若い女性を極めて残忍な手口で殺害した罪で死刑判決が下され、上訴せずに刑が確定しました」

丹波を見つめ返しながら喉の奥が引きつる。

「……どうして……前もって情報を?」声を絞り出して宗佑は訊いた。

「一日も早く自分を死刑にしろと言ってはばからない男です。二週間ほど前に房内で大暴れする騒ぎを起こしましてね。自暴自棄になっていることも考えられるので、いつも以上に相手を刺激しないよう努めていただきたいと」

「わかりました……」

「念のために石原に関してはふたりの刑務官を同室させ、教誨をしている間ひとりを石原の背後に控えさせます。いつもと勝手が違って少々やりにくいかもしれませんが、どうかご容赦ください」

「その石原……さんは、何番目に？」

「最初にお願いしようと思いますが、よろしいでしょうか？」

宗佑は頷いて、時計に目を向けた。教誨のスタートまでまだ時間があったが、「準備がありますので行って参ります」と丹波に告げてソファから立ち上がった。足もとが床に沈み込んでいくような感覚に襲われながらドアに向かう。

いつもより時間をかけて教誨室にたどり着くと、すぐに椅子に座った。テーブルの上で両手を組み、目を閉じる。まぶたの裏に浮かび上がった由亜に祈り続ける。

ノックの音がして、はっと目を開けた。正面のドアを見つめる。両脚に力を込めて立ち上がり、「どうぞ」と声をかけた。

自分の声が震えていないのに安堵すると同時に、ドアが開いた。刑務官の小泉と久保に挟まれるようにして、上下グレーのスウェットを着た若い男が入ってくる。

薄笑いを浮かべたような男と目が合った瞬間、全身の血が一気に頭に流れ込んだように朦朧とした。思わずテーブルに片手をつく。

「石原亮平を連れてきました。失礼します」

ドアを閉めた久保がすぐ横にある椅子に座り、小泉に伴われて石原がこちらに近づいてくる。じっとこちらを見つめてくる石原から視線を外す。ぎゅっと握り締めた手が視界に入った。

由亜の首を絞めて殺したおぞましい手——

そのときの光景が走馬灯のように頭の中を駆け回る。

だめだ。気を落ち着かせろ。冷静になれ。いや、何も考えるな。頭も心も空白にするんだ。

「……石原さんですね？　はじめまして。わたしは保阪といいます」

石原の背後に控えた小泉が視界の隅に映った。緊張した面持ちで宗佑を見つめている。

小泉は宗佑が教誨をする前に必ず相手と握手するのを知っている。それを避ければ変に思われてしまうかもしれない。

「……わたしは教誨を始める際に相手と握手をすることにしているんです。よろしければそうしてもらえませんか」

石原に一歩近づきながら宗佑は右手を差し出した。石原からの反応はない。じっと宗佑の手を見つめていた石原が顔を上げて、「嫌だね」とあざ笑うように言う。

すぐに後ろから「おいッ、石原！　失礼だぞ」と小泉が窘めるように言う。

「かまいません」と宗佑は返して、「じゃあ、とりあえず座ろうか」と石原に向かいの椅子を勧める。

石原の手を握らずに済んだのを安堵しながら、宗佑は向かい合わせに座った。

由亜を殺した男がすぐ目の前にいる。贖罪や反省の思いなど微塵も窺えないふてぶてしい態度で。できるなら由亜と同じ苦しみを味わわせてやりたい。

胸の奥から湧き上がってくる衝動を必死に抑えつけ、ひたすら頭の中で次の言葉を考える。

「……どうして教誨を受けようと思ったんだい？」とりあえず宗佑は訊いた。

「どうしてって、別に暇だったからさ。ここにいてもやることはないしね」

「ここに入ってどれぐらい経つのかな？」知っているが、会話を進めるために訊く。

「去年の三月からいるね。ここでの生活にも慣れてきたけど、唯一の楽しみだったことができないのが不満だ」

「唯一の楽しみ?」

「ああ。若い女をいたぶりながら殺すこと」

「石原!」小泉の叫び声が聞こえた。

ここで教誨を中止されてはすべてが水の泡になると、煮えたぎる思いをどうにか静めて「大丈夫です」と小泉を手で制す。

「……教誨を受けるのも楽しいかもしれないと思って、ここに来たのかな?」

「そうだね。おれの知ってるやつがキリストの教えに救われたとか何とか馬鹿げたことをぬかしているみたいだからな」

「わたしはその知人を知らないけど、馬鹿げたことではないよ。キリストの教えを学べば多くの苦しみから解放される。少なくともわたしはそう思っている」

宗佑の言葉に、「馬鹿馬鹿しい」と石原が鼻で笑った。

「キリストの教えを学べばおれも苦しみから解放されるっていうのか?」

「きみはどんなことに苦しんでるんだ?」

「さっき言っただろう。こんなところに閉じ込められて、唯一の楽しみが奪われたことだよ。キリストの教えでこんなおれを救ってくれよ」

そう言って嘲笑(ちょうしょう)する石原を視界に捉(とら)えながら、胸の奥から何かがこみ上げてきそうになる。

それは今までに抱いたことのない殺意という感情だと察した。

やはり自分には無理かもしれない。

由亜を殺したこの男と対峙し続けるのは磔にされるのと変わらない苦行に思えた。


大山駅の改札を抜けると、宗佑は重い足を引きずりながらマンションに向かった。

もう何時間も得体の知れないものが這い回っているように胸が苦しい。どうにかして胸に溜まった不快なものを吐き出そうと何度かトイレに立ち寄って便器にうずくまったが、自分の身体から出てくるのは少量の胃液だけで、苦しみの元凶を取り除くことができないでいた。

東京拘置所がある小菅からの道のりが途方もなく遠く感じる。

ようやくマンションにたどり着いてエントランスに入ると、宗佑はオートロックのインターフォンのボタンを押した。

「はい……」と真里亜の声が聞こえたが、息が詰まっていてすぐに声を発せられない。

カメラの映像で宗佑だと認識したらしく、そのままドアが開いて中に入った。エレベーターに乗って五階に向かう。

本当は今日、ここに来るつもりはなかった。東京拘置所を出たときには精も根も尽き果てて、真里亜と顔を合わせてもとても話ができるような余裕などないと感じていた。

ただ、それからも教誨で対峙した石原の顔が脳裏から離れず、怒りと苦しみと悲しみがない交ぜになった激情にひたすら悶えるうちに、どこかでこの感情を吐き出さなければ自分がおかしくなってしまうと感じ、電車の中から真里亜に『これから会いたい』とＬＩＮＥのメッセージを送った。その後いくつかのやり取りをしたが、石原の教誨をしたことは告げていない。

五〇二号室の前にたどり着いてインターフォンのボタンを押すと、すぐにドアが開いて真里亜が顔を出した。

「何だか顔色がよくないけど大丈夫？」

眉根を寄せながら訊いてきた真里亜に応えず、宗佑は靴を脱いで廊下を進んだ。

ドアを開けて部屋に入り、棚に置かれた由亜の遺影が目に入ると同時に、胃の奥から何かがせり上がってきた。こらえきれずに持っていた鞄を床に放り出してトイレに駆け込んだ。ドアを閉めて便器の前でうずくまり、胃液を吐き出した。

「大丈夫？」

外から真里亜が呼びかけてくるが、応えられないまま便器に向かってひとしきり嘔吐する。深呼吸を繰り返してわずかばかり気持ちを静めると立ち上がり、水を流してトイレを出た。

心配そうにこちらを窺っている真里亜の横をすり抜け、ミニキッチンの前に立った。蛇口をひねって食器用洗剤で両手を丹念に洗い、水をすくって顔に浴びせる。ポケットから取り出したハンカチで手と顔を拭うと、コンロの横に置いてあるウイスキーの瓶が目に留まった。

「……少し酒をもらえないか」

振り返って宗佑が言うと、「お水のほうがいいんじゃない？」と表情を曇らせて真里亜が返す。

脳にこびりついているおぞましい記憶を少しでも麻痺させたい。

「シラフじゃいられない。今日、石原の教誨をしてきた」

その言葉に弾かれたように真里亜が目を見開いた。しばらく見つめ合った後、真里亜が一歩こちらに近づき「飲みかたはどうする？」と訊いた。

「ストレートで」

真里亜がミニキッチンに備え付けられた棚からグラスを取り出した。小刻みに震える手でウイスキーの瓶をつかんでグラスに注ぐ彼女から視線をそらし、宗佑は部屋に戻ってローテーブルの前に腰を下ろした。

しばらくすると真里亜が盆を持って部屋に入ってきた。水とウイスキーを注いだグラスをそれぞれふたつずつローテーブルに置いて向かい合わせに座る。

すぐにウイスキーの注がれたグラスをつかんで口に持っていこうとすると、「待って」と真里亜の声が聞こえ、宗佑は手を止めて目を向けた。

「第一歩に乾杯しましょう」真里亜がそう言ってグラスを持ち上げる。

とてもそんな気分ではなかったが、真里亜とグラスを合わせて宗佑はウイスキーを飲んだ。喉がかっと熱くなる。空き腹に染み渡る強いアルコールは痛みしか伴わないが、かまわずに流し込む。

「それで……どうだったの？」

宗佑はグラスを持っていた手を止めて、真里亜を見た。

「どうだったのと訊かれても、何と答えていいかわからない。おれにとっては最悪な時間だったとしか……」

「でも、石原と話をしたんでしょ？」

「ああ……裁判で見た姿と変わらない。いや、むしろ……さらにひどくなっているとおれは思った」

宗佑は石原の教誨の様子を話し始めた。

一通り話し終えると、「前途多難ね……」と険しい表情で真里亜が言った。

「……石原はこれからも教誨に来るかしら？」

「どうだろうな……後で刑務官に石原にまた来るよう伝えてほしいと頼んだが、今日の様子だとおそらく……」宗佑は首を横に振った。

真里亜は落胆したようだったが、宗佑の気持ちは逆だった。

自分が犯した罪を反省していないばかりか、宗佑が長年信仰している大切なものまで愚弄され、どうにも耐えがたい時間だった。これからさらに教誨を続け、直接本人から由亜を殺したときの様子を聞かされたらと考えると身の毛もよだつ。

真里亜が仏壇のほうを振り返った。しばらく由亜の遺影を見つめてからこちらに向き直り、口を開く。

「……きっと由亜が宗佑さんのもとに石原を導いてくれる。宗佑さんに自分の無念を晴らしてもらうために。石原にこれ以上ない苦しい罰を与えるために……」

真里亜の言葉を聞きながら、宗佑は由亜の遺影を見つめた。その横にある優里亜の遺影も視界に入り、胸が苦しくなる。

もし、真里亜の言う通り、これからも石原の教誨を続けることになったとしたら、それは自分に対する罰ではないかと感じられた。

優里亜を裏切った罰として、自分は実の娘を殺した男と対峙し続けるという、これ以上ない苦しみに苛まれることになるのではないかと。

5

「石原、入るぞ——」

　声が聞こえ、あぐらをかいたまま顔を向けた。扉が開いて小泉が入ってくる。あいかわらず不機嫌な顔の小泉を見て、笑いがこみ上げそうになる。

　小泉からこっぴどく叱られたが、今日は何とも愉快な一日だった。今でも教誨師の引きつった顔が目に浮かぶ。

「保阪さんから、また教誨に来るようにと伝言を託された」

　意外に思って首をひねった。

「あんなひどい言動をしたっていうのにまったく寛容な人だよ。おまえの父親が保阪さんのような人だったら、おまえの人生もまったく違うものになってたかもしれないのにな」

　ふいに父親の話をされて、胸がひりつく。

「おまえがどんなことを話そうと、しっかりと受け止めたうえで教誨したいから注意しないようにと保阪さんは言っていたが、あまりにもひどい言動なら見過ごすわけにはいかないからな」

「安心してくれ。アホくさいからまた受けるつもりはないよ」

小泉が溜め息を漏らした。房から出て扉を閉めて錠をかける。

しばらくするとチャイムの音が聞こえて立ち上がった。壁際に折り畳んで置いてある布団に向かう。布団を敷いて扉があるほうに枕を置く。電気が消える前にトイレで小便をしてから布団に入った。

「消灯――」

どこからか刑務官の声が聞こえ、房内の明かりが常夜灯に切り替わった。

目を閉じて、いつものように音のない暗闇の世界に向かう。

すぐに何かが変だと感じた。いつもは目を閉じると真っ暗な闇に包まれ、そのまま知らぬ間に寝ている。

だけど今は、まぶたの裏に淡い明かりのようなものがちらついていて、そこから何かの光景が浮かび上がってきそうだ。

いったいどんな光景が現れてくるのか、自分でもまったくわからない。お化け屋敷の中を歩いているような不安な気持ちになり、思わず目を開けた。天井にぼんやりとした常夜灯の明かりが見える。

ふたたびまぶたを閉じて、今度は目じりに力を込める。だが、やはりそこは自分が望んでいる暗闇ではなく、真ん中あたりに淡い明かりがちらついている。何かが浮かび上がってきそうになってとっさに目を開けた。常夜灯の明かりを忌々しい思いで見つめる。

あの明かりがまぶたを通して自分の暗闇に入り込んで、得体の知れない何かを見せようとしているのか。

いつもはまったく気にもならないのに、目を閉じるのをためらって、なかなか寝ることができない。頭から布団をかぶって常夜灯の明かりを遮りたいが、規則で禁止されているのでそれもできない。

いったい何なんだ、この苛立ち(いらだ)は……

もしかしたらさっきの小泉の話で父親のことを思い出してしまったせいかもしれない。

おまえの父親が保阪さんのような人だったら、おまえの人生もまったく違うものになってたかもしれないのにな――

小泉の言葉をよみがえらせながら、馬鹿馬鹿しいと声を出さずに笑った。

あいつはただの偽善者だ。今日の教誨の最後のほうでも、神の前ではどんな罪でも赦されるとか何とか、わけのわからないことをほざいていた。

おれの罪が赦されるわけがないだろう。この手で四人の命を奪った。それなのにどうやったら赦されるというのだ。

そもそも保阪は自分を捨てた母親と遥が大切にしていたというキリスト教の使い走りだろう。

そんなやつの言うことなど信じられるわけがない。

保阪も、母親も、遥も――偽善者どもが。

さっきまではまた教誨を受けるつもりなどさらさらなかったが、これからの新しい楽しみにしてやるつもりだ。

あいつらが大切にしているものを踏みにじってやりたい。

6

ドアを開けた刑務官に促され、宗佑は部屋に入った。ソファに座っていた丹波がすぐに立ち上がって、「今日もよろしくお願いします」と出迎える。

丹波と挨拶を交わして宗佑はソファに座った。丹波が用意したお茶をテーブルに置いて向かいに座る。いつものように世間話をしながら、教誨をしている収容者たちの日常の様子を聞く。

「……刑務官から教誨の様子を聞きますが、非常に熱心に取り組んでくださっているとのことで感謝しています。鷲尾さんが抜けられることになって不安に感じていましたが、本当にいい方を紹介してくださったと」

「いえ……まだまだわからないことばかりで、試行錯誤を繰り返しながらわたしも勉強させていただいています」

「今日の教誨なんですが……石原がまた受けたいと言ってきましてね」

「そうなんですか」動揺を抑えつけながら宗佑は頷いた。「また来るよう勧めていたので……嬉(うれ)しいです」

「今日も石原、水戸、山辺、服部の順番でお願いします。前回は特に問題はなかったようですが、一応石原のときには刑務官をもうひとり付けることにします」

「わかりました」と宗佑は聖書とヒムプレーヤーを持って立ち上がった。丹波に会釈して部屋を出る。

教誨室に入るとすぐ椅子に座り、テーブルの上で両手を組んで目を閉じた。動揺が静まらないうちにノックの音が聞こえて目を開けた。

「どうぞ」と声をかけて立ち上がると、ドアが開いて刑務官の小泉と久保に挟まれるようにして石原が入ってくる。

「石原亮平を連れてきました。失礼します」

そう言って久保がドアを閉めてすぐに横の椅子に座り、小泉に伴われて石原が近づいてきた。

石原と目が合って、体温が数度下がったような気がした。不敵な目つきをしている。

「……よく来てくれたね。待っていたよ」気を取り直しながら宗佑は石原に近づいて右手を差し出した。

宗佑の右手を見つめながら石原が鼻で笑う。

「今日も握手してくれないか。まあ、いい。座って」

石原に椅子を勧めて宗佑は向かい合わせに座った。石原の背後に小泉が立つ。

「今日はどんな話をしようか」宗佑はそう言いながらテーブルの上で両手を組んだ。

「この前、変なことを言ってたよな」

「変なこと?」

「神の前ではどんな罪も赦されるとか何とか……」

たしかにそんな話をした。ただ、いつもとは違って血を吐くような思いだった。

「たしかにそういう話をしたね。その話をさらにしたいのかな？」

「いや。今日はおれの話を聞いてもらう。おれがどうしてここに来ることになったのか」

胸がざわついた。

「罪の告白をしたい……ということかな」

胸のざわつきを抑えつけながら宗佑が訊くと、石原が軽く笑って口を開いた。

「別に罪だなんて思ってないさ。あんたがしたくてもできないような愉快な体験を聞かせてあげようっていうだけだ」

視界が薄暗いものに変わっていくのを感じながら、宗佑は目の前の石原を見つめ続けた。

「おれが初めて人を殺したのは十六歳のときだが、その話はいいかな。老い先短いババアだったからたいしておもしろくもない。教誨の時間は二十五分ぐらいなんだろ？」

宗佑は頷いた。

「あの日、おれはコンビニにいたんだけど、何かすかした感じでいけ好かない女がいてさ。こういう女が命乞いしながら死んでいくときってどんな顔をするのかって興味がわいてね。それでコンビニでガムテープと瓶ビールを何本か買って、女の後をついていって一緒にマンションに入ったんだよ」

嬉々とした様子で話す石原を見つめながら、由亜が殺されたときの光景を想像してしまい、胃の中から不快な何かがせり上がってくる。

「何食わぬ顔で女と一緒にエレベーターに乗って、『何階ですか？』って訊いたら馬鹿正直に六階って答えたよ。自分がこれからどうなるかも知らずにさ。それでおれは五階で降りて、すぐに階段で六階に向かった。ドアの前に立ってポケットから鍵を取り出してる女にそっと近づいていって、落とし物だって声をかけて振り向いた女の顔に瓶ビールを入れたレジ袋を一振りして、そのまま部屋の中に引きずり込んだ」

傍聴した裁判で知っていた内容だが、あらためて目の前にいる本人から聞かされて、全身が総毛立つ。

「女はつぶれた鼻から血を流して、泣きながら殺さないでって懇願してたよ。ガムテープで口をふさいで、両手両足もそれで縛ってから上半身の服を剝いで、女の目を見つめながらゆっくりと首を絞めて殺した……」

咳払いの音に我に返り、宗佑は顔を上げた。口もとに手を当てた小泉と目が合う。さすがに聞くに堪えないと、石原を窘めるつもりで咳払いしたようだ。

宗佑が声をかけると、「え？」と小泉が首をかしげた。

「小泉さん、下がっていただいてけっこうですよ」

「大変申し訳ないのですが、後ろにいらっしゃると教誨に集中できません」

「ですが……」困惑したように小泉が呟く。

「ふたりにしていただいて大丈夫ですから」と宗佑が目で訴えかけると、「わかりました」と小泉が頷いた。石原の背後から離れてドアのそばまで後退する。

久保と並んでこちらを窺う小泉から石原に視線を戻し、「続けて」と宗佑は口を開いた。

このまま耳をふさぎたいが、自分は聞かなければならない。由亜の最期がどのようなものであったのか、それを知るただひとりの人間の口から直接聞かなければならない。

由亜の無念を晴らすためには、この男が死ぬ間際まで付き合い続けなければならない。どれぐらい長い年月がかかるかわからない苦行に耐える糧にするために、この男に対してさらに激しい憎悪の炎を燃やしたい。そして同時に、この男とつながらなければならない。

「……もうひとりの女のときはさらに愉快だったよ」

意志の力を総動員して石原と視線を合わせた。

「さらに愉快だったとは？」震えないように慎重に声を出す。

「さっき話した女と同じようにその女もコンビニで見かけて後をつけた。そのときはあらかじめ持ってた警棒で顔をぶん殴って部屋に引きずり込んだんだけど、何とその女は妊娠してるって言うんだよ。赤い涙を流しながら、お腹に赤ちゃんがいるから乱暴なことはしないでくださいって懇願してきてさ」

今、こらえている感情を解き放てば、自分の視界も赤く滲んでしまいそうな気がした。

「それで？」

「さらに顔面を何発か殴ると女は失神して静かになった。両手と両足をガムテープで縛って、口にもガムテープをした」

裁判でこれらの話を聞かされたときにはどうにも耐えきれなくなりトイレに駆け込んだが、今はそういうわけにはいかない。

「……だけど、そのまま殺しても面白くないからさ、女の顔を何度か叩いて目を覚まさせた。そして女の目を見つめながらゆっくりと首を絞めて殺したのさ」

石原と目を合わせていることに耐えられなくなり、宗佑はかすかに視線をそらした。小泉と久保が険しい表情でこちらを見つめている。

宗佑はふたたび石原に視線を合わせて口を開いた。

「その女性たちを殺して警察に捕まったらどうなるか、考えはしなかったのか？　死刑になる可能性だってあると」

「当然考えてたさ」

「じゃあ、どうしてそんなことをしたんだ。自分の命が惜しくないのか？」

「死んだって別にかまわないと思ってたからな。生きていたってしょうがないってね。それに人を殺せば何者でもないおれでも一躍有名人になれる。別に有名人になりたかったわけじゃないけど、まわりのやつらに思い知らせることができる」

「思い知らせるって、何を？」

「おまえらのせいでおれはこんな人間になったんだと。おまえらがおれを捨てたから、おまえらが馬鹿にしたり嫌ったりしたから、おれは殺人鬼になったんだと」

そんな身勝手な自己主張のために由亜は石原に殺された。理不尽な現実をあらためて突きつけられ、意識が遠のきそうになる。だが、何とか目の前の現実に踏み止まった。

「それをそいつらに思い知らせられたんだから、もう生きてる理由なんかない。いつ殺されたってかまわない。どうせおれ以外の誰もが一日も早くそうなることを願ってるんだろうからさ。被害者の家族や、世間のやつらや、ここにいるやつらも」

石原が後ろを振り返った。「そうだろう？」と小泉と久保に声をかけるが、ふたりの刑務官は応えない。

「今のきみが死を願っているのはよくわかった」

宗佑の言葉に反応したように、石原がこちらに向き直る。

「だけど、きみが殺した人たちは死を望んでなんかいなかっただろう。もっと生きたいと願っていたはずだ。その人たちに対して、今どのような感情を抱いてる?」

「教誨師としては、反省してますとか後悔してますとかって言葉を期待してるのかもしれないけど、正直なところ別に何の感情もないね。ただ、運が悪かったとしか言いようがない。おれも近いうちにそっちに逝くだろうから、何か言いたいことがあるならそのときに吐き出してくれってね」

そんな気持ちのまま石原を死なせるわけにはいかない。石原に生きる希望を与えなければ、たとえ彼が死刑に処されても、由亜の死に決して釣り合いはしない。

石原に生きていたいと渇望させるにはどうすればいいのか。たとえそれが目的を果たすための欺瞞(ぎまん)であったとしても。

「そういうわけで……おれはこの手で四人を殺したってわけだ」

その声に視線を戻すと、石原がテーブルの上に乗せた自分の両手を見つめている。

「これでも神の前ではおれは赦されるっていうのかな」こちらに視線を移して石原が笑った。

「きみはひとつ思い違いをしている」

その言葉に眉をひそめて首をひねった石原の両手を宗佑は握り締めた。驚いたように石原が全身を震わせて身を仰け反らせようとする。

「仮に他の誰もがそうであったとしても、わたしはきみが死ぬことを願っていない」

宗佑は握り締めた両手に力を込めて石原を引き寄せた。お互いの息がかかりそうなほど顔を近づけて口を開く。

「少なくともこのまま死んでほしくない。人を殺すことしか生きている意味がなかったと思いながら死んでほしくない」

「いっ……いったい何だよ……」

こちらを見つめ返す眼差しから、石原がうろたえているのがわかった。

「おそらくきみは生きてここを出ることはないだろう。だけど、決して愉快ではないかもしれないけど……ほんの少しでも生きていてよかったと思える時間がこれからあってほしい」

「放してくれ……放せよ！」

石原が叫びながら握り締めた両手を強引に振り解く。そのまま椅子から立ち上がり、こちらに背を向けて刑務官たちがいるほうに歩いていく。

「石原くん――」

宗佑が呼び止めると、石原が足を止めた。だが、こちらを振り向かない。

「また教誨に来てほしい。神の前で赦されるよう、きみ自身でそう思えるよう、わたしがきみのこれからの人生を見届けるから」

何か言葉を返さなくていいのかと小泉が目で訴えかけるが、石原は黙ったままだ。

小泉が溜め息を漏らし、「それでは石原の教誨はこれで」と宗佑に告げてドアを開けた。椅子から立ち上がった久保とともに石原を外に連れ出す。

ドアが閉まった瞬間、それまで抑えつけていた感情が胸の中で決壊した。

視界が涙であふれてくる。赤く滲んではいなかったが、自分の視界は薄闇に覆われていた。

7

「石原、寒いのか？」

声が聞こえて、隣を歩く小泉に目を向けた。

どうしてそんなことを訊くのかわからず、無視して廊下を進む。

三十三房の前にたどり着き、小泉が扉を開けて中へと促す。房の中に入ると背後から扉を閉める重々しい音が響いた。

サンダルを脱いで棚にしまおうとしたとき、異変に気づいた。サンダルをつかんだ手が小刻みに震えている。

先ほどの光景が頭の中を駆け巡った。同時に保阪に両手をつかまれたときの生暖かい感触がよみがえる。

ほんの少しでも生きていてよかったと思える時間がこれからあってほしい——

まったく笑わせる。今さらそんなことを言われたって遅いんだよ。

こんなところにいて、これからいったいどんな楽しいことがあるっていうんだ。生きていてよかったと思えることがあるっていうんだ。そんなことはババアを殺す前に、せめてあの若い女たちを殺す前に、誰か言いやがれっていうんだ。

保阪が言ったように、おれは生きてここを出ることはない。あとは刑務官に監視されながら死を待つだけの人生だ。

死んだら、おれは母親がいるところとは違う世界に堕ちていくんだろう。四人を殺したおれが母親のいるところに行けないことぐらいはわかっている。遥が死んでもおれのいる世界には来ないだろう。

死んだらおれはひとりぼっちだ。

――そこはどんな世界なんだろう。

あたりを見回して、三畳ほどの狭い房の光景を視界に映し出す。

おれはこれから拘置所の中という世界しか知らずに死んでいく。

ほんの少しでも生きていてよかったと思える時間がこれからあってほしい――

保阪の言葉を思い出しながら、乾いた笑い声が房内に響いた。

ほんの少しでも生きていてよかった……

その言葉に導かれるように両手に目を向ける。

誰かに手を握り締められたのはいつ以来だろう……

迂闊にもそんなことを考えてしまったせいか、頭の中に様々な記憶がよみがえってくる。

遥や母親と離れ離れになってからの日々が駆け巡り、最後に浮かび上がってきたのは男の大きな背中だった。

そうだ……父親に手を引かれ、ババアの家に連れて行かれたときだ。

あの女が家にいつくようになってから、父親に邪魔に思われていると子供ながらに理解していた。少しの間、ババアと一緒に生活するよう父親に言われて家を出たが、もう二度とおれのもとには戻ってこないであろうことも察していた。

あれが誰かの手を握り締めた最後の記憶だ。

言葉にはしなかったが、あのときのおれは強く父親の手を握り返すことで必死に訴えかけようとしたのを覚えている。おれを捨てないでほしいと。この手を離さないでほしいと。

あのとき握った父親の手は体温を感じられない冷たいものとして印象に残っている。だが、今日握ったあの男の手はちょっと湿っていて、生暖かかった。

それは初めての感触ではないと記憶が訴えかけてくる。

ババアの家に連れて行かれるさらに前の……前の……

思い出したくない光景が浮かび上がってきそうになり、何度か頭を振ってから自分の右手を見つめる。

もう遥と母親の温もりを感じることはない。

あのふたりにかぎらず、これから保阪以外に人と肌を触れ合わせることなどあるのだろうか。

死ぬまでこの狭い独居房の中にいるおれにはきっとないだろう。

それ以前に四人を殺した男の手を握りたいと思う人間など他にいるわけがない。

あの教誨師だって本心ではきっとそう思っているにちがいない。

8

「……それぞれのかたを神様が護り、導いてくださいますよう、心からお祈りいたします。それではこのあと後奏をもって本日の礼拝を終了します」

宗佑は壇上から告げて、手もとにあるＣＤデッキを操作した。パイプオルガンの音色が流れ、それが終わると信者たちが席を立って教会を出ていく。

その流れに逆らってひとりの女性信者がこちらに近づいてくる。自分と同世代の森田だ。

「おつかれさまです。今日もありがとうございました」森田がそう言って頭を下げる。

「いえ、こちらこそありがとうございました」

「あの……」森田が言いづらそうに口をつぐむ。

「何でしょうか？」

「……何かありましたか？」

宗佑は首をひねった。

「あ、いえ……ここしばらくずいぶんとお疲れのご様子に見えて……」

「そんなことはありませんよ」宗佑ははぐらかした。

「そうですか？　もしかしたら拘置所での教誨のことで何か思い悩まれているんじゃないかと、

他の人たちと話をしていました」

森田も役員のひとりなので、ここしばらくの宗佑の様子が気になるようだ。

「大変な状況の人たちと接しなければならないでしょうから」

死刑囚のことを言っているのだろう。

たしかに自分でも身が入っていないと感じている。実際に今日の礼拝の最中も明日の教誨のことばかり考えていた。順番からいえば石原が入っているはずだが、果たしてやってくるかどうかと。そして目の前に現れたなら、どのようにして心を開かせていこうかと。

石原にもっと生きたいと思わせて、いつの日か由亜の無念を晴らすために。

「お気遣いいただいてありがとうございます。でも、大丈夫ですよ。たしかにここにいる皆さんとはあきらかに状況の違う人たちですけど、わたしとしては変わらず神のお言葉を伝えることに尽力していくだけです」

その言葉を吐き出した瞬間、胸が疼(うず)いた。

「それを聞いて安心しました。保阪先生ならきっとそのかたたちにも心に救いをもたらされるでしょう。わたしたちにしてくださっているように」

森田の微笑みを直視できず、思わず視線をそらした。

自分は神の教えに背き、まわりにいる大切な人たちを欺いている。

こんな自分が牧師をしていていいわけがない。そんなことはよくわかっている。だが、牧師でなければ教誨師ではいられない。

相手の目を見られないまま挨拶(あいさつ)を交わして森田が教会から出ていく。

教会でひとりきりになるとすがるものを求めて、宗佑は上着のポケットからスマホを取り出して電源を入れた。待ち受け画面の由亜を見つめる。

自分がやっていることは間違っていない。由亜、そうだろう？

たとえ神に赦(ゆる)されなかったとしても、きみの無念を晴らしたい。


まっすぐドアを見つめているとノックの音が聞こえた。

「どうぞ」と宗佑が声をかけるとドアが開き、小泉と久保に挟まれるようにして石原が入ってくる。

「石原亮平を連れてきました。失礼します」

久保がドアの近くにある椅子に座り、石原と小泉がこちらに向かってくる。

宗佑は立ち上がって石原に近づき、右手を差し出した。石原は宗佑の手をじっと見ているが握手する気はなさそうだ。椅子を促して向かい合わせに座る。

「小泉さん、今日も下がってくださってけっこうですよ」

小泉がドアの近くにある椅子に久保と並んで座るのを確認すると、宗佑は石原に目を向けて口を開いた。

「また会えて嬉(うれ)しいよ。この前わたしが言ったことが押しつけがましいと思われて、もう来てくれないかもしれないと不安だった」

「勘違いしないでくれ。別に神に赦されたいと思って来たわけじゃない。ただ単に暇でしょうがないってだけだ」

「わかってる。暇つぶしの相手だとしても来てくれて嬉しいよ。今日はどんな話をしようか」

「ここであんたの教誨を受けてるのは何人いるんだ?」

「きみを入れて七人だ」

「死刑囚は?」

「ほとんどがそうだ。どうしてそんなことを?」

「いやね……おれみたいな死刑囚は毎日ここで何をして過ごしてんのかなって思ってさ。一日中やることもなくて、どうやって気を紛らわせてんのかと」

気を紛らわさなければならない悩みや不安があるということなのだろうか。そうだとしたらどんなことなのか。

「多くの人は請願作業をしているみたいだね」

「割り箸(ばし)の袋詰めなんかだろ? そんなのは興味ねえよ」

「そうか。他には……そういえば、わたしの教誨を受けている人の中で最近絵を描き始めた人がいたよ」

石原の前に教誨した工藤のことを思い出した。

「絵?」

「そう……ずっと絵なんか描いていなかったそうだけどね」

「何だって急にそんなことを?」

「その人は外にいるお母さんに親孝行をしたいと考えていたんだ。自分が生きている間に何でもいいから親孝行ができないだろうかとね」

「死刑囚なのか?」

宗佑は頷(うなず)いた。

「そういうわけでできることはかぎられている。どうすればいいだろうかとわたしも一緒に考えていてね。その人は小学生の頃に絵のコンクールに入賞してお母さんに褒められたことがあったそうで、それでまた絵を描いてお母さんにプレゼントしたらどうですかと提案したんだ。今の自分が描いた絵なんかあげても喜ばないだろうとその人は言っていたけど、それでも上手な絵が描けるように頑張ってみますと張り切っていたよ」

「絵なんか興味ねえなあ」

「別に絵じゃなくてもいいさ。たとえば子供の頃に得意だったことや、やっていて楽しかったことは何かないか?」

石原が顔を伏せた。そのまま沈黙する。

「ところで……何か嫌なことや悲しいことがあったのかな?」

宗佑の言葉に弾かれたように石原が顔を上げた。あきらかに動揺した目をしている。

やはり前回の教誨から何らかの心境の変化があったようだ。

「どうして?」石原が訊いた。

「いや、何となく……以前とはちがう様子に感じたから。何かそういうことがあったなら話してみてくれないか。わたしに解決できるかどうかはわからないけど、話すだけでもちょっとは気が楽になるかもしれない」

「別に……そんなのはねえよ」石原が視線をそらす。

「そうか。教誨を受けている他の人たちはみんなわたしよりも年上でね。きみと接していると他の人たちよりも放っておけない気持ちになる。何か悩むことがあったら父親に相談するぐらいの気持ちで話しにきてくれ」

心の中で由亜に詫びながら、その言葉を絞り出した。

「あんた……子供はいるのか?」こちらに視線を合わせて石原が訊く。

おまえに殺された娘がいた。

「いや、いない。独身だ」

「そう……おれみたいな子供がいなくてよかったな」

「残念ながら親の気持ちはわからないけど、いなかったほうがいい人間なんかいない。もし、きみがわたしの子供だったとしてもそういうふうには思わないだろう」

石原に見つめられて締めつけられるように胸が苦しくなる。

この男と鎖をつなぐために胸の中に渦巻くあらゆる罪の意識に必死に抗(あらが)う。

「そろそろ時間です」と小泉の声が聞こえて、宗佑は視線を外した。椅子から立ち上がり、「また待っているから」と石原に右手を差し出す。

ためらう様子を見せながら石原がゆっくりと右手を持ち上げて宗佑の手を握った。

心臓が凍りつきそうなほど冷たい感触に思えた。

第四章

1

「素晴らしい出来だと思います。お母様にお見せするのが楽しみですね」

テーブルに置いた画用紙から保阪が顔を上げて言うと、「そうですか?」と向かいに座っている工藤が照れ臭そうに頭をかいた。

「描かれるごとに上達されていますね。プロが描いたといっても過言ではないと思います。わたしの部屋にも飾りたいぐらいだ」

「そう言ってもらえるととても嬉しいです……もしご迷惑でなければ、保阪先生にも一枚差し上げます」

「よろしいんですか?」

「もちろんです。ただ、最近描いたものに比べると、以前描いたものがずいぶんと見劣りするので、保阪先生には新しく描いたものを差し上げます。これは母親に残そうと思っていますので。次回の教誨のときにはお渡しできると思います」

「楽しみにしていますが、そんなに慌てなくていいですよ。請願作業もあるから大変でしょう」

「慌てないと……お渡しできるかどうかわかりませんから」

そう言った工藤の表情がわずかに引きつる。一瞬、重い空気が立ち込めそうになるが、すぐに「次は何を描きたいですか?」と保阪が朗らかな笑みを向けた。

「聖ヴィート大聖堂を描いてみたいです」

「わたしも好きな教会です。残念ながら行ったことはありませんが。近いうちに写真を差し入れしますね」

ふたりのやり取りを聞きながら、直也は時計に目を向けた。もう時間だ。

楽しそうな会話に水を差すのは気が引けるが、「そろそろ時間です」と告げると、最後の挨拶を交わしてふたりが立ち上がった。工藤がテーブルに置いていた画用紙を丸めて持ち、こちらにやってくる。

工藤とともに教誨室を出ると、外で待機していた久保を伴って廊下を進んだ。

「保阪先生は人を乗せるのが上手なかたですよね」

工藤の声が聞こえ、直也は目を向けた。手に持った画用紙を見ながら工藤がまんざらでもなさそうな顔をしている。

「お世辞じゃないと思いますよ」

教誨室に来る前に見せてもらったが、絵心がない自分が見ても思わず唸ってしまうほどの精密な風景画だった。

一年ほど前、鉛筆を使って工藤は絵を描き始めたが、その上達ぶりに直也も舌を巻いている。きっかけは教誨の際に工藤の昔話として、小学生の頃に絵のコンクールに入賞して母親に褒められたのがとても嬉しかったと話したことだった。

「また描いてみたらどうですか」と保阪に勧められた工藤はしばらくためらっていたようだが、

やがて画用紙などの筆記用具を購入して取り組み始めた。今では自由時間のほとんどを費やして絵を描いている。

「ぼくの部屋にも飾りたいぐらいです」

直也が言うと、工藤が嬉しそうに笑った。

「よろしかったら小泉先生にも差し上げます。保阪先生の次になってしまいますが」

「楽しみに待っています」

工藤を独居房に戻して、久保を伴ったまま二十一房に向かった。

視察口を覗き込むと、石原が座卓に向かって割り箸の袋詰めをしている。

「石原、開けるぞ――」

直也が声をかけると、手に持っていた割り箸を座卓に置いて正座をしたまま石原がこちらに向きを変えた。

鉄扉を開けて「教誨だ。準備しろ」と告げると、石原が立ち上がった。棚から聖書を取り出してこちらにやってきて、サンダルを履いて外に出る。

鉄扉を閉め、石原を左右に挟むようにしながら廊下を進む。教誨室にたどり着いて直也がドアを叩くと、「どうぞ」と保阪の声が聞こえた。久保を外に控えさせてドアを開け、石原とともに中に入る。

「石原亮平を連れてきました」

石原が保阪に近づいていき、握手をしてから向かい合わせに座る。

ドアの横に置いてあるパイプ椅子に直也は腰かけた。穏やかな様子で話をするふたりを見ながら、変われば変わるものだなと妙な感慨を抱く。

石原がD棟に移ってから一年半近くが経つ。その間に、逃走や自殺の防止のために独居房を三回移り、石原の言動や生活態度がそれまでとは見違えるように変わった。

すべては教誨師の保阪の力だろうと直也は感じている。

石原の態度が変わったと感じたのは二回目の教誨の後だ。別れ際の拒絶の態度を見たときには不穏な空気を感じたが、それから独居房にいる石原が自分の手に目を向け、何やら思いを巡らせているような様子を度々目撃した。

そして三回目の教誨では保阪に信頼を寄せ始めたのか、それまで拒んでいた握手をして別れた。石原はその後も教誨を続け、五回目のときに保阪から聖書をプレゼントされた。しばらくの間は棚に置きっぱなしになっていたが、今では時折眺めてノートに何かを書き留めている。

さらに半年ほど前からは保阪と手紙のやり取りをするようになった。聖書のことで訊きたいことがあったり、日常生活で思ったことがあったりしたら、何でもいいから手紙に書いて送ってほしいと保阪から言い出したことだ。

本人は暇でしょうがないから書いているだけだとあいかわらず可愛げのないことを口にしているが、それまで誰にも心を開かなかった石原が、保阪には特別な感情を抱き始めている証ではないかと感じている。

実際、保阪に手紙を送るための文具代を工面するために石原は請願作業を始めた。

以前は、月に五千円ほどの稼ぎにしかならない請願作業など馬鹿馬鹿しくてやりたくないと言っていたというのに。

変わったのは石原だけではない。直也も今年の春から看守部長に昇進した。

そういえば松下は今頃どうしているだろうか。

今の自分と同じ階級だった先輩をひさしぶりに思い出してしまい、少しばかり心に暗い影が差し込んだ。


昼食を終えてからスマホを確認すると、由亜からＬＩＮＥのメッセージが届いている。

『明後日(あさって)の水曜日はお休みだよね？』

今日は朝七時半から明日の朝七時半までの昼夜間勤務だ。明日の退勤後は非番で、明後日は休日になる。

『そうだけど。どうして？』

メッセージを送ると、すぐに由亜から返信があった。

『その日、小学校が開校記念日で休みなの。子供たちがひさしぶりにディズニーランドに行きたいって言ってるんだけど、どうかな？』

刑務官の仕事は土日も関係のない昼間勤務と昼夜間勤務を交えたシフト制で、亜美と賢也の休みとなかなか合わない。半年近く家族揃った外出ができずにいたので、ちょうどいいだろう。

ＯＫマークのスタンプを送ったとき、人の気配を感じて直也は顔を上げた。管理部長の加賀(かが)が立っている。

「ちょっといいかな」と加賀に言われ、直也は頷いた。加賀が向かいに座り、「家族と連絡していたのかい？」とぎこちない笑みを浮かべながら訊いてくる。

「ええ」

「そういえば、小泉くんはふたりお子さんがいたよね。今、いくつになったのかな」

「上の娘が十一歳で、下の息子が九歳です」

「新しいお子さんの予定は？」

　いきなりそんなことを訊かれて戸惑いながら「今のところありませんが……」と答える。

「ご親族に重病を患っている人はいらっしゃるかな？」

「おりませんが。あの、いったい……」

「いやいや、たいした理由はないんだ。ここに来たら小泉くんが目に留まって、ひさしぶりに世間話がしたくなっただけで。今日はたしか昼夜間勤務だったよね」

「ええ……」

「責任が増えていろいろと大変だろうけど、期待しているから頑張ってくれ」

　ねぎらいの言葉をかけると加賀は素早く立ち上がり、そそくさと出口に向かっていく。

　いったい何だろう――

　いつもとはあきらかに態度の違った加賀の背中を見つめているうちに、直也は妙な胸騒ぎを覚えた。

　まさか……死刑執行――

2

インターフォンを鳴らすと、ドアが開いて真里亜が顔を出した。宗佑と目が合って、真里亜が眉をひそめる。

靴を脱いで玄関を上がり、奥の部屋に向かった。ローテーブルの上に二人ぶんの料理の皿が並べられている。

「ひとり暮らしでろくなものを食べていないんでしょう?」

その声を聞いて、宗佑は真里亜を振り返った。

「せっかく用意してくれたのに悪いけど、食欲がない。あったら酒をもらえないかな」

「不摂生をしていたら鷲尾さんみたいに身体を壊すわよ。教誨師を続けられなくなったらどうするのよ」

「不摂生をしなきゃ今の生活は続けられない」

石原の教誨を始めて一年ほどが経つ。教誨は月に三十分ほどなので、石原と実際に対峙(たいじ)したのは合計で六時間ほどだろう。だが、初めて石原と対峙して以来、何をしているときでもあの男のことが頭から離れてくれない。

石原の心情の変化を探るために自分から提案したことではあるが、あの男から手紙が届けばどのような返信をするかで悩み続け、本心とはかけ離れた優しい言葉を綴ればその後由亜への罪悪感に苦しめられる。寝ているときでさえ、由亜が石原に殺される夢を見て何度も飛び上がるありさまだ。

真里亜にはきっと理解できないだろう。

娘を殺した男とつながり続けなければならない苦しみを――

宗佑は鞄から封筒を取り出して真里亜に渡すと、勝手にミニキッチンからグラスを取って近くにあった角瓶を注いだ。封筒を持ったままローテーブルの前に座った真里亜の向かいにあぐらをかき、グラスに口をつけた。真里亜が封筒から便箋を取り出して読み始める。

石原の教誨をした後と、手紙が届いたときには真里亜の部屋を訪ねていた。大山まで来るのは億劫だったが、自分が住んでいる牧師館は教会の隣にあり、誰に見られているのかわからないので女性を部屋に上げるわけにはいかなかった。

目の前に並んだ料理を眺めながら、二十年以上前の記憶が脳裏をかすめる。

宗佑の部屋に遊びに来た真里亜が一度だけ料理を作ってくれたことがあった。たしか明太子パスタだった。

優里亜を裏切ったという罪悪感を抱えながらも、ふたりとも束の間の恋人気分を味わっていたときだ。優里亜があのような形で亡くならなければ、自分の人生の中で何度も目にした光景だったのかもしれないとぼんやりと思った。

ただ、同じような光景であっても、あの頃抱いていた感情が重なることはない。

今のふたりを結びつけているのは恋愛感情ではなく、石原に対する復讐心でしかないからだ。

こうやって真里亜が宗佑に料理を振る舞う理由は石原への復讐を果たすために栄養をつけさせることでしかなく、彼女にとっては砥石で刃を研ぐ行為と何ら変わらないだろう。

読み終わったようで真里亜が手紙からこちらに視線を向ける。

「あいかわらず代わり映えのしない内容ね」

真里亜を見つめ返しながら宗佑は頷いた。

石原からの手紙にはかぎられた日常生活の様子が綴られているだけで、事件を起こすまでの心情や、被害者への思いが書かれることはない。一年近く対面や手紙のやり取りを続けていても、石原の内面を窺い知ることができないでいる。

「石原は少しでも変わったのかしら」

宗佑は首をひねった。

「裁判のときには早く死刑にしろと言っていたけど、そのときと比べて少しでも生きたいと……生きることに希望を持ち始めているのかしら」

石原にもっと生きたいと渇望させたうえで、死ぬ直前に地獄に突き落とす言葉を突き刺すのが自分たちの願いだ。

「どうだろうな……」わからないと宗佑は首を横に振った。「刑務官の話によると、教誨を始めるまでとは見違えるように生活態度が変わったとのことだ。おれと手紙のやり取りをするためにそれまで興味のなかった請願作業をしてるってことだったし。ただ、それをもってして、石原が生きる希望を持つようになったとは言い切れないだろう。死ぬまでの暇つぶしぐらいにしか思っていないかもしれないし」

「そうね……」真里亜が顔を伏せる。

「月に三十分の教誨じゃ、相手の心などなかなかわかりようがない。もっと生きたいと願っているのかどうか……」

真里亜が顔を上げて、「次の教誨はいつ？」と訊く。

「再来週の月曜日に予定している。どうして？」

「そのときに石原に自分の死について訊いてみたらどうかしら」

「どういうことだ？」

「いつ死ぬかわからない、もしかしたら明日の朝にでも自分の刑が執行されてしまうかもしれないということをさりげなく石原に投げかけてみるの。それで石原が自分の死に対して恐怖心を抱くようなら、生きたいと願っていることになるでしょう」

「死刑囚の心情の安定を乱すような言動は禁じられている。それに下手に恐怖心を煽るようなことを言って、石原が教誨に来なくなってしまったら元も子もないだろう」

宗佑が石原の内面に踏み込み切れない理由はそこにある。

石原自身が望まないかぎり、事件に関することや、科された死刑という罰についての話をするのは難しい。

「これからどうすればいいか、わたしもいろいろ考えてみるわ。とにかく宗佑さんは自分の身体をもっと気遣ってね」

「わかった。仕事が残っているからもう行くよ」

宗佑はグラスに残っていた酒を飲み干して立ち上がった。真里亜から手紙を返してもらい、玄関に行く。

マンションを出て大山駅に向かっていると、ポケットの中で振動があってスマホを取り出した。丹波からの着信だ。

いったい何の用だろうと、怪訝に思いながら宗佑は電話に出た。

「丹波です。夜遅くに申し訳ありません」

硬い声音が耳に響く。

「いえ……どうされましたか？」宗佑は訊いた。

「明日の朝、拘置所に来ていただけないでしょうか」

背筋に冷たいものが伝った。

「まさか……刑の執行ですか？」

「それは……その……申し訳ありませんが、今は明日の朝、拘置所にお越しくださいとしかお話しできなくて……」歯切れ悪く丹波が言う。

死刑執行にちがいないだろう。

いったい誰の――

自分が教誨をしている三人の確定死刑囚の顔が次々に脳裏をかすめる。

「七時頃に目白までタクシーで迎えに上がりますので、よろしくお願いします」

抑揚のない声が聞こえて電話が切れた。

手の中で灯ったスマホの画面を見つめていると、午前五時五十八分から五十九分に時刻表示が切り替わった。そろそろ出かける準備をしなければならない。

宗佑は気力を振り絞ってベッドから起き上がり、部屋の電気をつけた。視界一面に光が差し込み、立ち眩みしそうになる。同時に握っていたスマホからけたたましい音が響き、慌ててアラームを止めた。

午前六時と六時二十分にアラームをかけていたが意味がなかった。けっきょく一睡もしていない。

一階に下りて浴室で熱いシャワーを浴びたが、頭の中はぼんやりしたままだ。そればかりかバスタオルで拭った身体や口からアルコールの匂いが漂ってくるのを感じる。

何度も嘔吐きそうになりながら宗佑は歯を磨き、教誨のときにいつも着ている背広に袖を通す。手早く身支度を整えたつもりだったが、時計を見るとすでに六時五十分を過ぎていた。

まだ口の中のアルコール臭が気になるが、コーヒーを飲む余裕もない。それ以前に胃の奥から不快な何かがせり上がってきそうになっているので、何か口にすればそのまま吐き出してしまうだろう。

宗佑は聖書とヒムプレーヤーを入れた鞄を持って牧師館を出た。外でしばらく待っていると、タクシーがやってきて目の前で停まった。

後部座席のドアが開き、奥にいた丹波が「おはようございます」と硬い表情で頭を下げる。宗佑も会釈を返して丹波の隣に乗り込むと、ドアが閉まってタクシーが走り出した。

丹波に会ったら真っ先に誰の刑が執行されるのか訊きたかったが、運転手の前でその話をするわけにはいかないだろう。

車内に漂う重苦しい沈黙を噛み締めていると、「昨晩はずいぶんと飲まれましたか?」とふいに丹波が訊いてきた。

「ええ……申し訳ありません」

「いえ。わたし自身そうしたい思いでしたから。ただ立場上、今日の午後まで我慢します。よろしかったらどうぞ」丹波が持っていた缶コーヒーをこちらに差し出した。

「ありがとうございます」

そこで会話が途切れた。プルタブを開けないまま缶コーヒーを両手で握り締め、窓外を流れていく朝の風景を見つめる。

これから死刑が執行されるとしたら、それは誰だろうか。

ふたたび自分が教誨をしている確定死刑囚の顔が次々と脳裏に浮かんでくる。

石原——

最後に思い浮かべた男の顔が脳裏にいつまでも残っている。

これから誰かに死刑執行命令が下されるのであれば石原であることを願った。そうであれば自分の苦しみは今日で終わる。

だが、石原との最後の対面を想像しても、それから先に考えが及ばない。これから死にゆく石原にどんな言葉を突き刺せば由亜の無念は晴らせるのか。いくら考えてみても今の自分にはわからない。

東京拘置所の巨大な建物が近づいてくると、「正面ではなく裏に回ってください」と丹波が言って、そこからの行き先を運転手に指示する。

「そこでお願いします」と丹波が告げて、ふたりの刑務官が立っているドアの前でタクシーが停まった。

車を降りた宗佑は丹波に促されるように建物に入った。少し行ったところにある窓口で聖書とヒムプレーヤーを取り出した鞄を預ける。エレベーターに乗り、廊下を進み、『所長室』と札の掛かったドアの前で丹波が立ち止まる。

「教誨師の保阪さんがお見えになりました」と丹波が言ってドアを開け、宗佑を中に促す。

部屋に足を踏み入れると、向かい合わせにソファに座っていた四人の男性が一斉に立ち上がった。いずれも初めて顔を合わせるが、身なりや年齢から東京拘置所の幹部だろう。

「朝早くに御足労いただいて申し訳ありません。所長の若林です」

一番年嵩に思える白髪交じりの男性がそう言って頭を下げた後、まわりにいる者たちを順番に紹介した。東京拘置所の総務部長と検察官と検察事務官だという。

「今日、工藤義孝に刑が執行されます。最後の教誨をお願いします」

所長に告げられ、目の前が真っ暗になった。

昨日電話があってから今まで、あらゆる可能性を想像した。もちろん自分が教誨をしている中で死刑が確定してから一番年月が経っている工藤に刑が執行されるというのは真っ先に頭に浮かんだことだった。だが、宗佑はその想像を必死に頭から振り払おうとした。

なぜ工藤を殺さなければならないのか。たしかに工藤は十五年前に三人の命を無残に奪った。だが、今は神の言葉を真摯に学ぼうとし、自分の罪を心から悔い改め、狭い独居房の中で被害者の冥福を祈り続けているのだ。そんな工藤を殺す意味がどこにあるというのだ。

そう思いかけて、宗佑は自分の身勝手さを悟って忸怩たる思いに駆られた。自分は工藤に恨みがないからそう思えるだけだ。

工藤に殺された被害者やその遺族は一日も早く彼の刑が執行されることをきっと望んでいるだろう。宗佑や真里亜が石原に対してそうなることを望んでいるように。しかも宗佑は石原が死刑に処されるだけでは飽き足らず、さらなる苦痛を与えるためにこんなところにいるのだ。

「同じ階に控え室を用意していますので、そちらでお待ちください」

その声に、宗佑は顔を上げた。

所長が丹波に目配せすると、「保阪さん、どうぞこちらに」と宗佑を部屋の外に促す。

所長室の斜向かいにある部屋に案内された宗佑は崩れるようにソファに腰を下ろし、頭を抱えた。目を閉じて、これまで工藤と話したことを必死に思い返す。

死を目前にした工藤に、いったい何を語りかければいいのだろう。

自分にいったい何ができるというのだ。これから死にゆく工藤の恐怖や苦痛を少しでも和らげるために、自分にできることとはいったいどんなことだろうか。

わからない。どんなに考えてもどうしていいかまったくわからない。

ノックの音に我に返り、宗佑は顔を上げた。ドアが開き、「保阪さん、そろそろお願いします」と外から丹波が呼びかける。

宗佑はひとつ重い息を吐き、聖書とヒムプレーヤーを持って立ち上がった。部屋の外には丹波の他に先ほどの四人がいた。

「こちらです」と丹波が歩き出し、宗佑はその背中についていく。所長たちが宗佑の後に続く。

廊下を進み、いくつかのドアをくぐっていく。それぞれのドアのそばに緊張した面持ちで立っている刑務官を見て、おそらくこのわずか後に工藤もここを通るのだろうと察した。

そのときのことを想像してしまい、胸が締めつけられるように痛くなった。

丹波の背中を見つめながら狭い階段を上っていく。上り切ったところにあるドアを丹波が開け、手で促されて宗佑は先に中に入った。部屋にいた四人の刑務官がすぐにこちらに向けて敬礼する。

そのひとりと目が合った。小泉だ。血の気を失くしたような顔をこちらに向けて敬礼しながら、引き結んだ口もとを戦慄（わなな）かせている。

所長と総務部長と検察官と検察事務官が部屋に入り、最後に入った丹波がドアを閉めたところで刑務官たちが手を下ろした。

六畳ほどの部屋の中央にはテーブルと六脚の椅子があった。テーブルの上には様々な種類の菓子を入れた盆が置いてあり、後方の壁際には十字架の祭壇が設けられている。反対側に目を向けるとアコーディオンカーテンで仕切られていた。

その向こう側にあるものを想像して、さらに動悸（どうき）が激しくなる。

「どうぞ」と丹波に椅子を手で示され、宗佑は十字架の前で祈りを捧（ささ）げてから座った。

重苦しい沈黙が狭い一室に充満していて、息をするのも苦しい。

それは自分だけではないようだ。この部屋にいる誰もが息を詰め、蒼白（そうはく）な顔をしている。

階段を上ってくる足音が響き、部屋にいる全員がドアのほうに視線を向けた。それまでよりもさらに表情をこわばらせる。

ドアが開き、三人の刑務官に両側と後方を囲まれるようにしながら工藤が入ってくる。

工藤と目が合い、心がかきむしられた。

昨日、教誨で会ったときとは別人のように、その顔や眼差(まなざ)しからは生気はいっさい感じられず、刑務官に支えられなければ立っていられないほど足もとをふらつかせていた。

目をそらしたい衝動に駆られたが、歯を食いしばって工藤に視線を据える。

手錠を外されて向かいに座らされた工藤はうつむいたまま、小刻みに全身を震わせている。

「二三三〇番、工藤義孝くんだね」

丹波の問いかけにも、工藤はまともに反応できずにいる。

教誨では自分に科される死刑執行という罰を冷静に受け止めているように思えたが、死を目前にすればそのような感情はいっさい意味をなさないのかもしれない。

「大変残念ですが執行命令がきました。今から刑を執行します」

自分はただ祈ることしかできない。

「最後に何かおいしいものを食べたらどうだ？　煙草もあるぞ」

丹波の声に、工藤が少し顔を持ち上げた。震える手を伸ばして盆に置いた饅頭(まんじゅう)をつかもうとするが、途中で諦(あきら)めたようにゆっくりと手を引っ込める。

「いいのかい？」

問いかけに反応しないのを確認すると、丹波がこちらに目を向けて「お願いします」と言った。

宗佑は聖書を持って立ち上がった。

「ご起立ください」と声をかけたが、工藤に立ち上がる気配はない。テーブルの一点を見つめたまま子供が駄々をこねるように頭を左右に振っている。

「そのままでいいので、聖書の一節を……」

宗佑が口を開いたのと同時に、「し……死にたくないッ！」と叫びながらテーブルを両手で叩きつけて工藤が立ち上がった。

「落ち着きなさい」とすぐに数人の刑務官が工藤のもとに駆け寄る。だが、工藤は刑務官の手を振り払ってドアのほうに駆け出そうとする。さらに他の刑務官も加勢して工藤を止める。

「おまえら！　何の権利があっておれを殺すんだ！　人殺しだっておれのことを責めるけど、おまえらだって人殺しじゃねえかッ！」

叫びながら暴れ回る工藤を刑務官四人がかりで押さえ込む。その人群れがテーブルにぶつかり、置いてあった菓子が床に散乱する。

その様子を近くで見ていた所長が「執行せよ！」と声を発すると、小泉が工藤の頭に目隠しのための覆いを被せた。同時にふたりの刑務官がそれぞれ工藤の右腕と左腕をねじりあげて、後ろ手に手錠をはめる。

「ふざけんじゃねえ！　死にたくない……おれにはまだやることがあるんだ！」両足をばたつかせながら工藤が怒鳴り声を上げる。

所長に誘導されて検察官と検察事務官が部屋を出ていく。小泉がアコーディオンカーテンを開けて、奥にある執行室があらわになる。

「助けてくれッ……お願いだ……たす……助けてッ……」

両足に紐を巻きつけられ抱えられるようにして執行室に連れて行かれる工藤を見ながら、宗佑はその場に立ち尽くすことしかできない。

必死に祈りを捧げるが、工藤の絶叫にかき消されて、自分が声を上げているのかどうかもわからない。

「助けてーッ……助けてください……お願いします……」

「しゃべるな！　舌を噛み切ってよけい辛い思いをするぞ」

小泉の悲愴な声が聞こえ、工藤が泣きじゃくりながら命乞いをする。

踏み板の上に立たされた工藤の首もとに小泉ともうひとりの刑務官が必死の形相で白い縄を固定する。

「牧師さん……助けて……おれは……おれはまだ死にたくない……こんなんじゃおれは救われない……」

小泉たち刑務官が工藤のまわりからさっと離れた次の瞬間、地鳴りのような激しい音がして彼の姿がなくなった。

今まで聞いたことがないような奇妙な音に心臓を絞り上げられ、ぎしぎしと軋みながら揺れる一本の白い縄だけが視界にこびりついている。

ノックの音がして、宗佑はドアに目を向けた。「どうぞ」と声をかけるとドアが開き、丹波が部屋に入ってきた。

「先ほど、湯灌を施した後に工藤を棺に納めて、執行はすべて終了しました。本日は本当にありがとうございました」

深々と丹波に頭を下げられ、「いえ……」と宗佑は力なく呟いた。

「これから出口までお見送りしますが、その前にひとつ謝らせてください」

丹波を見つめ返しながら宗佑は首をひねった。

「本来であれば教誨師のかたに退席していただいた後に刑の執行をするのですが、緊急の状況だったので……お見せするべきではないものをお見せしてしまいました」

そのときの光景は今でも脳裏に刻みつけられている。

「あらためましてお詫びいたします」

「いえ……わたしのほうこそ、すみませんでした」

宗佑が言うと、今度は丹波が首をひねる。

「無力でした……」

「そんなことありませんよ。刑務官から教誨の様子は聞いておりますが、工藤は保阪さんのことを信頼していたのだろうと感じます。執行直前に取り乱してしまいましたが、それでも最期を保阪さんに見届けてもらえてよかったのではないかと思います」

そうだろうか。

牧師さん……助けて……おれは……おれはまだ死にたくない……こんなんじゃおれは救われない——

工藤が最後に発した言葉が耳から離れない。

「工藤さんはわたしのことを保阪先生、もしくは保阪さんと呼んでくださっていました。でも、最後は牧師さんと呼ばれました」

「死の恐怖でそこまで気が回らなかったのでしょう」

そうかもしれない。ただ……

この一年半ほどの間、ひとりの人間、ひとりの友人として工藤と向き合ってきたつもりだったが、彼にとって宗佑はどのような存在だったのだろうかという思いが募る。

少なくとも自分に救いをもたらす存在ではないと思っていたのではないか。

「工藤さんに会うことはできませんか？」

宗佑が訊くと、丹波が小首をかしげた。

「けっきょく工藤さんに何もしてあげられなかったので。せめて……最後にきちんと祈りを捧げたいと」

「遺体をお見せすることはできませんが、棺でしたら」

丹波とともに部屋を出て宗佑は廊下を進んだ。エレベーターに乗って、ふたたび廊下を進んでいき、『霊安室』と札の掛かった部屋に通される。

「お願いします」

宗佑は部屋の中央に置かれた棺の前に立つと目を閉じて、最後の祈りを捧げた。

目を開けて振り返ると、丹波も神妙な表情で棺を見つめている。

「工藤さんのご遺体はこれからどうなるんでしょうか？」宗佑は訊いた。

「先ほど遺族に連絡しました。立派な最期を迎えられましたと。この後、引き取りに来られるそうです」

工藤の母親だろう。

「そうですか……部屋にあるものはご遺族に戻されるのですか？」

「先方が望まれれば」

せめて工藤が描いた絵が母親のもとに届くのを願った。

「ご遺族のかたにひとつお伝えいただきたいのですが」

「どういったことでしょうか？」

「工藤さんは最後まで、どうしたらお母さんに親孝行できるだろうかと必死に考えてらしたと」

「わかりました」丹波が頷いた。

3

真っ暗な闇の中で薄緑色の様々な種類の幽霊が飛び回っている。

そのひとつが見知った男の顔と重なり、直也は賢也とつないでいた手に思わず力を込めた。

隣に座った賢也はアトラクションの幽霊を見てはしゃいでいる。

直也と賢也を乗せた乗り物はそれからも回転を繰り返し、異様な容貌(ようぼう)の幽霊や、時には鏡に映る自分の姿を見せながら暗闇の中を進んでいく。

今は目に映るすべてのものが、昨日初めて足を踏み入れた刑場を思い起こさせる。自分のまわりを浮遊する異形の物体は、そこで処刑された工藤をはじめとする、死刑囚の霊なのではないかと。

このアトラクションに乗ったことを後悔しながら不快な感覚に耐えていると、ようやく出口らしい明かりが見えてきた。

スタッフに誘導されながら賢也の手を引いて直也は乗り物から降りた。後ろの乗り物から由亜と亜美も降りてきて、子供たちの楽しげな声を聞きながら一緒に出口に向かう。

ホーンテッドマンションの建物を出たとたん、視界に刺激を感じて直也は目を細めた。

陽射しの眩しさだとわかっていたが、不思議なことに視界に映る空も、色とりどりであるはずのまわりの建物や遊具も、すべてがくすんで見える。

昨日の朝から自分の世界が一変してしまった。それは夢の国に来ても変わらない。

「ねえ、お父さん、次はプーさんのハニーハントに行こうよ」直也の手を握って亜美が急かす。

「プーさんのハニーハントなんて子供が乗るアトラクションじゃないか。おれはスペース・マウンテンがいいな」賢也が言う。

「あんた、馬鹿ね。スペース・マウンテンはトゥモローランドにあって、ここからけっこう離れてるんだから。近いところにあるアトラクションから制覇していくのがディズニーランドを楽しむ鉄則よ。それに子供が乗るアトラクションって馬鹿にしてるけど、そもそもあんただって子供じゃない」

亜美が有無を言わせない調子で言って、お目当てのアトラクションがあるらしい場所に向かっていく。

「亜美、ちょっと待ちなさい」

由亜が落ち着かせるように言いながら子供たちを引き留めて、「あなた、大丈夫？　ちょっと疲れてるんじゃない？」と心配そうな表情で直也の様子を窺ってくる。

疲れているという一言ではとても表せない状態だが、「まあ、そうだな……」と直也は応えて、腕時計に目を向けた。もうすぐ正午になろうとしている。

「そろそろ昼飯時だな。これからレストランは混むだろうから、お父さんはちょっと休みながら席を取ってるよ」

「じゃあ、そうしてもらえる？　子供たちとプーさんのハニーハントに行ったあとで合流するから」

「あそこのレストランでいいかな？」

そばにあるレストランを指さして直也が言うと、由亜が頷いて子供たちを連れて行く。

楽しげな様子で次のアトラクションに向かう子供たちの背中を見送り、直也はレストランに入った。ウーロン茶を頼み、空いていた四人席に腰を下ろす。味を感じられないウーロン茶をストローですすり、重い溜め息を漏らした。

やはり由亜は昨日のことに気づいているようだ。

通常であれば七時半に集合して解散となるが、昨日は「今から呼ぶ者は待機所で待機するように」と命令が出た。待機所に集められたまわりの刑務官はいったい何だろうと怪訝そうにしていたが、一昨日の昼間に管理部長の加賀と話をした直也はそれから起こることを想像して塞ぎ込んだ。

やがて管理部長室に呼ばれた直也は加賀から死刑の執行係を命じられた。直也に担わされたのは執行命令が下りた工藤の頭に目隠しの布を被せ、首を縄で固定するものだ。

それから刑場に集められた同僚とともに何度かリハーサルを行い、工藤がやってくるのを待った。そして……

工藤の死刑執行を終えて東京拘置所を出た直也は自宅がある官舎の前までたどり着いたが、そのまま帰宅することができなかった。由亜と顔を合わせるのがどうにも怖かった。

それから直也は小菅駅まで歩いていき、電車に乗って北千住に行った。上司にいきなり誘われて飲みに付き合うことになったと、由亜のＬＩＮＥにすぐにバレそうな嘘のメッセージを送り、ネットカフェの個室にこもってビールをあおりながら、ひたすら自分の頭からあのおぞましい記憶を消し去ろうともがいた。だが、無駄だった。いくら頭の中を無にしようとしても、視界には死にたくないと暴れ回る工藤の姿が映し出され、耳もとには泣き叫ぶ彼の絶叫がこだまして、直也を苦悶(くもん)の渦に飲み込んでいく。

しょせん死神の手先だよ――

いつだったか教誨師の鷲尾が発した言葉をよみがえらせながら、自分はそうではないと心の中で必死に繰り返した。

自分は死神の手先などではない――

この国の治安を守るために必要な職務を遂行しただけだ――

工藤は三人を殺害した凶悪犯だ。死刑に処せられるのはしかたがないことなのだ。しかも殺した三人の中のひとりは、亜美や賢也とそれほど年の変わらない子供だった。もし、亜美や賢也が誰かに殺されたなら、その相手を自分も殺してやりたいときっと思うだろう。そんな被害者遺族のまっとうな思いを自分たち刑務官が代わりに果たしているだけなのだ。

だが、どんなに心の中で自分の行為を正当化しようとしても、最後に行き着くのは工藤の死に加担した事実は変わらないという現実だった。

直也が縄を首に巻きつけた直後に執行室の踏み板が外され、工藤の姿は目の前から消えてなくなった。

残されたのはぎしぎしと軋みながら揺れる一本の縄だけだった。

それを見ているのに耐えられず視線をそらすと、近くにいた保阪と目が合った。

蒼白な顔で唇を戦慄かせてこちらを見つめ返す保阪の姿を思い出しながら、直也は彼のことを危惧した。

本来であれば教誨師が退室してから刑が執行されるそうだが、昨日は工藤が暴れてしまったために保阪がいる状況のまま、首に縄を巻きつけて踏み板が外された。

保阪も直也と同じように死刑執行の瞬間を目の当たりにしたのだ。

それが職務である直也でさえその瞬間に立ち会って苦しみ悶えているというのに、神に仕える立場の保阪であればさらに激しい苦悩に苛まれているのではないかと、彼の心情を想像してやるせない気持ちになった。

けっきょく昨日、直也が自宅に戻ったのは深夜の零時前だった。普段であればどうにも怪しいと思われそうな行動だが、玄関で出迎えた由亜は「おつかれさまでした」と言うだけで、何も詮索しなかった。ただ、こちらを見つめる由亜の眼差しに慈悲のようなものを感じた。

その日、夫が勤める拘置所で死刑が執行されたことはニュースで報じられているはずだ。

人の気配に我に返り、直也は顔を上げた。由亜が向かいの席に腰を下ろす。

「子供たちは?」

直也が訊くと、「そこのショップでおみやげを選んでるわ」と由亜が少し先にある店舗に指を向けた。

自分は昨日人を殺した——

由亜と視線を合わせているのが辛くなり、「そうか……」とさりげなさを装いながら直也はあたりを見回した。楽しそうな表情で行き交うカップルや家族連れの姿をぼんやりと眺める。

「みんな楽しそうね。遊びに来ている人たちも、スタッフさんも」

由亜の声が聞こえ、「そうだな」と応える。

「ねえ……小菅から出ていこうか」

その言葉に弾かれ、直也は由亜に視線を戻した。

「仕事は他にもあるよ。子供たちも大きくなって、わたしも働きに出られるし……」

由亜が涙をこらえているのがわかり、返す言葉を失った。

「今までわたしたちのことを守ってくれて本当にありがとう。わたしも子供たちもあなたのことを心から尊敬してるよ」

その言葉に胸が震えた。今までこらえていた感情が押し寄せてきて、視界が涙で滲む。

そうしたい。二度とあんな思いはしたくない。

「お腹減ったー」

「ご飯食べたらトゥモローランドに行こうよ」

子供たちの声が聞こえ、直也はとっさに袖口で涙を拭った。

4

ドアが開くと、こちらと目が合った真里亜がぎょっとしたように身を引いた。

「今日、これが届いた。渡しに来ただけだ」

宗佑はマンションの廊下から石原の手紙を手渡して、真里亜に背を向けた。エレベーターに向かって歩き出そうとすると、「ちょっと待って」と真里亜に手をつかまれた。

「何だよ？」真里亜に視線を向けて宗佑は言った。

「何か作るから食べていって」

「食欲がないんだ」

「宗佑さん、最近自分の顔を鏡で見たことある？」

今朝、見た。頰はそげ、目は落ちくぼみ、骸骨（がいこつ）のようなひどい顔だと思った。

「とりあえず部屋に上がって」

手をつかまれながら半ば強引に部屋に引きずり込まれ、しかたなく靴を脱いで玄関を上がった。奥の部屋に入ると仏壇が目に留まり、とっさに視線を違うほうに向ける。

「消化がいいからおうどんを作るわ。座って待ってて」

真里亜の声を聞きながら、宗佑はローテーブルの前に座った。ふらついた頭を手で支え、ローテーブルに肘(ひじ)をつく。

あの日から十日ほど、ほとんど寝られないでいる。

目を閉じるとひとりの男の顔が脳裏にちらついて離れない。のたうち回るように命乞いをして、その直後に目の前から消失した工藤の姿だ。

自分は工藤の首に縄をかけたわけでも、踏み板のボタンを押したわけでもない。だが、必死に命乞いをする工藤に何もできないまま見殺しにした。

人殺しに加担したのも同じだという罪の意識が工藤の幻影を見させるのだろう。

そして工藤の背後にもうひとり、こちらを見つめる人影が浮かび上がってきた。

自分が殺したもうひとりの人——優里亜だ。

宗佑さん——宗佑さん——

幻影の中で優里亜はこちらに向かって自分の名前を叫んでくるが、それから先の言葉が耳には届かない。

だが、どんな言葉を投げつけているのかはだいたい想像ができた。

きっと、あなたは何て罪深い人間だと、なじっているのだろう。

優里亜を裏切って死なせた罪を赦(ゆる)されたいと、神の言葉にすがりついて牧師にまでなったが、目の前で命乞いする工藤の心に救いを与えられないまま死なせてしまった。

その通りだ。自分は何とも無力で、罪深い人間だ。

物音に我に返り、宗佑は目を開けた。ローテーブルに丼と箸とグラスに入れた水が置いてある。

「残してもいいから少しでも食べて。食べるまで帰さないから」

真里亜に言われ、宗佑はしかたなく箸を手に取った。うどんを一本ずつ口に運ぶと、真里亜が向かいに座って封筒から出した手紙を読み始める。

「最近眠れないって書いてあるけど……何かあったのかしら?」

その声に宗佑は箸を持った手を止め、真里亜に目を向けた。

「十日ほど前に東京拘置所で死刑執行があった。おそらくそれが理由じゃないか……」

こちらを見つめ返しながら真里亜が顔を引きつらせた。

「もしかして宗佑さんが立ち会ったの?」

宗佑が頷くと、真里亜が目を細めて何かに納得したように小さく頷いた。

「最後の教誨をするつもりだったが……できなかった。その死刑囚は恐怖で取り乱して暴れてしまい、刑務官たちに抑え込まれて無理やり目隠しや手錠をされて、首に縄を巻きつけられて、絶叫しながら刑が執行された。おれはその様子を見ていることしかできなかった……」

「それで寝られなくて……食欲もないの?」

痛々しそうな表情で真里亜に訊かれ、宗佑は頷いた。

以前、鷲尾は初めて執行に立ち会った後、自分の魂が半分ちぎられたような深い喪失感に苛まれたと話していたが、その感覚が今の自分にはよくわかる。

そして、それは自分が犯してしまった罪に対する罰ではないかと思うと語っていたのを思い出し、はっと仏壇に目を向ける。

今感じている自分の苦しみは優里亜への償いではないだろうか。

どんなに苦しくても辛くても死刑囚の教誨を続けることが、自分が不幸にしてしまった人たちへの償いだと思うようになったと、鷲尾は話していた。

「石原の刑が執行されるまで……おれはあと何回そんな光景を目にするんだろうな」

「やめたい？」

その声に、優里亜の遺影から真里亜に目を向けた。

「わからない……ただ……自分のやっていることに意味があるんだろうかと思い始めてる」

「どういうこと？」

「その死刑囚は十五年前に友人とその家族の三人を殺して死刑が確定した。鷲尾さんの教誨を受けた影響で回心し、洗礼を受けてクリスチャンになった。おれが教誨を引き継いだときにはその死刑囚は自分が犯した罪や、これからそう遠くないうちに死刑に処せられることを冷静に受け止めているように感じた。だけど、執行の直前に死への恐怖で錯乱したように暴れてしまったんだ」

「それが……」

「死刑とはそういうものなんじゃないかって……たとえそれまで死ぬのは怖くないと思っていたとしても、いざこれから執行されるとなれば、筆舌に尽くしがたい苦しみを味わうことになる。石原だってそうなんじゃないかと……死ぬのは怖くないと裁判ではうそぶいていても、いざ刑場に連れて行かれたら、由亜やもうひとりの被害者が味わった恐怖や苦しみを感じながら死ぬことになるんじゃないだろうか。それ以上の苦しみや絶望を与えることにいったいどれほどの意味があるんだろう……ってね」

「……わたしは由亜の死と死刑囚の刑の執行が同等の苦しみだとは思えない。死刑囚は刑が執行される前に家族に遺書を残したり、食べたいものを食べさせてもらえる時間があるって本か何かで読んだけど、由亜が死ぬときにはそんな慈悲は与えられなかった。安らかな死を迎えられるよう祈りを捧げてくれる人もいなかった」

「そうだな」

宗佑は仏壇に視線を移した。そこに並ぶ親子の遺影を見つめる。

自分がしなければならない優里亜への償いとはどういうものだろう。

苦しみ悶えながら死刑囚の教誨を続けることなのか。死の直前に石原を絶望の底に突き落として由亜の無念を晴らすことなのか。

わからない。

目の前を歩いていた刑務官が立ち止まり、ドアをノックした。

「どうぞ」と中から声が聞こえ、刑務官がドアを開けて中に促す。

宗佑が部屋に入ると同時にソファに座っていた丹波が立ち上がった。近づいていく宗佑を見て丹波が怯(ひる)んだように少し身を引く。

「あらためまして先日は大変失礼いたしました」気を取り直したように丹波が言って深々と頭

を下げる。

「いえ」

ソファに座るといつものように丹波がその場を離れてお茶を用意した。宗佑の前にお茶を出して向かい合わせに座り、神妙な顔でこちらの様子を窺う。

「大変なご心痛をおかけしたと察します。もし、体調がすぐれないようでしたら、本日の教誨は中止にされてもかまいませんが」

傍から見れば今の宗佑は重病人のように映るのかもしれない。

ここに来る前に立ち寄ったトイレで自分の顔を鏡に映し出したが、頬はこけていて目の下には濃いくまが浮かび血色も悪かったのを自覚している。

「大丈夫です」

宗佑はそう言って頷きかけたが、丹波の顔からこちらへの危惧の念は消えないようだ。

もしかしたら自分では気づかないだけで、いまだに身体中からアルコール臭を漂わせているのかもしれない。

「アルコールの匂いが気になりますか？　今日は起きてから飲んでいないのですが」

「いえ、そういうわけでは……保阪さんが大丈夫とのことでしたら、ぜひお願いいたします。今日は石原、水戸、山辺、服部となります。先日の執行により、動揺している者もいると思われますので、その点ご留意いただければと」

「わかりました」

宗佑はお茶をひと口飲み、聖書とヒムプレーヤーを持って立ち上がった。部屋を出て教誨室に向かう。

教誨室に入ってテーブルの向こう側に座ると、宗佑は上着の内ポケットから封筒を取り出した。あらためて石原の手紙に目を通す。

ノックの音が聞こえて宗佑は顔を上げた。手紙を封筒に戻してポケットにしまってから「どうぞ」と声をかけて立ち上がる。

ドアが開いて小泉に連れられた石原が入ってきた。

「石原亮平を連れてきました。失礼します」

そう告げた小泉と目が合い、あのときの光景が脳裏によみがえってくる。

執行室の踏み板が外されて絶叫とともに工藤の姿が目の前から消失した後、顔面蒼白で呆然(ぼうぜん)と立ちすくむ小泉と視線を交わらせた。

あれから二週間ほどしか経っていないというのに小泉の顔は別人かと思うほどにやつれていて、血色も悪い。おそらく相手も宗佑に対して同様のことを思っているようで、お互いになかなか視線を外せずにいた。

先に小泉がこちらから視線をそらし、ドアを閉めて近くにある椅子に座った。

宗佑はこちらに近づいてくる石原に視線を移し、「こんにちは」と声をかけながら右手を差し出した。戸惑ったような顔でこちらを見つめていた石原がおずおずとした様子で宗佑の手を握り、向かい合わせに座る。

「手紙の返事を出せずに申し訳なかったね」

宗佑が言うと、石原が小さく頷いた。

「最近、あまり眠れないと手紙に書いてあったけど」

テーブルの上で両手を組んで少し前のめりになって切り出すと、答えに窮したように石原が視線をそらした。

宗佑や小泉ほどではないが、たしかに石原の目の下にも濃いくまが浮かんでいる。

「いつ頃から眠れなくなったんだい？」さらに宗佑は訊いた。

「二週間ほど前からかな……」

工藤の死刑が執行されたことが影響しているのだろうか。だが、裁判での石原の言動や丹波から聞かされた話からはそういうふうには思いづらい。

「眠れなくなった理由に心当たりはあるかな」

宗佑が問いかけると、石原がこちらに視線を合わせた。

「保阪さんはどう思う？」逆に問いかけてくる。

「その時期にここで死刑の執行があった。それが眠れなくなった原因かな」

「そうなのかもしれない……」

「かもしれない？」

「別に死ぬのは怖くないと思ってた。以前、ここで死刑の執行があったってラジオのニュースで聞いても何とも思わなかった。むしろおれも早く死刑にしろよと思ってた。だけど……」そこで口を閉ざして石原が顔を伏せた。

「だけど……今は怖い？」

「眠れないってことはそうなのかな。怖いって感覚がいまいちよくわからないけど……」

「そのときと比べて、きみの中で何か変化があったということなんだろうか」

「おれの中で何か変わったことがあったのかなんてわからない」そう言って石原が首を横に振る。「ただ、ひとつ変化があったとすれば教誨を受け始めたことぐらいで……」

「聖書の言葉を学ぶうちに、きみの心境に変化が起きたのかもしれないね」

「わからない……正直なところ、聖書の言葉の意味をいろいろ教えてもらっても、あまりよくわかってない。ただ……昨日の夜は本当に眠れなかった。このまま朝になって刑務官が迎えに来たらどうしようって……」

「死刑の執行がされたら……ということかな？」

石原が頷く。

「せめて明日の朝は迎えに来ないでくれって本気で神様に祈った。今までそんなことをしたことは一度もなかったけど……朝飯が運ばれてきても、それを口にすることができないままずっと神様に祈ってた」

怖いという感覚がよくわからないと言っていたが、それは紛れもなく遅まきながら訪れた自分の死に対する恐怖心なのだろう。

「十時を過ぎても迎えに来なかったから初めて神様に感謝した」

「明日の朝までは生きられることに？」

石原はこれからずっとそうやって神に祈り続けるのだろうか。自分に科された刑が執行されるそのときまで。

「とりあえず今日、保阪さんに会えたことに」

その言葉を聞いて、心臓が波打った。

少しでも長く自分が生きながらえるためではなく、宗佑に会いたいがために神に祈っていたというのか。

本当にそんなことを思っているのだろうかと勘繰りながら、石原の目を見つめる。

濃いくまの上にある双眸(そうぼう)はじっとこちらに据えられ、死への恐怖は窺えない。むしろ生気に満ちたように思える。先ほど鏡で見た自分の澱(よど)んだ双眸とはあきらかに違う。

「保阪さんに会えたら訊きたいことがあった」

ふいに石原が言い、「何だい?」と宗佑は応えた。

「この前、死刑が執行された工藤って人は保阪さんの教誨を受けてたの?」

どう答えていいかわからず、宗佑は言葉を濁した。

「そうだよね。さっき保阪さんの顔を見て確信した。死刑の執行に立ち会ったんでしょ」

「どうしてそんなことが知りたいんだ?」怪訝に思いながら宗佑は訊いた。

「死刑が執行されるときの様子を教えてほしいんだ」

石原の言葉に戸惑い、宗佑はドアの近くに座っている小泉に目を向けた。

死刑囚の心情の安定を乱す恐れのある言動は禁じられている。

黙ったままでいると、石原が後ろを振り返った。

「死刑囚の心情の安定を乱すような言動はしちゃいけないらしいけど、おれからしてみたらそれを知らないほうがよっぽど心情が安定しないんだ。そう遠くないうちに自分がどんな最期を迎えるのかわからないことが」

そう石原に言われた小泉も戸惑ったように宗佑に目を向ける。しばらく見つめ合った後、

「よろしいんじゃないでしょうか」と小泉が頷き、石原がこちらに向き直った。

「……きみはおそらく朝九時頃、今いる部屋から何人かの刑務官に連れられて刑場にやってくる。そこにはテーブルと椅子が置いてあって、きみがこのままわたしの教誨を受け続けるのであれば、壁には十字架の祭壇が設けられているだろう」

淡々と話す宗佑の言葉を石原は真剣な表情で聞いている。

「刑場にやってきたきみは手錠を外され、椅子に座り、拘置所の幹部からこれから刑の執行を行う旨が言い渡される。目の前のテーブルには様々な種類の菓子が置いてあって、好きなものを食べることができるし、煙草を吸うことも許される。誰かに遺書を残したいのであればそれを書く時間も与えられる。それらのことが終わったら、教誨師から最後の教誨を受けて刑が執行される……」

「刑が執行されるって、具体的には？」

「……後ろ手に手錠をされたきみは頭から目隠しのための覆いを被せられ、隣の部屋に移動させられる。両足に紐を巻きつけられると同時に首にも縄が固定され、次の瞬間立っている場所の踏み板が外される。そして……」そこで言葉を詰まらせる。

「落下したおれは首を吊るされて死ぬってわけか」

石原を見つめながら宗佑は小さく頷いた。

「あっけないものだな……その工藤って人はどんな菓子を食べたの？」

自分の最期の様子を聞かされても表情一つ変えずにこちらを見つめている石原に向けて、宗

佑は首を横に振った。

「どうして？　もったいないなあ。遺書は書いたの？　煙草は吸ったの？」

「いや……そのいずれもしていない。恐怖でパニックになってしまったんだろう。最後の教誨もきちんとできないままだった。それが心残りだ……」

そのときの光景をふたたびよみがえらせてしまい、宗佑は思わず顔を伏せた。

「おれは大丈夫だから」

石原の声に、顔を上げる。

「おれはちゃんと教誨を受けるから。保阪さんの言葉を聞いてからあの世に逝くと知って少しほっとしたよ」

そのときは本当に来るのだろうか。

そのときがやってきたら、自分はどのような言葉を彼に向けるのだろうか。

これから死にゆく者にさらなる絶望を与える言葉なのか。

いや――

この男が生きている間にわずかでもこの世で犯した罪を償わせることが、自分がやらなければならないことではないのか。

それこそが優里亜への本当の償いになるのではないか。

「そろそろ時間になります」

小泉の声が聞こえ、宗佑は立ち上がった。石原も席を立ってドアのほうに向かう。

石原を見送ろうと足を踏み出したとき、腹のあたりから激しい痛みが突き上げた。

5

ドアを開けようとノブに手をかけたとき、唸り声が聞こえて直也は振り返った。

こちらに向かって来ようとする石原の背後で、保阪が床に両膝をついて腹のあたりを押さえている。

「保阪さん⁉」

直也が声をかけると、異変を感じたようで石原が保阪に目を向けた。苦しそうに呻いている保阪を呆然と見つめる石原の横をすり抜けて直也は駆け寄った。

「保阪さん、どうしたんですか？　大丈夫ですか？」

保阪の目の前でしゃがみ込んで問いかけたが、苦しそうに呻くだけで何も応えない。やがて膝をついているのも辛いというように前のめりに倒れ、床の上で身悶える。

直也は立ち上がって教誨室を出た。外で待機していた久保が怪訝そうに首をひねる。

「保阪さんの様子が変だ。救急車を呼んで、医務室から先生に来てもらってください」

直也が告げると、久保が驚きよりも「またか？」という顔を返してくる。

「それと申し訳ないですけど、控え室に行ってぼくの上着とスマホを取ってきてくれませんか」直也はそう言いながらポケットから取り出したロッカーの鍵を久保に渡した。

自分が病院まで付き添うつもりでいる。制服姿のままでは体裁がよくないだろう。

「わかった」

エレベーターに向かって久保が駆け出していき、直也は教誨室に戻って保阪の様子を窺った。

「大丈夫ですか？」といくら問いかけても、保阪は身体を丸めてのたうち回るように苦しむばかりだ。顔を上げると、石原が心細そうな表情でこちらを見つめて立ちすくんでいる。

石原のそんな顔を初めて見た。

ドアが開いて白衣姿の医務官とふたりの同僚が入ってきた。医務官がこちらに駆け寄り、保阪に向かって症状について問いかけるが、「痛い……痛い……」という声しか返ってこない。

「救急車を呼んでいますが下まで行けますか？」と医務官が訊くと、保阪が顔を歪(ゆが)めながら弱々しく首を横に振る。

医務官が保阪から視線を移し、「教誨室まで救急隊員に来てもらってください」と告げる。

同僚のひとりが頷いて教誨室を出ていく。

痛々しい思いで保阪を見つめていると、先ほど出ていった同僚とともにストレッチャーを押すふたりの救急隊員が現れた。救急隊員に協力して保阪をストレッチャーに乗せる。

「ぼくが病院まで付き添いますので、石原のことをよろしくお願いします」

直也は同僚に告げて、ストレッチャーを運ぶ救急隊員とともに教誨室を出た。エレベーターに乗って一階に下りる。廊下を進んでいくと久保の姿が見えた。出勤時に着てきたジャンパーと黒革の鞄を渡される。

「庶務課に寄って保阪さんが預けていた鞄を受け取ってきた。スマホとロッカーの鍵は上着のポケットに入れてある。丹波部長にはおれから事情を説明しておくから、状況がわかったら連絡してくれ」

久保の言葉に、「わかりました」と直也は頷いて、救急隊員とともに出口に向かった。東京拘置所の建物を出て、救急隊員が目の前に停まっている救急車にストレッチャーを運び入れる。制服の上からジャンパーを羽織って直也がストレッチャーの横に乗り込むと、ドアが閉まって救急車が走り出した。

けたたましいサイレンの音を聞きながら、ストレッチャーの上で身体をくの字に折って身悶える保阪に何もしてやることができないのがもどかしい。

苦悶に満ちた保阪の顔を見つめているうちに、前任の教誨師だった鷲尾の姿と重ね合わせた。

ずいぶん前から保阪の異変を直也も感じ取っていた。

東京拘置所で教誨を始めた当初の頃は、折り目正しい熱心な人物だと感じていた。もちろんそれ以降も態度こそほとんど変わらないが、目に映る保阪の姿は徐々に変化していった。以前と比べて頬はこけ、血色も悪くなり、ときには教誨の際にアルコールの匂いを漂わせていることもあった。

しょせん死神の手先だよ——

あらためて鷲尾の言葉を思い返す。

それを職務にする直也たちでさえ、確定死刑囚と接することは過度のストレスを感じるものだ。一般人である教誨師が確定死刑囚との対面を続けていくとなれば、なおさら強いストレスに苛まれるのではないか。

さらに決定的だったのは工藤の死刑執行に立ち会ったことだろう。先ほど石原を連れて教誨室に入ったとき、生気を感じさせない幽霊のような面相の保阪を見て直也は愕然とした。

救急車が停まり、後部のドアが開けられた。すぐに保阪を乗せたストレッチャーが降ろされ、駆けつけた医師や看護師らとともに病院の中に運ばれる。

その後についていくと、「受付でお待ちください」と看護師のひとりに言われ、直也は足を止めた。視界の先にある『処置室』と札の掛かった部屋にストレッチャーが運び込まれるのを見届け、受付に向かう。

直也は受付のベンチに座り、持っていた保阪の鞄を膝の上に置いて溜め息を漏らした。

鷲尾のように命にかかわる病でないことを心から願う。

焦燥感を嚙み締めながら一時間以上その場で待ったが、医師も看護師も現れない。

ふいに身体に振動があり、びくっとして膝の上に置いた鞄に目を向けた。おそらくマナーモードにしている保阪のスマホが中に入っていて着信があったのだろう。

保阪に家族がいるのかどうか、直也は知らない。もしいるのであれば、この事態を早く報せなければならない。

人の持ち物を勝手に見るのはひどく抵抗があるが、緊急事態だと思い直して鞄を開けた。中に入っていたスマホを取り出して立ち上がり、病院の出口に向かいながら画面を見る。『真里亜』という人物からの着信だ。

苗字がないことから保阪の妻か娘ではないかと思った。少なくとも保阪と親しい間柄の人物だと考え、病院を出たところで受話器のマークをタップしてスマホを耳に当てる。

「わたし……今、大丈夫かしら？」

いきなり女性の声が聞こえ、直也は動揺した。すぐに口を開く。

「もしもし……ごめんなさい。わたしは保阪さんではありません。わたしは仕事で保阪さんにお世話になっている小泉と申します。実は先ほど、保阪さんが体調を崩して救急車で病院に搬送されてしまって……」

弁解しようと早口で直也が言うと、息を呑(の)む音が耳もとに響いた。

「そ……それでそう……いや、保阪さんの様子はどうなんですか⁉」切迫した声で女性が訊いてくる。

「一時間ほど前に処置室に入って、まだどういう状況かわかりません。人のスマホにかかってきた電話に勝手に出るのは抵抗があったのですが、ご家族であるなら早く今の状況をお知らせしなければならないと思って……」

「わたしは保阪さんの家族ではありません」

「保阪さんのご家族はご存じでしょうか」さらに直也は訊いた。

「ご両親がおられると思いますが連絡先は……とりあえず保阪さんとは親しくさせていただいていますのでわたしが病院に伺います。どちらの病院でしょうか」

「葛飾(かつしか)区にある小菅中央病院です」

「わたしは北川と申します。これから向かいますので、どうかよろしくお願いいたします」

電話を切ると、スマホを鞄に戻して直也は病院に入った。

受付のベンチに座ってさらにしばらく待っていると、先ほど保阪に付き添っていた男性の医師がこちらに向かってくるのが見えた。立ち上がった直也に気づいたようで医師が近づいてくる。

「保阪宗佑さんに同行されていたかたでしょうか？」

医師の問いかけに直也は頷き、「保阪さんの具合はいかがですか」と訊いた。

「命に別状はありません。ただ、これから入院していただくことになります」

命にかかわる状況ではないと聞き、とりあえず安堵する。

「どのようなご病気なんでしょうか」直也は訊いた。

「ご家族のかたではないと伺っていますので、わたしの口からは……」医師が首を横に振る。

「保阪さんとはお会いできますか？　お渡ししたい物があるのですが」

そう言って直也が鞄を掲げると、医師が頷いて「三〇二号室にいらっしゃいますので」とその場を去った。

直也はエレベーターに乗って三階に向かった。ナースステーションにいる看護師に声をかけてから三〇二号室に入った。四人部屋の窓際のベッドに目を留めて近づいていくと、点滴を受けながら横になっていた保阪がこちらに顔を向けた。

「保阪さんの鞄です。ちょっと前に中に入っていたスマホに北川さんというかたから着信があって、ご家族かと思って勝手に出てしまいました。すみません」直也は頭を下げてベッドの横にある棚に鞄を置いた。

「いや……迷惑をかけてしまったね」

先ほどよりは落ち着いているみたいだが、まだ痛みがあるようで顔を引きつらせている。

「時間があるようだったら座ってください」

保阪に言われ、直也は近くにあるパイプ椅子を引き寄せて座った。

「具合はいかがですか？」直也は訊いた。

「さっきよりはずいぶんとマシだけど、正直なところまだ辛い。急性膵炎（すいえん）だそうだ」

「急性膵炎……」

その病気について何も知らない。

「酒の飲み過ぎで起こることが多い病気だそうだ。教誨の最中に何とも恥ずかしいかぎりだ」

「どれぐらい入院しなければならないんですか？」

「医師の話によると、二週間から三週間ぐらいじゃないかと。次回の教誨は予定通り行えるかどうかわからないと丹波部長に……」

その言葉を遮るように「保阪さん……」と直也は呼びかけた。

「教誨師を辞められたらいかがでしょうか。いや、辞めたほうがいいとぼくは思っています」

弱々しい眼差しで保阪がこちらを見つめ返してくる。

「ここだけの話にしていただきたいのですが、ぼくはそう遠くないうちに今の職場を離れようと思っています。同じ光景を目の当たりにしたぼくは、保阪さんがどれほどの苦悩に苛まれているのか誰よりも理解しているつもりです」

まわりを気にして死刑執行という言葉は使わなかったが、保阪には伝わっているはずだ。

こちらを見つめ返したまま保阪が溜め息を漏らした。すぐに「辞めることは考えていない」

と言う。

「保阪さんが教誨に強い使命感を持たれているのはよくわかります。ただ、自分の身を滅ぼしては元も子もないですよ。保阪さんに救いを求めている人たちは何もあそこにいる人たちだけではないでしょう」

保阪は何も応えず、こちらを見つめたままだ。

「これ以上、保阪さんの姿を見ているのが辛いんです……ぼくが仕事を辞めてお会いすることがなくなったとしても、想像するのも辛いです」

こちらから保阪が視線をそらした。保阪の視線を目で追って振り返ると、病室に入ってきた女性が目に留まった。保阪と同年代ぐらいに思えるきれいな女性だ。

先ほど電話で話した北川真里亜だろうと察して、直也は椅子から立ち上がった。

「小泉さんですよね？　北川です。先ほどはありがとうございました」

「いえ……」

目の前の女性を見つめながら直也は不思議な感覚に囚われた。こちらに向けられた強い意志を感じさせる女性の眼差しに、どこかで見かけたことがあるという既視感を抱いたのだ。

「保阪さん、大丈夫？」ベッドのほうに視線を移して北川が訊く。

「そんな大げさなことじゃない。ただ、しばらく入院しなければならなくなったから、とりあえずパジャマと下着をどこかで買ってきてほしい」

ふたりがどういう関係なのか少し気になりながら、「すみませんが、ちょっと電話をしてきます」と言って直也は病室を出た。

「ええ……二、三週間入院しなければならないということなので、次回の教誨を予定通りに行えるかどうかわからないと保阪さんが部長に伝えてくださいと」

直也がスマホに向けて告げると、「そうか、わかった……いずれにしても大事ではなくてよかった」と丹波の声が返ってきた。

「保阪さんに挨拶したら拘置所に戻りますので」

丹波のねぎらいの言葉を聞いて電話を切り、直也は病院に入ってエレベーターで三階に向かった。三〇二号室に戻ると保阪のベッドのまわりがカーテンで閉ざされている。

電話で報告している間に北川は出ていき、保阪は眠ってしまったのだろうか。

ベッドを覗いて保阪が寝ていたらこのまま帰ろうと思いながら近づいていく。

「……もう教誨師を辞めたら？」

カーテンの奥から北川の小さな声が聞こえ、直也はその場で足を止めた。

「わたしから言い出したことだし、ユアの無念を晴らしてほしいっていう気持ちは変わらない……でも……」

ユア──

自分の妻と同じ名前を聞いて、はっとなる。

ユアの無念を晴らしてほしい──

いったいどういう意味なのか。

「……でも……宗佑さんを失いたくない……イシハラの教誨を続けることであなたがぼろぼろ

になっていくのを見るのはもう……」

閉ざされたカーテンを見つめながら動悸が激しくなる。

イシハラ——

まさか、確定死刑囚の石原亮平のことなのか。

保阪が教誨をしているイシハラといえば彼以外にいない。

「……続けるよ。石原の刑が執行されるまで……」

保阪の声を聞きながらいったいどういうことだと思いかけ、頭の中で閃光が走った。

直也は息をひそめ、足音を立てないよう注意しながら病室を出た。エレベーターに向かいながら上着のポケットからスマホを取り出し、ネットで近くの図書館を検索する。

エレベーターに乗って一階に行き、病院の出入り口に備えられた専用電話でタクシーを呼んで、図書館に向かった。

タクシーを降りて図書館に入ると、記憶をたどりながら一昨年の三ヵ月分の新聞縮刷版を棚から抜き取って閲覧席に座った。

石原の事件の一審判決が出た正確な日付は覚えていない。

焦燥感に駆られながらひたすらページをめくっていると、記憶に残っていたその記事が目に入ってきた。

『死刑でも許さない。被害者の母、慟哭の訴え』という大きな文字が躍る記事に載った女性の写真を見つめる。

写真の下には『被害者のひとり、北川由亜さん（25）の母親、真里亜さん』とあった。

石原に惨殺された北川由亜の母親と保阪がつながっているのを確認して、直也は息苦しさに苛まれた。

どうして保阪は東京拘置所の教誨師になったのだろうか。

何のために石原に自分の教誨を受けさせるよう直也に働きかけたのか。

由亜の無念を晴らしてほしい——

怒りに満ちた視線をこちらに向ける女性の写真を見つめながら、先ほど聞いた言葉が脳裏によみがえってくる。

保阪はこれからいったい何をしようとしているのか。

6

今日の請願作業のノルマを終えると、肩を回して立ち上がった。扉の近くに割り箸を詰めた紙袋をふたつ置いて、報知器のボタンを押す。

「お願いします」と言って、扉の前で正座した。しばらくすると外から足音が聞こえてきた。目の前で足音が止まり、視察口から刑務官がこちらと目を合わす。

小泉だ。ちょうどよかった。

「石原、開けるぞ」という声とともに錠を外す音が聞こえ、扉が開いて小泉が一歩中に入ってきた。

硬い表情なのが気になった。

「おつかれさま」とだけ言って、小泉がふたつの紙袋を両手で持ち上げて外に出ようとする。

「あのさ……」

呼びかけると、小泉が足を止めてこちらを振り返った。

「保阪さん、大丈夫なのか？」

今日の教誨で保阪が倒れてからずっと気になっている。見回りに来た刑務官に同じことを訊いたが、誰もわからないと答えた。

「命に別状はない。ただ、しばらく入院しなければならないそうだ」硬い表情のまま小泉が言う。

「教誨は続けられるのか？」

最も気になっていることを訊くと、小泉が溜め息を漏らして「もう続けられないかもしれないな」と答えた。

小泉を見つめ返しながら、胸に鈍い痛みが走った。

保阪がおれの目の前からいなくなってしまうかもしれない。

「……でも、心配するな。保阪さんが辞めてもすぐに代わりの教誨師が入ってくると思うから。おまえは今まで通り、請願作業に励みながら聖書の勉強をすればいい」

そうではない。そういうことではない。

「そろそろ消灯の時間だ。教誨のときに最近あまり寝られないと言ってたけど、今夜はちゃんと寝られるといいな」

小泉がそう言って外に出て扉を閉める。錠をかけ、足音が遠ざかっていく。

正座したまましばらく動けずにいたが、チャイムの音が聞こえてしかたなく立ち上がった。壁際に折り畳んで置いてある布団に向かい、就寝の準備をする。

布団に入ってしばらくすると、「消灯――」という刑務官の声とともに房内の明かりが常夜灯に切り替わった。

しんと静まり返った薄闇の中で、自分の心臓の音が次第に大きくなっていくのを感じる。

保阪はしばらく入院しなければならない。

もし、明日の朝、自分の死刑が執行されたら、二度と保阪に会えないまま死ぬことになる。

明日執行されなかったとしても、保阪がこのまま教誨師を辞めてしまえばもう会うことはできない。

最期に保阪の声を聞くことなく死んでいくのだ。

死んだらおれはどうなるんだろう――

いくら考えてもわからない。

ただ、ひとつだけわかっているのは、もう遥とも、保阪とも、会えないという当たり前のことだけだ。

7

ベッドの上からぼんやりと窓の外を見つめていると、足音が聞こえてきた。すぐに「こんにちは」と男性の声が聞こえ、宗佑は反対側に顔を向けた。ベッドの前に小泉が立っている。

「具合はいかがですか?」

小泉に訊かれ、「まあまあです……」と宗佑は曖昧(あいまい)に頷いた。

病院に搬送されてから三日が経つ。入院したことで酒が飲めないせいか頭の中はすっきりとしている。だが、食事だけでなく水さえ飲むことを許されず、睡眠薬も服用できないので、あいかわらず眠れない日々が続いていた。

「これを届けに来ました」

小泉が鞄から聖書とヒムプレーヤーを取り出してベッドの横の棚に置いた。

教誨の最中に倒れて病院に搬送されたので、そのまま置きっぱなしになってしまった。

「わざわざありがとうございます」宗佑は頭を下げた。

「それと……保阪さんと少しお話がしたいんですが」病室を見回して小泉がさらに口を開く。

「できればふたりきりで」

最後の言葉とこちらを見つめる小泉の強い眼差しに、嫌な予感がこみ上げてくる。

だが、どんな話なのかまったく見当がつかない。

丹波の命を受けて、教誨師を解任するという報せでも届けに来たのだろうか。酒浸りの宗佑にはもう教誨師は任せられないと。

「あちらに談話室がありますが、動くことはできますか？」

小泉に言われ、不安を感じながら「ええ……」と宗佑は頷いた。

点滴をしながらだがトイレにもひとりで行ける。

宗佑はゆっくりと身体を起こしてベッドから下り、サンダルを履いた。点滴台を引きながら小泉とともに病室を出る。

談話室には誰もいなかった。窓際に置かれたテーブルに小泉と向かい合って座る。

硬い表情の小泉と見つめ合いながら、居心地の悪い沈黙がしばらく続く。

「それで……どのようなお話でしょうか？」

宗佑は切り出したが、こちらを見つめ返したまま小泉は声を発しない。

「もう、わたしには教誨師は任せられないと、丹波さんがおっしゃっていましたか？」

その言葉に応えず、小泉が上着のポケットから折り畳んだ紙を取り出して目の前に置く。

「それをご覧ください」

宗佑は紙を手に取って広げた。次の瞬間、心臓が跳ね上がる。新聞のコピーだ。

『死刑でも許さない。被害者の母、慟哭の訴え』という見出しの記事で、真里亜の写真が載っている。

「丹波部長に報告する前に、どういうことなのか保阪さんに直接お聞きしたくて今日は参りました」

硬い声音を聞きながら、小泉と目を合わせることができない。

「……盗み聞きするつもりはありませんでしたが、病室に戻ったときカーテン越しに北川さんと保阪さんがされていた話が聞こえてきました」

迂闊(うかつ)だったと、記事を見つめながら宗佑は唇を嚙み締めた。

あのときはそのまま拘置所に戻ったのだろうと思っていたが、たしかに小泉は「ちょっと電話をしてきます」と言って病室を出ていった。

「何とか言ってくださいよ！」

切迫した声に観念して、宗佑は小泉と目を合わせた。

「きみが聞いた通りだ。被害者の無念を晴らしたくて、石原に会うためにわたしは東京拘置所の教誨師になった」

ひどく落胆したように小泉が重い溜め息を漏らす。

「そんな目的のためにあそこで教誨をしていたなんて……保阪さんのことを心配して損しましたよ」

たしかに小泉は誰よりも宗佑のことを心配してくれていて、教誨師を辞めたほうがいいとまで言っていた。

「被害者の無念を晴らすため石原に何をするつもりだったんですか？　まさか刑務官の隙をついて石原を……」

「身体的な危害を加えるつもりはなかった」

宗佑が遮って言うと、訝しそうな目でこちらを見つめながら小泉が首をかしげる。

「石原に絶望を与えることが、わたしたちの望みだった」

「絶望を与える？」

「裁判で証言する石原の話を聞いて、犯した罪を微塵も反省していないばかりか、死刑になって自分が死ぬことすらまったく恐れていないと感じた。たとえ死刑が確定しても、それで石原に報いを与えることはできない。被害者が味わわされた絶望に見合うだけの苦痛を感じさせることはできないと思った。だから、教誨を通じて彼に生きる希望を与えようと……」

「生きる希望……」小泉が呟きながら眉根を寄せる。

「そう……石原に生きたいと、もっともっと生きていたいと思わせたうえで、死刑執行の最後の教誨のときに地獄に突き落とすような言葉を与えてやろうと……それこそが本当の罰になると考えた」

「信じられない……」小泉が何度も頭を振る。「保阪さんの考えていることがまったく理解できない。石原の死刑執行といってもいつになるかわからないんですよ。何年、いや、下手をしたら何十年と執行されないかもしれない」

「ああ……死刑が確定してから執行されるまでの平均が七、八年ぐらいだと知っている。それを覚悟のうえであそこの教誨師になった」

「まったく……信じられない……鷲尾さんが知ったらどう思われますかね」あざけるように小泉が言う。

「さぞや失望するだろうな」

「以前……鷲尾さんはぼくにこうおっしゃいました。自分は、しょせん死神の手先だよ、と」

その言葉を聞いて、胸に鈍い痛みが走る。

死神の手先——理由はどうであれ、そうかもしれないと思った。

「ぼくはその言葉にずっと反発を覚えていました。教誨師の鷲尾さんが死神の手先だというなら、実際に死刑を執行する刑務官もそうだと認めてしまうことになりますからね。ただ……工藤さんの死刑執行に立ち会って、やはり自分も死神の手先なんだと痛感しました。今でもあのときの光景が頭から消えてくれなくて、苦しくて辛くてしかたがないんです。保阪さんだってそうじゃないんですか？　どうしようもない苦しみや罪悪感に苛まれているから、病院に担ぎ込まれてしまうほど酒を飲むしかなかったんじゃないんですか？」

小泉の言う通りだ。今でも死刑執行の際の工藤の絶叫が頭の中に響き渡っている。

「そんな理由で教誨師をやっているなら、あなたは死神の手先以上の……いや、死神そのものだとぼくは思います。何年、何十年と拘置所で教誨師を続け、時には死刑執行に立ち会い、ご自身の身も心もぼろぼろにして……北川さんとどういう間柄だか知りませんが、どうして保阪さんがそんなことをしなければならないんですか」

「わたしの娘が望んでいることだと思ったからだ」

宗佑が言うと、ぎょっとしたように小泉が目を見開いた。

「……娘？」

「戸籍上は違うけど、北川由亜はわたしの実の娘だ。だから……」そこで言葉が詰まり、宗佑は顔を伏せた。

「父親として石原への復讐を果たしたい、ですか?」

小泉の言葉を嚙み締めながら、宗佑はゆっくりと顔を上げて口を開いた。

「果たしたい……じゃなくて、果たしたかった」

「どういうことですか?」小泉が訊く。

「この前、石原の教誨をするまでは娘の無念を晴らしたいと思っていた。だけど……あの日、自分の中で何かが変わったんだ。うまく説明できるかわからないけど……わたしと会いたいから生かしてほしいと神様に初めて祈ったと石原から聞いて……わたしの言葉を聞いてからあの世に逝くと知って少しほっとしたと言われて……できることなら彼を許せるようになりたいと願うようになった。自分の娘を惨殺したあの男を……そうしなければわたしは死んでも救われないんじゃないかと……」

ずっと罪の意識と無力感に苛まれていた。

かつて愛した優里亜を裏切って死なせ、教誨師として何もできないまま工藤の死を見ていることしかできなかった。そして、そんな自分に生きている価値があるのかという自己嫌悪の思いもある。

だが、あのとき石原の言葉を聞き、自分がこれから本当にしなければならない使命を感じたのだ。

いずれ死にゆく石原の心にわずかでも救いをもたらすこと。

そのためには被害者の遺族として彼を許せるようになることではないかと。

「石原が犯したような罪ではないけど……わたしも二十年以上、とても重い罪の意識を抱えて生きてきた。その罪を赦されたいという思いで聖書の言葉を学び、やがて牧師になり、教誨師になった。刑務所や拘置所の教誨では罪を犯した受刑者や収容者に、神の前ではどんな人でも赦されると教え諭してきた。これからも教会の信者や、もしこれからも教誨を続けられるのだとしたらそこで会う人たちにはそのように伝えるだろう。だけど、石原に関しては神に赦されるだけではだめなんだと今は感じている。わたしが、由亜の母親が、許さなければ……彼が死ぬときまでに許せるようにならなければ……と。だからそれまで教誨師を続けたい。このまま石原に会える機会を持たせてほしい」

「今回のことは上に報せず、ぼくの胸の中だけに留めろということですか？」

宗佑は頷き、「そうしてくれることを望んでいる」と言った。

「石原のことを本当に許せるんですか？」

小泉に訊かれたが、すぐに応えられない。

「どうやったら彼を許せるようになるんですか？」さらに小泉が訊く。

「正直言ってわからない……今まで接してきて、彼の内面に触れられたと感じたことはほとんどない。だけど、これからの教誨の中で石原を許せるきっかけを探したい。どうか、お願いできないだろうか」宗佑はそう言って頭を下げた。

「少し考えさせてください」

その言葉を聞いて、頭を上げる。こちらから視線をそらして小泉が口を開く。

「ただ、あまり期待しないでください。今までの話を聞いて、保阪さんの思いをすべて信用したわけではありませんから」

　そうだろうと、宗佑は頷いた。

「それに、死刑囚が起こした事件の被害者の親が収容先の教誨師だと知りながら上に隠していたことが発覚したら、懲戒処分は免れないでしょう。いくら職場を辞めるつもりでいるとはいっても、ぼくにも養わなければいけない家族がいますので」冷ややかな口調で小泉が言う。

「わかった。考えてくれるだけでありがたい」

「今日はこれで失礼します」

　目を合わせないまま小泉が立ち上がり、エレベーターに向かった。

8

　中央監視室で複数のモニターに視線を配っていると、画面のひとつが二十一房に切り替わった。座卓に向かって石原が手紙を書いているようだ。

　その様子を見つめながら、直也は昨日病院でした保阪との会話を頭によみがえらせた。

　新聞記事を見た時点である程度想像はしていたものの、保阪の口からここの教誨師になった理由を聞かされて愕然とした。

　直也も同じように子供を持つ身として、保阪の思いにまったく共感できないわけではない。

だが、やはり彼の行動は常軌を逸していると思わざるを得なかった。

もし、亜美や賢也が誰かに殺されたとしたら、殺した人間を心底憎むだろう。目の前にいれば殺してやりたいと思うし、実際にそうしてしまうかもしれない。たとえ殺さなかったとしても、裁判を傍聴して被告人を睨みつけ、罵詈雑言を浴びせるだろう。

だが、相手の死刑が確定すればそれで終わりだ。心の中では苦しみながら死んでいけと願い続けるにちがいないが、死ぬ直前にさらなる絶望を与えるために、憎い相手の前に自ら現れようなどとは考えない。

自分だけでなく、誰だってそんな馬鹿な真似はしないだろう。

たとえ一ヵ月に三十分ほどの対面とはいえ、死刑が執行されるまでの何年もの間、子供を殺した相手と話さなければならないのは途轍もない苦痛だと想像できるからだ。

実際に二回目の教誨の際、石原は北川由亜を殺害したときの様子を詳細に保阪に話していた。その様子を愉快だとさえ表現していたのだ。

直也が保阪の立場であったなら正気を失っていたかもしれない。

だが、保阪は石原に教誨を続けさせるために、自分の感情を封じ込めて相手をしていたのだ。

それまでは確定死刑囚の教誨をすることが重圧になっているのかもしれないと思っていたが、そうではなく自分の娘を殺した男と対峙し続けなければならないことに、身も心も極限まですり切れさせてしまったのだろう。娘の無念を晴らすためとはいえ、何ともすさまじい執念だと思う。

保阪は本当に石原を許したいと思っているのだろうか。

彼の話を信じたい思いもわずかにあるが、被害者の遺族だと知られてしまったために直也を懐柔（かいじゅう）する手段として、石原を許したいとほのめかしたという疑念も拭いきれない。

万が一にも拘置所内で確定死刑囚に対する殺傷事件などが起きれば、前代未聞の不祥事になってしまう。しかも殺傷した人物が教誨師ということになれば拘置所だけの問題にとどまらなくなるだろう。

何よりも、保阪にそんなことはさせたくない。彼が語った重い罪というものがどういうものかは知らないが、これ以上罪の意識を重ねて苦しんでほしくない。

保阪には悪いが、やはり……

「小泉くん、ちょっといいか──」

その声に我に返り、直也は顔を向けた。丹波が目の前に立っているのを見て、思わず身を仰（の）け反らせた。

「は、はい……何でしょうか」直也は動揺しながら椅子から立ち上がった。

「昨日、保阪さんに荷物を届けに行ったと聞いてね。様子はどうだった？」

「ええ、まあ……あの……」何と答えていいかわからず直也は口ごもった。

「先日の死刑執行で心身ともに大きなダメージを受けたんじゃないかと気になっているんだが、教誨師を辞めたいという話なんかはしていなかったか？」

「いえ、そういう話は……特に……」

「そうか。きみたちからも報告を受けているけど、熱心に教誨をしてくださっているし、収容者からの信頼も厚いからできれば続けてほしいな。次回来たときにわたしからも話すつもりだけど、もし保阪さんから何か連絡があったらそう伝えてくれ」

「わかりました……」そう言いながらわずかに視線をそらす。

丹波がその場を去ろうとしたので、「あの……」と直也は呼び止めた。

「何だ？」

丹波に見つめられながら、直也は逡巡した。

「……いえ、あ……御迷惑をおかけして申し訳ありませんと丹波部長にお伝えください……と」

歯切れの悪い直也の言葉に丹波が頷き、中央監視室から出ていく。

けっきょく言えなかった。

直也は溜め息を漏らして椅子に座った。しばらくモニターを見つめていると、報知器が鳴った。二十一房だ。応答すると中央監視室を出て二十一房に向かった。

視察口を覗き、錠を外して鉄扉を開ける。中で正座している石原に一歩近づくと、「保阪さんに手紙を書いたから出してほしい」と封筒を差し出された。

「二、三週間入院しなければならないそうだからすぐには読んでもらえないぞ」

直也が言うと、「わかってる」と石原が応えた。

「出す前に添削してくれないかな。この数日……どんな文章にしようかとずっと考えたんだけど……あまり自信がないから」

直也は石原に頷きかけ、封筒から折り畳まれた便箋を取り出して広げた。


ぼんやりとテレビ画面を観ていると、由亜がリビングに現れた。「あなたたち、いつまでゲームしてるの。もう寝なさい」と子供たちを窘（たしな）める。

「えー、今いいところだからちょっとだけ待って」

直也を挟むようにソファに座ってゲームを楽しんでいる亜美と賢也はコントローラーを手放す気はないらしい。

「ダメ。ゲームは九時までってルールでしょう」

有無を言わさず由亜が言ってゲーム機の電源を切ると、亜美と賢也が大げさに溜め息を漏らしてソファから立ち上がった。

「部屋に行く前にちゃんと歯磨きしてね」

子供たちが生返事をしてコントローラーをテレビ台の棚にしまい、リビングを出ていく。

ふたりの姿がなくなると、「今日ね、お父さんから電話がかかってきて相談事をされたの」と由亜がこちらにやってきて隣に座った。

「どんな？」

「お店が人手不足で困ってるんだって」

由亜の実家は広島市内でそば屋を営んでいる。

「そう……」

「もし、直也さんにその気があるなら店を手伝ってもらえたらありがたいって。お父さんもお母さんももういい歳だから、早く隠居したいみたいね。いずれはわたしたちに店を任せられたらいいなって」

「少し考えさせてくれないかな」

直也が答えると、由亜が意外そうな顔をした。すぐに食いつくと思っていたのだろう。

「わたしの両親と働くんじゃ気を遣っちゃう？」

「いや、そうじゃない……」

両親とも気さくな人だから、きっと楽しく働けるだろう。

「売り上げを聞いてみたら、今と変わらず十分やっていけると思うんだ。もちろん子供たちは転校しなきゃいけないからちょっとかわいそうだけど。でも、今の仕事も転勤はついて回るし、子供たちも広島が好きみたいだし、あっちで生活するのもいいんじゃないかなって」

もしかしたら父親からされた話ではなく、今の仕事に苦しむ夫を見ているのに耐えかねて、由亜のほうから頼んだことではないだろうか。

「楽しいだろうな……」由亜と一緒に働く姿を想像して思わずその言葉が漏れた。

人の死に関わることなく、客からおいしいと言ってもらうために一生懸命にそばを作る平和な日常に憧れる。

二度と死刑執行に立ち会いたくない。確定死刑囚と接しなければならない日々が辛くてしかたがない。だけど……

石原の手紙を読んでから心が揺れ動いている。

あの年齢の男が書くには拙い文章だが、熱意のこもった言葉で保阪に自分の教誨を続けてほしいと懇願する内容の手紙だった。

ふたりの望むようにしてやろうと今では思っている。

だが、保阪が被害者の親であることに目をつぶり、自分の胸の中だけに留めるなら、ふたりの今後の関わりを見届けなければいけないように感じた。

それが自分の最低限の義務だと。

そして――

もし、保阪が石原を許せるときが訪れるなら、その瞬間に自分も立ち会いたい、と。

由亜に目を向けて直也は手を伸ばした。いろいろと気遣ってくれてありがとう、という思いをこめながら、由亜の髪を優しく撫でる。

「どうしたのよ、急に」照れ臭そうに由亜が笑う。

「おれ……まだしばらく刑務官を続けるよ。これからもよろしく」


三〇二号室に入って窓際のベッドに近づいたが、保阪はいなかった。

診察中だろうかと、直也は病室を出た。時間をつぶせる場所を探して談話室にたどり着くと、一週間前にふたりで話をしたテーブルに保阪がいた。椅子に座ってぼんやりと窓の外を見つめている。

「こんにちは」と直也が声をかけると、保阪がこちらを向いた。近づいていく直也をじっと見つめる。

「またずいぶんとお痩せになりましたね」直也はそう言いながら保阪の向かいに座った。

「もう十日間、点滴だけで過ごしているからね」

急性膵炎の治療には絶飲食による膵臓の安静と、十分な量の輸液投与が必要だという。

前回会ったときよりもさらに頬はこけていたが、顔色はそれほど悪くない。むしろ憑き物が落ちたようにすっきりしていると感じた。

正体を隠して教誨師を続けることに保阪なりの葛藤（かっとう）があったのだろうが、一週間前に自分の思いを話したことで何かが解放されたのかもしれない。

「とりあえず……保阪さんの望むようにします」

保阪がはっとして、しばしの間の後に「ありがとう」と頭を下げた。

「ただ、保阪さんを完全に信用しているわけではないので、少しでもおかしな様子が見受けられたらすぐに上に報告します。それでよろしいですね？」

「わかった」

「石原を許せるきっかけになるかどうかはわかりませんが、彼についてぼくが知っていることをとりあえずお話しします。石原には一歳上の姉がいます。武井遥という名前です」

「武井遥……さん」

「母親の旧姓なのか、結婚して苗字が変わったのかはわかりませんが……石原が九歳のときに両親は離婚して、彼は父親に、姉は母親に引き取られました」

知っていると、保阪が頷く。

おそらく裁判のときにそれらの事情は伝えられたのだろう。

「拘置所にいる石原のもとに定期的に姉から手紙が来ます。それによると両親の離婚後、姉と弟は一度も会っておらず、今回の事件で捕まるまで姉は石原が祖母を殺害したことも知らなかったそうです」

「石原と遥さんは手紙のやり取りをしているのかな？」

保阪に訊かれ、「石原は一度も返信していません」と直也は首を横に振った。

「姉の手紙を読むかぎり事情は違うようですが、石原は母親も姉も自分を捨てたと恨んでいます。少なくとも口ではそう言っています」

「遥さんと会って話をしても、石原の心を開かせるのは難しいということか……」顎(あご)に手を添えて保阪が考え込むように唸る。

「そうとも言い切れないかもしれません。石原が教誨を受けるきっかけになったのは姉からの手紙だと思うので」

どういうことだと、保阪が首をひねる。

「石原の姉はクリスチャンなんです。亡くなった母親もそうでした。石原と別れた姉と母親はその後ずいぶんと苦しい生活になって精神的にも追い詰められていたようですが、キリストの教えに出会ったことで救われて、人生が変わったと手紙に書いてありました。そんな話を聞かせたすぐ後に石原は教誨を受けると言い出したんです。もっとも最初の頃はキリスト教に憎悪の感情を抱いていたみたいですが……それもキリスト教を信仰していた姉に対する何らかの強い感情があったからではないかと思います。ただ、それがどんな思いであれ、石原は姉に執着しているということじゃないでしょうか」

直也は上着のポケットからメモ紙を取り出してテーブルに置いた。保阪がそれをつかんで見つめる。

石原の身分帳に控えていた遥の住所をメモして持ってきた。

遥は今、長野県小諸(こもろ)市で生活している。

「それと、これも……」

直也はそう言いながら石原から預かった手紙もテーブルに置いた。

「ぼくにできることはとりあえずここまでです。どうか死神にならないでください」

保阪が頷いたのを見届けると、直也は立ち上がってエレベーターに向かった。

9

車内アナウンスが聞こえて、宗佑は座席から立ち上がった。デッキに移り、これから話すべきことを頭の中で整理しながら新幹線が駅に到着するのを待つ。

これから石原の姉である武井遥と会うことになっているが、どんな事柄を引き出して伝えれば彼の心を開くきっかけになるだろうかと、ずっと考え続けている。

小泉から話を聞いて遥と話がしたいと思ったが、それからさらに十日ほど入院生活が続き、彼女に手紙を出したのは退院する一週間前だった。

東京拘置所で石原の教誨をしている牧師だと自分の身分と連絡先を報せたうえで、できれば彼の肉親である遥と話がしたいという旨をしたためると、投函（とうかん）した数日後に遥から宗佑のスマホに連絡があった。

見知らぬ男と話をすることを警戒していたのか、それとも弟が確定死刑囚になってしまったことに引け目があるのかわからないが、遥はなかなか言葉を発せず会話が進まなかった。

このままでは埒が明かないと思って、直接会いませんかと宗佑が切り出すと、遥は口調に戸惑いを滲ませながらも了承してくれた。

長野県小諸市に在住している遥の負担にならないよう、小諸から行きやすい軽井沢まで宗佑が赴くことにした。

軽井沢駅に着いて新幹線を降りると、ひんやりとした風が頬を撫でた。新幹線で一時間ほどの場所であっても東京よりもかなり気温が低い。

エスカレーターを上って改札を抜けると、宗佑はあたりを見回した。新幹線が到着する時間を報せてここで待ち合わせをしている。

近くにあったベンチに座っていた女性が立ち上がってこちらに近づいてくる。

「失礼ですが……保阪さんでしょうか」

目の前に立った女性におずおずといった様子で訊かれ、意外に思いながら宗佑は頷いた。

改札を抜けたときにこの女性が目に留まったが、石原の一歳上だと聞いていたので彼女ではないだろうと感じていた。ところどころ白いものが交じった髪や地味な服装から、失礼ながらその年齢よりもかなり上に見える。

「ええ、武井遥さんですね。はじめまして。保阪です」

軽く挨拶を交わすと、宗佑は遥を伴って出口に向かった。落ち着いて話ができそうな場所を探して駅周辺をしばらく歩き、目についた喫茶店に入った。店員がいるカウンターや他のテーブルから離れた席を選んで、遥と向かい合わせに座る。

遥は席に着いてから宗佑と視線を合わすのをためらうように顔を伏せている。注文したコーヒーが運ばれてきても口をつけることなく、うつむいたままだ。

「今日は、お仕事はお休みですか？」コーヒーをひと口飲むと、宗佑は当たり障りのない話を振った。

今日会うことにしたのは彼女の希望だった。

「ええ……」うつむきながら遥が呟くように言う。

「どのようなお仕事をされているんですか？　もし、お話しになりたくないようでしたらけっこうですが……」

石原とは関係のない話だが、そのことを切り出す前に少しでも遥の緊張を解したい。

「介護関係の仕事です。小諸にあるデイサービスの施設で……」

「そうですか……大変なお仕事でしょうね」

「牧師さんに比べれば、そんな……」そう言って遥が首を横に振る。

「いえ、大変な仕事だと想像しますし、とても重要な仕事だと思います」

「ありがとうございます……」

話をしているうちに遥がちらちらと顔を上げてくる。弱々しい眼差しながら宗佑と視線が合い始めた。

「今日お会いするにあたって、ひとつお話ししておきたいことがあります。手紙でも少し触れましたが、今日お話ししたことや、わたしと会ったことや、わたしから手紙が来たことは口外しないでいただけますか」

「それはわかりましたが……どうしてでしょうか？」

「拘置所にいる刑務官やわたしのような教誨師は収容者の家族や関係者に手紙を出したり、ましてや会うことは禁じられているんです。拘置所に今回のことが知られると、わたしは教誨師を解任されてしまうかもしれないので」

「保阪さんは他にも……その……」遥がまわりに視線を配り、誰も聞いていないことを確認してあらためて口を開く。「亮平以外にも死刑囚の教誨をしているのでしょうか」

「ええ。何人かいます」

「その人たちの家族にもこうやって連絡を取っているんでしょうか」

「いえ」宗佑は首を横に振った。

「それならば、どうして亮平の姉であるわたしに連絡をくださったんですか？　しかも、東京からわざわざ軽井沢まで来てくださるなんて」

しごくもっともな疑問だが、答えようのないものだ。

被害者の父親として石原を許せるきっかけを求めて、姉に会いたいと思ったとは言えない。

「正直なところ、自分でもよくわからないんです」

苦し紛れにそう言うと、こちらを見つめ返しながら遥が首をかしげた。

「ただ……教誨師としてこんなことを言ってはいけないんでしょうが……他の人たちと比べて亮平くんには特別な思いを抱いています」

「特別な思い、ですか？」ふたたび遥が首をかしげる。

「ええ……わたしは一年半ほど前に東京拘置所の教誨師になりました。それまで刑務所での教誨の経験はありましたが、死刑囚の教誨は初めてです。先ほどお話しした他の死刑囚に関しては前任者から引き継いだものです。前任者の尽力のおかげか、その人たちは自分が犯した罪を悔い改めようとしている様子が窺えます。年齢も皆さんわたしよりも上で聞き分けもよく、正直なところ教誨をしていても思い悩むことのない人たちでした。ただ、一年ほど前から亮平くんが教誨を受けるようになり、煩悶（はんもん）することが多くなったんです」

「どのようなことで？」遥が訊く。

「そもそも二十代という若さで死刑を宣告された彼と接しなければならないことが、わたしにとって大きな苦しみです。死刑が確定しているので、いつ何時刑の執行がされるかわかりません」

姉にとっては酷な現実だと思いながらも宗佑は率直に告げた。

「今日されていたとしても不思議ではないんですよね。家に帰ってニュースを観たら弟の死刑執行が報じられているかもしれない……いつも、毎日毎日……そんな思いで過ごしています。ニュースを確認して今日も執行がなかったと安堵する気持ちがある反面、被害者やそのご家族のことを考えるとどうしようもなく辛くなってしまって……教誨師の保阪さんからすれば、弟の死刑執行を心の片隅で肯定しているなんてひどい姉だと思われるでしょう」

問いかけるように言われたが、宗佑は応えられないまま遥を見つめた。

「でも……しかたありませんよね……あんなひどいことをしてしまったんですから。ニュースで事件のことを知ってどうにもおぞましい思いに苛まれました。自分にも同じ血が流れていると考えるだけでおかしくなってしまいそうになりました。今でもあの亮平がそんなことをしたとはどうしても信じられないんです。ニュースで亮平の姿が流されても、自分の記憶にある弟の姿とは重ね合わせられない。きっと同姓同名の他人なんだと……だけど、違うんですよね。紛れもなくわたしの弟が引き起こしたことだと……」

「子供の頃の亮平くんはどのようなお子さんだったんですか？」

宗佑が訊くと、遥が思い返すように視線をさまよわせた。やがてこちらに視線を戻して口を開く。

「あんな事件を起こしたのを知っている人たちからすれば信じられないかもしれませんけど……とても優しい子供でした。勉強やスポーツがそれほどできる子ではなかったですし、おとなしくてクラスの中でも目立つタイプではありませんでした。ただ、動物がすごく好きで、自分から手を挙げてクラスで生き物係を担当したそうです。自分からこうしたいなんていうことをほとんど言わない子だったので、その話を聞いたときにはわたしも少し驚きました」

その頃のことを思い出しているようで、遥が口もとをかすかに緩ませている。

「それに……ものすごく寂しがり屋でしたね。わたしは自分の部屋がほしかったんですけど、亮平がわたしと一緒じゃないと寂しくて眠れないって駄々をこねるから、しかたなくずっと同じ部屋で勉強して寝ていました。林間学校でわたしが外泊したときには夜泣いてしまって、母が部屋に行って一緒に寝てあげたそうです。小学三年生にもなって恥ずかしいですよね」

それらの遥の話を聞いて、今の石原の姿とはとうてい結びつかない。

「そういえば、何かの雑誌か新聞で読んだんですけど……拘置所に入るとひとり部屋が与えられるんですよね。三畳ほどの狭い部屋でトイレもついているから、週に数回の入浴と、一日数十分の運動時間以外はずっとそこで過ごさなきゃいけないって」

「少しでも独居房から出たいという理由で教誨を志願する者もいるそうです」

宗佑は頷いた。

「そうですか……亮平は今、どんな思いでいるんでしょうね。ちゃんと寝られているのかしら。ひとりぼっちでそんなところにいて、しかも明日にも刑が執行されるかもしれないという状態で……」遥が辛そうに口もとを歪めて顔を伏せる。

「明日ではないとしても、いつか刑が執行されます。ただ、亮平くんと話をしていて、このまま死なせてはいけないとわたしは感じています」

宗佑の言葉に反応したように遥が顔を上げた。

「生きている間に少しでも人間らしい心を取り戻してほしいとわたしは思っています」遥を見つめ返しながら宗佑は言った。

「教誨を受けている今でも裁判のときと変わらないということでしょうか？　自分が無残に殺した女性たちへの贖罪の思いを微塵も持たないまま生きていると」

「人の心は見えませんから、彼が被害者に対してどのような思いでいるのか本当のところはわかりません。ただ、少なくとも反省や贖罪の思いを口にすることはありません。それだけでなく生きることへの執着もないように感じます」

「裁判でも早く死刑にしろというようなことを言っていたようですし、弁護士さんにも同じようなことを言って控訴しなかったとも聞いています」

「わたしに執行を止めることはできませんが、それまでに彼に生きることの喜びや意味を少しでも感じさせたいんです。そうすれば自分が奪ってしまった命の重みについても考えを巡らせられるようになるんじゃないかと。そして被害者やそのご遺族に対する贖罪の思いが芽生えるんじゃないかと。だけど、どうすれば彼にそう思わせることができるかまったくわからないんです。それで藁にも縋る思いで亮平くんのお姉さんであるあなたにご連絡しました」

「肉親として保阪さんの思いは大変ありがたいと思っています。でも、わたしと話をしても何の参考にもならないでしょう。わたしは亮平のことを何も知りません。少なくとも両親の離婚で別々に暮らすようになってからのことは何も……死刑判決が出てから何度も何度も拘置所に手紙を出しました。一目でいいから弟に会いたい一心で。でも、返事をくれたことは一度もありませんでした。今の亮平にとってわたしの存在などまったく興味のないものでしかないのでしょう。おそらく手紙も読むことなく捨てているにちがいありません」

「それは違います」

宗佑が言うと、怪訝そうに遥が眉根を寄せた。

「亮平くんが教誨を受けるようになったきっかけはお姉さんからの手紙ではないかと思っています」

「亮平はわたしからの手紙を読んでいるんですか？」

「お姉さんからの手紙をすべて読んでいるかどうかはわかりません。ただ、彼が教誨を受けに来たきっかけは、手紙でお姉さんとお母さんがクリスチャンになったのを知ったからではないかと刑務官が話していました。刑務官の話によると、お母さんからもお姉さんからも自分は捨てられたと亮平くんは恨みを持っているそうです。おふたりが大切に思っていた信仰がどういうものか気になったけど、あなたの思いに応えて返事を出すことには抵抗があったのかもしれません」

「母は亮平を捨てたりはしていません。両親が離婚することになって父親と母親のどちらと生活するかという話になったときに、亮平が自分で父親についていくと言ったんです」

「そのことを手紙に書いたんですか？」

「ええ……子供の頃のことなので、もしかしたら自分は母に捨てられたという思いを持っていないともかぎらないと感じて、そうではないと……ただ、わたしたちと離れて暮らすようになってからそんな鬱屈した思いを抱えておばあちゃんを殺して、その後の事件も起こしたのだとしたら……母やわたしにもよくない面があったと、今となっては後悔しています」

どういう意味だろうかと、宗佑は首をひねった。

「あの頃の亮平は父を慕っていたようでしたが、わたしはそうではありませんでした。父は酒癖や女癖が悪くて、そういうことを咎めた母に度々手を上げていたのをわたしは知っていたので。それが原因で両親は離婚することになったんです」

「亮平くんは父親のそういう姿を知らなかったんでしょうか？」

「ええ。父はわたしの前では母に暴力を振るうことはありましたけど、亮平の前ではそういうことはなかったと思います。離婚の話になったときも、母は父の悪い面を知らせたくない思いで亮平には本当の理由を言いませんでしたし、わたしも亮平に父の悪口を言わないよう口止めされました。だけど今から思えば、そのときにちゃんと父がどういう人間か話しておけば……」

「亮平くんは母親についていったのではないかと？」

暗い表情で頷く遥を見ながら、胸の中がうずいた。

どのようなことが原因で、石原があれほど残虐な行為をためらいなく引き起こすようになってしまったのかはわからないが、もしそうしていれば由亜をはじめ四人の命が奪われることはなかったのかもしれないと考えると、宗佑もやるせない思いに苛まれる。

「そうですね……母はわたしも亮平も引き取りたかったにちがいありませんが、同時にそれまで専業主婦だった自分がふたりの子供を養っていくのはそうとう大変だろうと、子供たちに不憫な思いをさせてしまうかもしれないと不安に感じていて、父のもとで生活したいという亮平を無理に引き止められなかったんだと思います。それにルカのこともありましたし……」

「ルカ？」宗佑は訊き返した。

「当時飼っていた犬です。その二年前に亮平が捨て犬を拾ってきて……それ以来、亮平はルカのことをすごく可愛がっていて、両親が離婚した後も飼いたいとねだっていたんですけど、母はうちでは犬は飼えないと。それはそうですよね。子供ふたり育てていくのさえ大変なのに、さらに犬を飼うのは当時の母には考えられなかったでしょう」

「お父さんのもとであればその犬を飼えると言われたのかな？」

「そうですね。それが父についていく決め手になったんだと思います」

「そのことも彼への手紙に書いたんでしょうか？」

宗佑が訊くと、「いえ」と遥が首を横に振った。

「保阪さんとこの話をするまでわたし自身も忘れていました。亮平と離れ離れになって寂しかったですけど、正直なところ母についてこなくてよかったとも思いました」

「お母さんが心配していたように生活が大変だったからですか?」

「ええ……父と離婚して母は働き始めましたけど、しばらくして重い病気に罹(かか)ってしまってその仕事を辞めざるを得なくなりました。それからも病気は完治せずにフルタイムで勤務するのが難しくて、家賃や光熱費やわたしの給食費も滞納するようになりました。経済的な困窮だけでなく精神的にも追い詰められたのか、生きていても辛いだけだから一緒に死のうかと、心中をほのめかされることさえありました。そんな状況だったので、母もわたしも亮平のことに思いを向ける余裕がありませんでした。わたしたちに比べれば幸せに暮らしているのだろうというふうにしか思っていませんでした」


裁判で明かされたところによれば、父親は離婚した一年後に別の女と生活を始めるために石原を祖母に預けている。そしてその六年後に石原は祖母をバットで撲殺し、さらにその八年後に由亜と、もうひとりの女性を残忍な手口で殺害した。

「父と離婚してから四年ほどそんな苦しい状況が続きましたが、母が街を歩いていたときにキリスト教の信者のかたに声をかけられ、そのかたたちの働きかけのおかげで生活を立て直すことができました。教会の関係者に安く住めるところを紹介していただき、食料や日用品なども援助してくださって、母も無理な働きかたをしなくても何とか生活できるようになって……その後、ふたりとも洗礼を受けてクリスチャンになりました。若い女性をふたり殺して逮捕された後に、亮平が十六歳のときにもおばあちゃんを殺していたことを知りました。その頃わたしは昼間働きながら定時制高校に通っていたんですが、もしあの頃、亮平のことを少しでも気に

かけていたら……離婚してすぐに父とは連絡が取れなくなってしまったと母から聞いていまし
たが、何とか捜し出して会っていたらと……」

「お母さんはおばあちゃんの事件のことはご存じだったんでしょうか」

「知らなかったとわたしは思っています。もし知っていたら、とても普通の状況ではいられな
いでしょうし、少年刑務所に面会に行ったりしたでしょう。もちろん出所後はわたしたちのも
とで生活させるつもりで。それに母は亡くなったときに穏やかな顔をしていました。もちろん
亡くなる直前まで亮平がそばにいない寂しさは感じていましたが、少なくとも何かに激しく思
い煩っているような様子は窺えませんでした。もし亮平がおばあちゃんを殺したことを知って
いたなら、自分が死ぬ前に亮平がまっとうな人間に戻れるようわたしに託していたと思いま
す」

「お母さんが亡くなられたのはいつですか?」

宗佑が訊くと、「六年ほど前です」と遥が答えた。

石原が少年刑務所を出所する前だ。

「長年患っていたがんが再発してしまって……今の職場で働き始めて四年ほど経った頃で、わ
たしも責任のある仕事を任されるようになってお給料もそれなりに上がったので、これから少
しずつ母に親孝行していこうと思っていたところでした。だから母が亡くなってとても悔しい
んですけど……ただ……」そこで遥が言葉を濁して顔を伏せた。

「ただ?」

宗佑が問いかけると、遥が顔を上げた。潤んだ目でこちらを見つめながら口を開く。

「ただ……母にとってはそのほうが幸せだったのだろうと、今では思っています」

自分の息子が四人の尊い命を奪ったと突きつけられたら、母親としてとても耐えられないだろう。

「母が亡くなったことを亮平に報せたかったんですけど、父とは連絡がつかなかったので、どこに住んでいるのかもわからなくて……おばあちゃんは何度かウチに遊びに来たことはありましたけど家には行ったことはなかったので……でも、すべて言い訳ですよね。何とかして亮平を捜し出して会っていれば、何の罪もない若い女性がふたりも殺されるのを防げたかもしれない」耐えられないというように遥がふたたび顔を伏せた。

涙があふれ出しているようで、うつむきながら袖口で目もとを拭う。

「あまり自分を責めないでください。亮平くんがそのような状況にあったのをあなたは知る由もなかったんですから」

遥は嗚咽を漏らしていて、宗佑の言葉には応えない。

「亮平に会いたい……いや……会わなければいけない……」

嗚咽に交じって遥の呟きが聞こえた。

「亮平くんと会って、どんな話がしたいですか？」

宗佑が問いかけると、「わかりません……」とうつむきながら遥が首を横に振る。

「ただ……わたしの弟は誰からも憎まれる存在になってしまった。亮平の刑が執行されても心から悲しんでくれる人はひとりもいないでしょう。亮平もきっとそう感じているはずです。せめて……そうではないと……悲しむ人間がこの世にひとりだけはいることを伝えたくて……伝わるかどうかはわからないけど……」

テーブルに突っ伏して泣きじゃくる遥を見つめながら、どうにかしてふたりを会わせたいと宗佑も願った。

遥のため、石原のため、そして彼を許せるようになりたいと願う自分のために——

だが、どうすれば姉に会いたいと石原に思わせられるか、しばらく考えても答えは見つからない。

10

「石原、開けるぞ——」

声が聞こえて、袋詰めしていた手を止めた。座卓の前から移動して正座すると、扉が開いて小泉が一歩中に入ってきた。

「教誨だ。準備をしろ」

小泉に言われて、心が弾んだ。

数日前に保阪の教誨が再開されると伝えられていたが、本当にできるのかと不安に思っていた。

立ち上がって棚から聖書を手に取ると、サンダルを履いて表に出た。外で待っていた刑務官の久保と三人で廊下を進んでいく。

エレベーターで移動して教誨室の前にたどり着くと、小泉がドアをノックした。「どうぞ」と声が聞こえて、小泉がドアを開けて中へと促す。

テーブルのほうに進んでいくと、保阪が微笑みながら椅子から立ち上がり、こちらに近づいてくる。

前回会ったときから二ヵ月ぐらい経っているが、その頃に比べてずいぶんと痩せたように思えて心配になった。だが、顔色は以前ほど悪くない。

いつものように保阪が右手を差し出してきたので握手した。右手を包み込むような生暖かい感覚に懐かしさを覚える。

「どうぞ、座って」と言われ、テーブルを挟んで保阪と向かい合わせに座った。

「もう身体は大丈夫なのかよ?」

「ああ。もう大丈夫だ。心配させてすまなかったね」

「どこが悪かったんだよ」

刑務官たちに保阪の病状を訊いたが誰も具体的なことを教えてくれなかった。もしかしたらがんではないかと不安に思っている。

「急性膵炎にかかっていた。お酒の飲み過ぎで起きることが多いと言われている病気だ。三週間近く何も口にできなかったから入院生活は辛かったけど、もう問題ない。手紙もありがとう」

保阪がそう言って上着の内ポケットから封筒を取り出してテーブルに置いた。

あらためて下手くそな字を見て恥ずかしくなる。

「とても嬉しかった」

その言葉を聞いて、さらに恥ずかしくなって保阪から視線をそらした。

「前回の教誨のときに夜あまり眠れないと言っていたけど、今はどうかな？」

その言葉に、保阪に視線を戻した。

「あいかわらずあまり寝られない」

「そうか……この前、わたしの言葉を聞いてからあの世に逝くと知って少しほっとしたと言っていたけど……どうしてそう思ったんだろう」保阪がテーブルの上で両手を組んでこちらを見つめる。

保阪を見つめ返しながら、どう答えていいのかわからず困った。

「どうしてって……死んだらきっとおれはひとりぼっちになるんだろうから……」

「その前にわたしと一緒にいたら安心すると思った？」

「そうだね。これから死ぬってときにおれのことを嫌いな人間に見送られたくない」

「どうしてわたしがきみのことを嫌いではないと思うんだ？」

「そりゃあ……保阪さん、おれに言ったじゃないか。ほんの少しでも生きていてよかったと思える時間がこれからあってほしいって。四人を殺したおれにそんなことを言ってくれた人は今までひとりもいなかった。保阪さん以外の誰もが、苦しみながら生きていって、苦しみながら死ねって思ってるだろう」

「そうだろうか？」

そう言って首をひねる保阪を見つめる。

「直接きみが耳にしていないだけで、わたしと同じようなことを思っている人は他にもいる」

「そんなやつがどこにいるっていうんだよ？」

「武井遥さん……きみのお姉さんだ」

その名前を聞いて、心臓が跳ね上がった。

どうして保阪が遥のことを知っているのか――

保阪の口からその忌々しい名前を聞きたくなかったと、正面を睨みつける。

「お姉さんはきっとわたしと同じことを思っているだろう」

保阪の言葉を聞きながら、誰が遥のことを知らせたのかと苛立たしい思いで考えた。

こいつしかいないと振り返り、ドアの横に置いたパイプ椅子に座る小泉を睨んだ。

「――お姉さんに会いたくないか？」

その言葉にはっとして、保阪に視線を戻した。

「会いたいわけないだろう」

「どうして？　たったひとりの肉親じゃないのか」

「たったひとりの肉親だろうが何だろうが……会いたくねえものは会いたくねえんだ。会ってもどうせ説教じみたことや恨みごとを言われるだけだろうしな」

保阪がじっとこちらを見つめてくる。

いや、おれではなく後ろを見ているように感じて、ふたたび振り返った。目配せしているようで、小泉が保阪のほうを見ながら頷く。

「実は……先日、きみのお姉さんに会ってきたんだ」

保阪の声が聞こえ、驚いて正面を向いた。

「本当はそういうことをしてはいけないことになっている。わたしがきみのお姉さんに会いに行ったと拘置所の人に知られたら、教誨師の任を解かれることになるかもしれない」

小泉が遥のことを教えて、保阪が会いに行ったということか。

「だから……遥に会ったことを他のやつらには話すなと？」

保阪が頷いた。

「わたしとの教誨を続けたければ……だが。お姉さんはきみに会いたがっていた。それを伝えたくて何度も手紙を出したけれど、きみから返事がくることはなかったと悲しんでおられた」

「忌まわしいやつからの手紙だから届くたびに破ってごみ箱に捨ててる。もっともどこかのおせっかいなやつがそのたびに修復して、また届けにくるけどな」

「手紙は読んでいるんだろう？　どう思った？」

「どう思うも何も……言い訳ばっかりで感想を言う価値もない。おれに会いたいっていうのも、しょせん自分の罪悪感を少しでも薄めたいってことだろう」

「罪悪感？」保阪が首をひねる。

「そうだよ。自分と母親のせいでおれがこんなふうになってしまったって。四人を殺した死刑囚に……」

「どうしてお姉さんとお母さんのせいなんだ？」

「おれを捨てたから。おれをろくでなしの父親に差し出して、ふたりは逃げたんだ」

「お姉さんの話によれば、両親が離婚することになってどちらと生活するか訊いたとき、きみが自らお父さんについていくと言ったということだけど」

かっと頭に血が上った。

「そんなことあるわけがないだろう！　あの女は保阪さんにもそんな嘘を言ってたのか」

「本当にお姉さんが嘘をついているんだろうか。子供の頃の記憶だからはっきりと覚えていないってことはないか？」

いつか小泉に指摘されたようなことを保阪にも言われ、頭の中が混乱してくる。

だが、そんなことを絶対に認めるわけにはいかない。

テレビのニュースでも何でもいいからおれの変わり果てたおぞましい姿を見せつけて、母親と遥に心底後悔させてやろうと思い続けてきた。もし、ふたりに捨てられたというのが自分の思い込みであったなら、何のために四人を殺してこんなところで死を待っているというのだ。

「お母さんはふたりとも引き取りたいと望んでいたけど、それまで専業主婦だった自分のこれからの生活力では子供たちに不憫な思いをさせてしまうかもしれないと考えて、お父さんと一緒に暮らしたいというきみを無理に引き止めなかったんだろうと、お姉さんは話していた。そういう記憶はきみの中にまったくないのかい？」

じっと保阪に見つめられ、ためらいながら子供の頃の記憶をよみがえらせようとした。だが、断片的な光景がちらつくだけで、はっきりとは思い出せない。

何だか頭が痛くなってきて、髪をかきむしり顔を伏せた。テーブルの一点を見つめながら唸り声が漏れる。

「お姉さんからルカの話も聞いた」

保阪の声に反応して顔を上げた。意味がわからず首をひねる。

「きみの家で飼っていた犬の名前だ。両親が離婚する二年前にきみが拾ってきたそうだけど」

頭の中にどしゃぶりの雨の光景が浮かんだ。箱の中でずぶ濡れになっていた小さな犬の姿も同時によみがえってくる。

「ルカ……」

しばらくその存在を忘れていた。

「ルカのことは覚えているかい？」

保阪に訊かれて、頷いた。

「きみはルカと一緒にいたくて、新しい生活でルカを飼えないというお母さんよりも、飼ってもいいというお父さんと生活することを望んだようだと、お姉さんは言っていた」

ルカと過ごしていた頃の記憶が頭の中にあふれてくる。

ルカは雑種だったがおれの言うことをよく聞く利口な雌犬で可愛がっていた。

あの頃のおれにとってはとても大切な存在だったはずなのに、どうしてしばらく記憶から抜け落ちていたのだろう。

「きみは勉強やスポーツはそれほど得意ではなく、おとなしくてクラスの中でも目立つタイプではなかったけど、自分から手を挙げてクラスの生き物係を担当するほど動物好きな優しい子供だったとお姉さんは話していた。それにものすごく寂しがり屋だったとも」

「寂しがり屋……」保阪を見つめ返しながら思わず呟きが漏れた。

「そう。お姉さんと一緒じゃないと寂しくて眠れないときみが駄々をこねるから、ずっと姉弟(きょうだい)同じ部屋で過ごしていたと。お姉さんが林間学校でいない夜には寂しくて泣いてしまって、お母さんが代わりに部屋で一緒に寝てあげたこともあったそうだ」

記憶をたどったが、夜寂しくて泣いて母親が一緒に寝たということは思い出せない。

代わりに、どうしてルカという名前をつけたのかを思い出した。

家にいるときは片時も遥と離れたくなかったが、そういうわけにはいかない。学校から家に帰っても遥は友達と外で遊んでいて、いないこともけっこうあった。だから、ハルカと近いルカという名前を飼い犬につけてじゃれあうことで、姉がいない寂しさを紛らわそうとした。そうしているうちに遥よりも、おれに懐いてくるルカのほうに愛着が移っていった。

「ルカはその後どうなったんだ？　おばあちゃんの家で生活することになったとき、一緒に連れて行ったのかな」

保阪の言葉に導かれるように、ふたたび記憶をたどっていく。

冷たい感触がしたような気がして、膝の上に置いた右手に目を向けた。

父親に手を引かれて祖母の家に連れて行かれたときのことを思い返す。

右手から左手に視線を移してさらに記憶をたどっていくうちに、そのときのおれはリードを握っていなかったのを思い出した。そしてルカを残したまま父親に強引に部屋から連れ出され、長い時間電車に乗り、見知らぬ街を歩き続けた記憶もよみがえった。

祖母に預けられたとき、後でルカを連れてくると父親は言っていたが、いくら待ってもやってくることはなかった。

ルカは父親とあの女とともに暮らしているのだろうかと思った。おれは犬よりも選ばれない存在なのだと劣等感を抱き続けながら、それから祖母の家で暮らした。おれを差し置いて父親に選ばれたという嫉妬(しっと)と憎しみで、いつの間にかルカの存在を記憶から消し去っていたのかもしれない。

だが、今あらためて考えれば、ルカも父親にどこかに捨てられてしまったのだろうと想像がつく。

母親と遥と離れて暮らすまでは優しい父親だと思っていたが……

「……おれもルカも哀れなもんだな。あんな男についていって」

その言葉が口から漏れた瞬間、寂しそうな目でこちらを見つめる母親の姿が頭の中に浮かび上がってきた。

どうしてそんな顔をしているのか。いつの記憶だっただろうか。

そうだ……そうだった……ルカを抱きながら父親と一緒に暮らしたいと言ったときに見せた母親の顔だ。

そうか。ふたりに捨てられたというのはすべておれの思い込みだったのか。

だが、四人を殺した事実は変わらない。そして、おれがそう遠くないうちにこの世からいなくなることも。

あまりの馬鹿馬鹿しさに笑ったつもりだったが、耳に聞こえてくるのは溜め息のような音だった。

「お姉さんはきみに会いたいと……いや、会わなければいけないと言っていた」

その声に我に返り、顔を上げて保阪を見た。

「会ってどうなるっていうんだよ。遥と会ったって昔に戻れるわけじゃない。目の前にいるのは動物好きな弟じゃなく、四人を殺した死刑囚なんだから」

「だからこそ会うべきだとわたしは思う」

初めて聞くような保阪の強い口調に怯んで、思わず身を引いた。

「たとえ責められ、恨みごとを言われたとしても、それでもお姉さんと会うべきなんだ。きみが今接している人たちはわたしも含めて誰も、子供の頃の優しかったきみを知らない。お姉さんは唯一の肉親として、ここで死を待つしかないきみに大切なことを伝えたいと願っている」

「……大切なことって何だよ？」

「それはわたしの口から言うべきことじゃない。きみだってお姉さんに何か伝えたいことはないのか？」

遥に伝えたいこと……おれが生きている間に……

わからない。

「このまま……もう二度とお姉さんに会わないことを本当に願っているのか？」

答えようがなく、顔を伏せた。

「わたしは深く後悔したことがある」

保阪の声が聞こえたが、テーブルを見つめたまま遥と会うべきか考え続けた。

「伝えなければならないことがあったのに……その相手が亡くなってしまってけっきょく伝えられなかった……」

声が震えているのを感じて、顔を上げた。保阪が視界に入って、はっとする。

こちらを見つめる保阪の目が赤い。

「誰に何を伝えたかったんだ」戸惑いながら訊いた。

「内緒だ……ただ、お姉さんにもきみにもそんな後悔はしてほしくない」保阪が上着のポケットから取り出したハンカチで目もとを拭った。

「そろそろ時間です」

小泉の声が聞こえて、保阪の様子が気になりつつも立ち上がった。教誨室を出て外で待っていた刑務官の久保と小泉とともにエレベーターに向かう。

二十一房の前にたどり着くと、錠を外した小泉が扉を開けて中へ促す。

「ちょっと石原に話したいことがあるので、先に戻っててください」と久保に言って、小泉も中に入ってくる。

「今日の教誨はどうだった?」小泉が訊いてくる。

「よけいなことをしてくれたな。おれがチクったらあんたも責任を問われることになるんじゃないのか?」

脅すつもりで言ったが、「そうかもしれないな」と小泉は気にした様子もない。

「仮にここをクビになるとしても、そうするべきだと思ったから保阪さんにお姉さんのことを教えた」

「どうしておれなんかのことでそこまでするんだ」

「おまえを変えたいからだ」

「おれを変える?」

「そうだ。おまえは自分の身勝手さで四人を殺した。その被害者やご遺族からほんの少しでも許してもらえるような人間になってほしい」

「無理に決まってるだろう」

「そうかな……まあ、お姉さんに手紙を書いたら呼んでくれ。すぐに検閲して送ってやる」

小泉がそう言って房から出た。扉を閉めて錠をかける。

足音が聞こえなくなると、棚に近づいた。棚の奥に突っ込んである紙束を取り出して、遥からの手紙に目を通した。

そこに書かれた文字を見つめながら、今の遥の姿を想像していることに気づく。

まったく会いたくないわけじゃない。

紙束を持った手が小刻みに震えている。

だけど……怖い……

おれは四人を殺した。しかも二人は遥とそれほど年の変わらない女だ。

もし会ったら、遥はどんな目でおれを見るだろうか。

11

直也はふと足を止めて振り返った。先ほどまで働いていた東京拘置所を見上げる。

石原は遥に会うだろうか――

三日前の帰宅の際、ちょうどこのあたりの場所でいきなり保阪に声をかけられた。

話をしたいが連絡先がわからず、何時間も直也が拘置所を出てくるのを待っていたという。

その後、近くの公園に場所を移して、保阪から遥に会ったときの様子を聞いた。

遥は石原にどうしても会いたいと願っているという。石原の心を開かせるきっかけになるかもしれないと保阪もそれを望んでいたが、そのために直也に折り入って頼みたいことがあると相談された。

保阪が遥の希望を伝えるためには、石原に姉と会ったことを話さなければならない。

そこで問題になるのが、保阪はどうやって遥の存在や連絡先を知ったかということだ。

普通に考えれば刑務官、特に何度も姉に手紙を出したらどうかと世話を焼く直也が教えたと石原に思われるにちがいないだろう。もし石原が拘置所の誰かにそのことを話せば直也が処罰されてしまうかもしれないと、保阪は危惧していた。

たしかに外部の人間である保阪に、収容者に関する情報を流したとなれば問題にされるだろう。さすがにクビにはならないだろうが、厳重注意や下手をすれば降格や減給もありえる。だが、そうなってもそれはそれでかまわないと、遥に会ったことを石原に話して彼女の思いを伝えるよう保阪に告げた。

それに石原は保阪を強く求めている。おそらく保阪が教誨師の任を解かれるようなことを石原もしないだろうという思いもあった。

今日の教誨が石原の心を開かせる大きなきっかけになるのを期待している。

涙してまで遥に会うよう石原に訴えかけた保阪の姿を思い返すうちに、あることが気になった。保阪が話していた自身の深い後悔とはいったいどんなものなのだろうかと。

伝えなければならないのに、相手が亡くなってしまったために伝えられなかったこと——とは。

亡くなった保阪の関係者ということで真っ先に思いつくのは、石原に殺された被害者の北川由亜だ。

戸籍上は違うが由亜は実の娘だと保阪は話していた。戸籍上は違うということは、もしかしたら保阪は由亜に自分が本当の父親であることを話していなかったのかもしれない。

由亜は保阪が自分の父親であることを知らないまま石原に殺されてしまった。その娘を殺した石原に保阪は教誨をしている。

もしそうであれば被害者の父親としてどうしようもなく辛いことだろう。

あのとき自分たちに見せた保阪の涙も痛いほど汲み取れる。

官舎の入り口の前に立っている妻の由亜が目に留まり、直也は早足になって近づいた。

「ベランダで洗濯物を取り込んでたら、あなたの姿が見えて」

「それでわざわざ下まで出迎えに来てくれたのか？」意外に思いながら直也は訊いた。

今までそんなことは一度もなかった。

「とりあえず亜美と賢也には内緒にしておきたい話があったから」

たしかに子供たちは家にいる時間だが、ふたりに内緒という話が気になる。

「どんな話？」

「ちょっとこの近くを散歩しない？」直也の質問をはぐらかして由亜が歩き出した。

もしかしたらまた転職の話だろうか。どんな話か気になりながらもついていくしかない。

官舎のまわりを半周ほど歩いても、由亜はなかなか話そうとしない。いい加減じれったくなって「それでさ……」と直也が口を開くと同時に、「今日、産婦人科に行ってきたの」と由亜の声が重なり、驚いて足を止めた。

「もしかして……それって……」

しどろもどろで直也が言うと、目の前で立ち止まった由亜が頷いた。

「妊娠十一週目だって」

由亜の言葉を聞きながらその頃のことを思い返した。

工藤の死刑執行に携わった翌日に家族みんなでディズニーランドに行った。直也は前日のおぞましい記憶が拭えずに苦悩していたが、由亜がかけてくれた言葉に少しばかり救われた。

官舎に戻ってきて、疲れ切った子供たちが寝静まると、直也は激しく由亜を求めた。

彼女の温もりに包まれながら、自分を苦しめていた心の澱がゆっくりと浄化されていくように感じたのを覚えている。

「産んでいいかな？」

その声に我に返り、直也は由亜の目を見つめた。

「当たり前だろう」

直也はそれだけ言うと、由亜の手を握り締めて歩き出した。

12

すぐそばで足音が止まった。

「石原、開けるぞ――」

声が聞こえて、作業の手を止めた。座卓の前から移動して扉の前で正座する。

扉が開いて小泉が一歩中に入ってきた。

「面会だ。表に出ろ」

その言葉を聞いて、身体がこわばった。

「どうした？　早く準備をしろ」

こちらを見下ろす小泉にそう言われたが、足に力が入らない。

「長野からわざわざ来てくれたのに、まさか会わないつもりか？　自分から会いたいって手紙を出したんだろう」

会いたいとまでは書いていない。会ってもいい、だ。

間違いを目で抗議したつもりだったが、小泉はこちらの思いに気づいていないようでにやついている。

保阪の教誨を受けた後もしばらくその気はなかったが、何日か考えているうちに死ぬ前にもう一度くらい顔を見てもいいという思いになり、迷った末に手紙を書いた。

だが、いざこれから遥に会うとなると、どうにも気が重い。

正座したまま動けずにいると、小泉が勝手に棚からサンダルを取って目の前に置く。

「後がつかえてるんだから早くしろ！」

小泉に怒鳴られ、しかたなく立ち上がった。サンダルを履いて表に出る。後ろから追い立てられるように廊下を進むうち、胸の鼓動が激しくなっていく。

小泉が面会室のドアを開けて中へと促す。足を踏み入れるとアクリル板の向こう側に座る女が目に入り、ぎょっとした。

どうして母親がここにいるんだ——

思わず後ろを振り返ったが、「座れ」と小泉に命じられてふたたびアクリル板のほうに目を向けた。

うつむくようにして座る女を見ているうちに、記憶の中の母親と似ているがそうではないと思い直し、向かいに置いてあるパイプ椅子に座った。

目の前にいるのは遥なのだろうが、おれが知っている姉の面影とまったく結びつかない。

やはり母親と対面しているのではないかという思いに駆られる。

記憶にある母親と違うのは、髪のいたるところに白いものが交じっていることだ。

遥はおれよりひとつ年上だが、とてもその年齢には見えない。その白髪はおれが事件を起こしたことでできたのか、それとももっと若い頃からそうだったのかが気になった。

小泉が面会室に入ってきて隣に座り、ノートのようなものを広げる。

「面会の時間は十五分ほどでお願いします」

小泉が言うと、「わかりました」と小さな声が聞こえ、目の前の女がそれまでそらしていた視線をこちらに向ける。

「……夜、ちゃんと眠れてるの？」

女に訊かれ、身体に電気が流れたような衝撃が走った。次の瞬間、頭の中にいろいろな記憶があふれてくる。

声は震え、こちらを見る目は潤んでいるが、目の前に座る女が間違いなくおれの知っている姉だと確信して胸の振動が一気に全身に広がっていく。

とっさに両手で膝をつかみ、顔を伏せた。小刻みに震える両手を見つめる。

「拘置所では三畳ぐらいの部屋にひとりで過ごすんでしょう？　食事も、トイレも、就寝も、ずっとその部屋で……亮平はひとりで寝るのが苦手だったから……それだけが気がかりで」

「……ひとりは慣れてる。あいつと生活を始めてからはひとりでいることが多かったから」

「あいつって……お父さん？」

遥に訊かれて、顔を上げて頷いた。

「おれよりも新しくできた女と一緒にいるほうがよほど楽しかったんだろう。夕飯代だけおれに握らせて、家に帰ってくるのも数日おきだった。それでもそのときはルカがいたからよかった。それから一年足らずでババアに預けられた。すぐに迎えに来るとあいつは言っていたが、いくら待ってもやってくることはなかった。そればかりかルカもそのままあいつに捨てられたのか、おれのもとに戻ってこなかった。ババアからは邪魔な存在としてしか扱われず、与えられていた狭い物置小屋のような部屋でずっと息をひそめるように生活してた。おれに用意された飯は菓子パンかインスタントラーメンだった。リビングに一台だけテレビがあったけど、自分の部屋から出るとババアは機嫌が悪くなるから観ることもできず、トイレに行きたくてもできるだけ我慢して過ごした。転校した先の同級生とも話が合わなくて、それに親からおれと付き合わないほうがいいと言われていたのか友達になりたいというやつもいなかった」

ずっと溜め込んでいたせいか、いったん話し始めると次々と言葉があふれ出してきて止まらなかった。

遥が口もとを歪めている。

「それに比べればここでの生活は天国のようだ。催促しなくても朝、昼、晩とババアんちで食わされていたものよりもはるかに上等な飯が出てきて、好きなときに用も足せる。唯一の不満は退屈で時間が経つのが異常に長く感じるってことぐらいかな」

「毎日、何をして過ごしてるの？」

「何をって言われてもなあ……朝起きて飯を食って、それから請願作業をして……」

「請願作業？」

「割り箸を袋に詰めたり、袋をのりづけしたり箱を折ったり……日給二百円ほどのバイトだ。あとはたまに聖書を読んだり……まあ、いろいろだ……」

「わたしもキリストの教えに救われた。手紙にも書いたけど、亮平と離れて暮らすようになってからお母さんもわたしも大変だった。お母さんはすぐに働き始めたけど、しばらくしてがんに罹ってしまってその仕事を続けられなくて……生活していくのがとても苦しくて、生きていても辛いだけだと悲観しているときにキリスト教に出会った。十五年ほど前にわたしもお母さんも洗礼を受けたの。亮平もいつか……」

「冗談じゃない」

遮るように言うと、遥が口を閉ざした。

「ふたりは救われたと思っているのかもしれないが、おれはあんなもので救われるとは思わない。毎日どうしようもなく暇でやることがないから読んでるだけだ」

「あなたが洗礼を受けようが受けなかろうがどちらでもかまわないけど……あなたはここにいて、やること……いえ、やらなければいけないことが他にもあるんじゃないの？」

遥の強い眼差しに怯んだ。

「おれがやらなきゃいけないことっていったい何だよ」

「あなたが殺した被害者と、そのご家族への贖罪よ」

おれを責めるような遥の目を見て、手紙を出したことを激しく後悔する。

「受け取ってもらえるかどうかはわからないけど……被害者のご家族に手紙を書いたら？　も

ちろんそんなことで許してもらえるとはとても思えないけど……でも、このままでいいの？　被害者やそのご遺族に向き合わないまま一生を……」そこまで言ってはっとしたように遥が口を閉ざす。

そう長く生きられないことを弟に突きつけそうになって、話すのをやめたのだろう。

遥から言われるまでもなく、そんなことはおれが一番よくわかっている。

「おれは別にあの女たちに悪いとは思ってない。だけど、悪いことをしたのはわかっているから罰を受けてもしかたないと思ってる。ここで殺されてもしょうがないと。それでいいだろ」

遥の目がせわしなく揺れている。

長く目を合わせているのに耐えられず、隣に視線を向けた。「もう十五分経ったんじゃないか？」と言ったが、面会を終わらせる気が小泉にはなさそうだ。

しかたなくそのまま椅子から立ち上がろうとしたとき、弱々しい声が聞こえ、遥のほうを振り返ってはっとした。

遥が両目に涙をあふれさせている。

「今、何か言ったか？」

遥の声が聞こえたが、はっきりと聞き取れなかった。

「ごめんなさい……」洟(はな)をすすりながら遥が言った。

どうしておれにそんなことを言ったのかわからないまま遥を見つめる。

「ごめんなさい……それが言いたくてここに来た。わたしもお母さんも、お父さんと生活してから亮平がそんなに辛い思いをしているのを知らなかった。お母さんの話によると、お父さんと連絡が取れなくなって亮平がどこで生活しているのかわからなかったって……それに自分たちの生活で精一杯で亮平に思いを向ける余裕もなかった。だけど、そんなの言い訳だよね。何とかして亮平を捜して会いに行っていれば……こんなことには……」遥がアクリル板にすがりつくように泣きながら言う。

アクリル板に添えた遥の手を見つめた。右手が勝手にそちらのほうに動きかけたが、そこに触れる前にもう片方の手で押さえつけた。

そこに触れたとしても二度と姉の体温を感じることはないとわかっている。おれがいるのはそういう世界なのだ。

「……もうここには来ないでくれ」

遥が呻きながら何度も首を横に振る。

「ごめんなさい……亮平……ごめん……」

声を詰まらせつつ遥が言って、真っ赤になった目をアクリル板に添えたおれの手に向ける。手を合わせてほしいと訴えているのだとわかった。

ためらいながらアクリル板越しにおれの右手を遥の手のひらに添えると、想像していたようにひんやりとした感触があった。

「わたしはこうやってあなたに伝えたいことを伝えることができる……それはあなたが生きているから」

遥の声が聞こえた瞬間、アクリル板に添えた手のひらにわずかな熱を感じたような気がした。

「……だけど亡くなった人はもう何も伝えられない。誰かに伝えたかったことも伝えられないし、誰かが伝えたかったこともうその人たちの耳には届かない。あなたがしてしまったことはそういうことなの。だから……せめて生きている間に自分が何をしなければならないか考え続けてほしい」

アクリル板越しに合わせた手を見つめながら、遥の言葉を聞いた。

13

「どうぞ」と中から声が聞こえ、同行していた刑務官がドアを開けた。

部屋に入ると、「今日もよろしくお願いします」と言って丹波がソファから立ち上がった。いつもと変わらない丹波の様子に安堵しながら宗佑はソファに近づいた。

どうやら石原は拘置所の規則に背いて宗佑が遥に会ったことを刑務官に黙っていたようだ。前回の石原の教誨は宗佑にとっても賭けだった。

石原の思いに反して姉に会うよう強く求めたから、これから教誨を受けなくなることや、さらに宗佑が規則に背いたことを他の刑務官に口外するかもしれないと心配していた。

それによって宗佑が教誨師の任を解かれるのはしかたがないと覚悟しているが、自分の願いを聞き入れてくれた小泉に迷惑をかけることになるのは忍びない。

宗佑は丹波の向かいに座り、用意してくれたお茶に口をつけた。

「実は、今日の教誨を予定していた秋山が体調不良で……」

丹波の言葉に、「大丈夫なんですか？」と宗佑は訊いた。

「単なる腹痛なので問題ないんですが……わざわざここまでお越しいただいて東ひとりの教誨というのも申し訳ないと思っていたところ、石原が早く次の教誨を受けたいと言っていたようで……差し支えなければ、石原を加えてよろしいでしょうか」

「もちろん、わたしはかまいませんが」

これから教誨を受けなくなるかもしれないと危惧していたので、自分にとっては朗報だった。

「つい先日、石原が姉と面会しましてね」

丹波の言葉を聞いて、鼓動が速くなった。

「そうなんですか……石原には姉がいたんですね」宗佑はしらばくれて言った。

「九歳のときに両親の離婚で離れ離れになってからずっと会っていなかったようです。ここに入ってから姉からは何度も手紙が来ていましたが、石原は一度も返事を出したことがなかったんです。どういう心境の変化かわかりませんが、姉と交流を持つことでさらに落ち着くといいんですけどね」

いつか訪れる死刑執行に備えて石原の心情の安定が図られるのを、東京拘置所の幹部として願っているのだろう。

「……おそらくそういった話も石原はしたいのではないでしょうか。それではよろしくお願いします」丹波がそう言って頭を下げる。

「わかりました」

宗佑は聖書とヒムプレーヤーを持って立ち上がった。部屋を出て教誨室に向かう。

石原と遥の対面はどのようなものだったのだろうか。

最初で最後の対面にならないことを願いながら宗佑は教誨室に入った。

テーブルに向かってしばらく待っているとノックの音が聞こえ、「どうぞ」と声をかけて立ち上がった。ドアが開いて小泉に連れられた石原が入ってくる。

「石原亮平を連れてきました。失礼します」小泉がそう言ってドアを閉め、近くにある椅子に腰を下ろした。

宗佑はいつものように石原と握手してから向かい合わせに座った。

「この前は終わり間際に何だか恥ずかしいところを見せてしまったね」

宗佑が言うと、何と応えていいかわからないのか石原が少し顔を伏せた。

「お姉さんと会ったそうだね」

顔を伏せたまま石原が頷く。

「会って、どうだった？」

「どうだったって言われても……ずいぶん老け込んでたんで驚いたよ。まあ、おれのせいかもしれないけど」

「また会いたいか？」

「どうだろう……遥はまた面会に来るって……いくらおれが拒絶してもしつこく会いに来るって言ってたけど……そのときになってみないと正直わからない」

「まだお母さんとお姉さんに捨てられたと、恨みに思っているのか？」

石原が首を横に振った。

「前の教誨で保阪さんといろいろ話してるうちにそうじゃなかったと思い出した。あいつについていったのはおれが自分で望んだことだったって。だから、あんなやつについていって、おれもルカも哀れなもんだなって言ったんだ」

「それならお姉さんの面会を拒む理由はないんじゃないのか?」

「遥と会ってから今まで考えたこともなかったようなことを考えるようになって……頭の中がしんどくなるんだよ。それが嫌でね」

「頭の中がしんどい?」その言葉の意味がわからず宗佑は訊き返した。

「そう……あれから妙な夢をよく見るんだ。それで何度も目が覚める。それまで以上に寝不足になってる」

「どんな夢を見るんだ?」

ゆっくりと石原が顔を上げて口を開いた。

「おれが殺した若い女の夢だよ」

宗佑は息を吞んだ。

「……ふたりの女性の夢を見るようになったのか?」尋常ではない喉(のど)の渇きを覚えながら宗佑は訊いた。

「いや……どういうわけか、最初に殺した女の夢は見ない。もうひとりの……妊娠してるって言ってた女だ」

由亜だ――自分の娘のどんな夢を見たのか知りたかったが、同時に聞くのが怖い。

この場で耳をふさぐわけにはいかない。代わりに視線を石原ではないどこかにさまよわせた。

「夢っていっても実際にあったことだ」

その言葉に弾かれて、宗佑は石原に視線を戻した。

「警察に捕まったときも裁判のときも……それに昔、保阪さんに事件を起こしたときの様子を聞かせたときも、どうでもいいことだと思ってひとつ話さなかったことがあったんだけど……遥に会ってからそのときの光景がずっと頭の中にちらついて離れない。寝ていてもその光景を夢に見て飛び起きてしまう」

今まで自分も真里亜も知らなかった由亜の最期の姿――

ふと、石原の背後にいる小泉と目が合った。こちらを見つめながら小さく首を横に振っている。

その話を聞くべきではないと訴えかけているようだ。

宗佑は石原に視線を戻し、「どんな光景か聞かせてくれるか」とテーブルの上で両手を組んで身を乗り出した。

「その女を殺したときの様子は昔、保阪さんに話したことがあったよね」

「ああ……」

自分のものとは思えない乾いた声が聞こえた。

「両手両足を縛り上げた女の首を絞めようとしたとき、ふとあることを思いついたんだ。この女は死ぬ直前にどんなことを口にするのかって」

胸を鷲(わし)づかみされたような痛みを感じつつ、石原を見つめる。

「悲鳴を上げられるリスクはあったけど、どうしても知りたくなって、女の口をふさいでいたガムテープを剝がしてからゆっくりと首を絞めようとした。すると女はすぐさま『お父さん、助けて』って言ったんだ」

お父さん、助けて――

石原の口から発せられたその言葉の意味が理解できない。

どうして婚約者の木本でも育ての親の真里亜でもなく、お父さんなのだ。

自分の父親は誰かわからないと由亜は真里亜から伝えられていたはずなのに。

わたしと一緒にバージンロードを歩いてほしいんだけど――

ふいにその言葉と、それを言ったときの由亜の姿が脳裏によみがえってきた。

まさか……

「お父さん、助けて……おじさん……お父さん……わたしとこの子を助けて……って」

全身の血が逆流するのを感じる。

以前真里亜が言っていたように、由亜は宗佑が父親だと気づいていた。そして、殺される寸前に自分に助けを求めていた。

吐き気に襲われて宗佑は思わず視線をそらした。痛ましい表情でこちらを見つめる小泉と目が合った。

「それで……」石原の目を見られないまま宗佑は促した。

「お父さんもおじさんも誰も助けには来ない。それにおまえは死んでもひとりぼっちだ。おれのようにな……って言った。それからふたたび女の口をガムテープでふさいで、首を絞めつけた……」

視界が暗くなり、石原の声が遠くから聞こえてくるようだ。

「遥と会ってからどういうわけかわからないけど、そのときのことを頻繁に思い出すようになって……いったいおれはどうしちまったんだろうって……ねえ……保阪さん……おれの話ちゃんと聞いてる？　大丈夫か？　また具合が悪いのか？」

石原の声がかすかに聞こえてくるが、視界は霞(かすみ)がかかったようにぼんやりとしている。もう耐えられない。

「すまない……病み上がりで本調子ではなさそうだ。今日の教誨はここまでにしてくれ」

自分の声さえ遠いところから聞こえてくるようだ。

「保阪さん、大丈夫か？　救急車を呼んでもらったほうがいいんじゃないのか」

「そこまでではない……ちょっと休めば大丈夫だから……」早く目の前から消えてくれと念じながら必死に言葉を絞り出した。

「ほら——石原、行くぞ……」

小泉の声が聞こえた。続いてドアが閉じられる音がする。

宗佑は顔を上げて何度か深呼吸を繰り返した。少しずつ視界が鮮明になっていく。どうやら視界に霞がかかったように感じたのは自分の涙が原因だったらしい。

ノックの音が聞こえて、宗佑はドアに目を向けた。

今は誰とも顔を合わせたくないと応えずにいると、「失礼します」と外から声が聞こえて勝手にドアが開いた。小泉が中に入ってきてドアを閉め、こちらに近づいてくる。

「大丈夫ですか？」

小泉に問いかけられ、宗佑は頷いた。

「やはり……保阪さんには石原の教誨は無理なのではないでしょうか」

たしかにそれは耐え難い苦しみだ。だが、それを小泉に認めるわけにはいかない。

「どうしてそんなことを？」宗佑は小泉に問いかけた。

「どうしてって……お嬢さんのあのような話を聞かされたら……」

「石原が彼女にしたことはずっと前から知っていることだ。今さらそれらの話を聞かされても動揺はしない。さっきは本当に眩暈(めまい)がして気分が悪くなってしまったんだ。石原にすまなかったと後で伝えてくれ。次の教誨のときに話の続きは聞くからと」

何も言葉を返さずに小泉がじっとこちらを覗き込むように見つめてくる。

宗佑の話を信じていないようだ。

「お姉さんと会うことでようやく石原の心を開かせるきっかけができたんだ。わたしはこれからもここで教誨を続けていく」

死刑執行のときまで石原のもとを離れるわけにはいかない。

やはりどうあっても、由亜を絶望の底に突き落として無残に殺したあの男を許せるわけがないのだ——

14

久保とともに二十一房の前で足を止め、直也は視察口を覗き込んだ。石原が棚に置いた鉢植えにコップで水をやっている。

「石原、開けるぞ——」

直也が声をかけると、石原が手を止めてこちらに顔を向けた。持っていたコップを座卓に置いて鉄扉の前で正座する。

鉄扉を開けて一歩中に入り、「教誨だ。準備をしろ」と告げると、石原が立ち上がってふたたび棚に向かった。鉢植えの横に並べている本の中から聖書を抜き出す。

「きれいな花が咲いたな」

直也が声をかけると、石原がこちらを向いた。はっきりとはわからないが微笑んでいるように思える。

房から出て鉄扉を閉じると、石原を左右から挟むようにしながら廊下を進んだ。ちらっと石原の横顔を見て、直也は少しばかりの感慨を覚えた。

初めて石原と会ったときのことを思い出す。

B棟九階からD棟十一階への転房の際に今のように同行したのが最初の対面だったが、何ともふてぶてしい男だという印象を受けた。それからしばらくその思いが変わることはなかったが、今の石原はその頃とは打って変わって落ち着いた人物に映る。

石原を変えた大きなきっかけになったのはやはり、姉の遥と面会したことだろうと思う。

それから二週間ほど経ったある日、直也は石原から意外な相談を受けた。

自分が過ごす独居房の中で生き物を飼いたいが無理だろうか、というものだ。生き物であればハムスターでも亀でも何でもかまわないと言われたが、拘置所でそれを認めるわけにはいかない。ただ、小さな植物であれば可能であると、願箋を出させて鉢植えを用意した。

教誨室の前にたどり着くと、直也はドアをノックした。「どうぞ」と声が聞こえてドアを開き、久保を廊下に待機させて石原とともに教誨室に入った。

「石原亮平を連れてきました。失礼します」

直也は保阪に告げ、ドアを閉めて近くにある椅子に腰を下ろした。

「こんにちは」と微笑みながら保阪が立ち上がって石原を迎え、いつものように握手してから向かい合わせに座る。こちらに背を向けた石原の表情はわからないが、保阪と話す声音から楽しそうな様子が窺える。

直也は保阪の表情をさりげなく観察した。いつものように穏やかな笑みを浮かべながら石原の言葉に耳を傾け、教誨師として的確な助言をしている。

表面的には熱心な教誨師として映る。だが、彼の本心はどうなのだろうかと穿った見方をしている自分がいる。

石原がそれまで誰にも話さなかった由亜の最期の姿を保阪に話して以来、ずっと気になっていることだ。

石原からその話を聞かされた保阪と目が合ったとき、何とも言いようのない不安に直也は苛まれた。保阪の心は壊れてしまったのではないかと感じさせるような虚ろな眼差しだった。

教誨を中断した後、保阪は体調を崩しただけだと直也に話していたが、言葉通りに受け取ることはできない。実の父親からすればあまりにも凄惨な話だったはずだ。

保阪は被害者の父親として石原を許せるようになりたいと言っていたが、その思いが一気に覆され、死刑執行のときに娘の無念を晴らすという当初の目的を果たそうとしたとしても不思議ではない。

保阪は今でも石原のことを許したいと思っているのだろうか。それとも……

あれから保阪は何度か石原の教誨をしたが、会話のほとんどは定期的に面会に訪れるようになった遥のことか聖書の言葉の意味などで、石原が殺した被害者について話が及ぶことはない。石原を許したいと願うのであれば当然触れるべき話だと思うが、保阪はあえてその話題を避けているようにも感じられる。

時計に目を向けると、十時半を少し過ぎていた。

「そろそろ時間になります」

直也が告げると、保阪と石原が立ち上がった。最後の挨拶を交わして石原がこちらに向かってくる。ドアを開き石原に続いて教誨室を出た。

今日の教誨でも保阪は石原に被害者について話をすることはなかったと憂えながら、直也はドアを閉めた。

昼飯を終えて職員食堂を出ると、直也はエレベーターに乗った。中央監視室に戻る前に私物のスマホを置きにいくために控え室がある階で降りる。

廊下を歩いているとズボンのポケットの中が振動して、スマホを取り出した。由亜からLINEのメッセージが届いている。添付されているエコー写真を見て心が浮き立った。拡大して我が子の姿をじっくりと見たいが、控え室では同僚たちが休んでいるので気恥ずかしい。

直也は近くのトイレに駆け込んで個室に入った。ズボンを穿(は)いたまま便器に座って拡大したエコー写真を食い入るように見つめる。

三十一週目ということもあり、顔かたちがはっきりとわかる。笑っているように思え、さらに嬉しくなった。

ドアを開く音が聞こえた。複数の足音が響き、小便器を使用している様子を窺いながらスマホの画面を見つめる。

「……何とも気が重いですね」

「しかたないだろう。それも仕事のうちなんだから」

「今週の土曜日にレストランの予約をしたんですよ。二、三ヵ月先まで予約が取れないって店に彼女と行くんですけど、ちゃんと食べられるか心配で……」

男ふたりの会話が聞こえる。

「まあ、無理だろうな。おれも経験がないけど、先輩から聞かされた話だと執行の立ち会いをしたら一ヵ月は肉料理が食えなくなるって」

その言葉に弾かれて、直也は顔を上げた。

「しかも、おれよりもはるかに年下ですもんね。これから寝覚めが悪くなりそうで本当に嫌だなあ」

「たしかに立ち会うのは憂鬱だけど、それで良心が咎めることはないだろう。相手は若い女性をふたり殺した凶悪犯だ」

無意識のうちに立ち上がり、ドアを開けて個室を出た。小便器の前からこちらを振り返ったふたりの男性の姿を見てはっと我に返った。

決まりの悪そうな顔をしてふたりとも視線を前に戻したが、片方の背広の襟元に付いていたバッジが目に焼きついた。検察官が付ける秋霜烈日のバッジだ。

直也はトイレを出て動揺しながら廊下を進んだ。控え室のドアを開けようとしたが、どうにも気になってエレベーターのほうに引き返した。

処遇部長の部屋の前にたどり着き、ためらいながらドアをノックする。

「どうぞ」と中から声が聞こえ、直也はドアを開けて「失礼します」と部屋に入った。

正面の机に向かって座っていた丹波が「どうした?」と問いかけてくる。

直也はドアを閉めて丹波に近づいた。丹波の目の前に立ったが、こんな話をするべきかどうか迷って口ごもる。

「いったいどうしたんだ。収容者に何か問題でも起きたのか?」

「近いうちに執行があるんでしょうか」

迷いを断ち切って言うと、「どうしてそんなことを?」と訝しそうに丹波が眉を寄せた。

「さっき検察官の立ち話をたまたま耳にしてしまって……」

丹波が口もとを歪め、「まったく迂闊なやつらだ」と溜め息を漏らした。

「どうなんですか？　おまえは執行係の候補に入っていない」勢い込んで直也は訊いた。

「安心しろ。おまえは執行係の候補に入っていない」

執行があるということだ。

「絶対に同僚には話すなよ」

念を押すように丹波に言われ、直也は頷いた。

「誰が執行されるんですか？」

「石原亮平の死刑執行指揮書が届いた」

先ほどの会話から想像していたが実際にその名前を聞いて、胸に鈍い痛みが走った。

「いつ……」

執行されるのか――

「明日だ」

直也は息を呑んだ。同時に心の中で激しく葛藤する。

「話は以上だ。くれぐれも口外しないように」ふたたび釘を刺して丹波が机に置いてある書類に目を向ける。

「あの……」

声をかけると、丹波が顔を上げた。まだここにいたのかという顔で首をひねる。

「わたしも執行に立ち会わせてください」

丹波が目を丸くした。

「何を馬鹿なことを言ってるんだ。奥さんは妊娠中だろう。たしか七ヵ月……」

「八ヵ月です」

「いずれにしても妊娠中と知ってたから早々に候補から除外したんだ」

それはわかっている。妻が妊娠中であったり、家族に病気の者がいたりする場合は執行係から外されると聞いた。身内に何かあった場合に、死刑の執行に携わった自分のせいではないかと思わせないための配慮ということだ。

だけど、自分には石原の死刑執行に立ち会わなければならない義務がある。

保阪が被害者の親であることに目をつぶり、石原の教誨を続けさせている今、ふたりの最後の対面を見届けなければならない。

保阪が教誨師としてきちんと責任を果たすように。

「わたしを執行係に加えてください」丹波を見つめながら決然と直也は言った。

「駄目だ。認められない。もし万が一、奥さんやお子さんに不幸なことがあったりすれば、自分で自分を苦しめることになりかねない。おまえがどういう奇特な考えで執行係になりたいと言っているのかよくわからないが、少なくとも新しいお子さんの元気な姿を確認してからでないと上司として託すわけにはいかない。この話はもうおしまいだ。こっちもこれからやらなければならないことが山積みだから、おまえも早く職務に戻れ」

追い立てられるように丹波に言われ、直也は部屋を出ていくしかなかった。

中央監視室の報知器が鳴り、直也は近づいた。二十一房の石原からだとわかって、気を滅入らせつつ受話器を取る。

手紙を出したいから取りに来てほしいと石原に言われ、重い足を引きずりながら中央監視室を出て二十一房に向かった。

視察口を覗き込み、こちらに顔を向けて正座している石原と目が合った瞬間、心臓が激しく揺さぶられた。

目の前の男はおよそ十五、六時間後にはこの世からいなくなる。

鉄扉を開けて直也が中に入ると、「お願いします」と言って石原が封筒を差し出してきた。

受け取って宛名を見る。遥への手紙だ。

弟から姉に出す最後の手紙——

「ひさしぶりにここで添削してやろうか?」

石原が小首をかしげ、やがて頷いた。

以前、保阪に宛てた手紙を添削してくれと石原に乞われてその場でしたことがあったが、それ以降はしていない。

直也は封筒から一枚の便箋を取り出して目を通した。

鉢植えの花が咲いたと刑務官から言われたことと、次に面会するときにセーターを差し入れてほしいという、最後の手紙としてはあまりにも実のない内容だ。

「もっと気の利いたことが書けないのか?」

「何だよ、気の利いたことって」

「わざわざ長野からここまで来てくれるお姉さんへの感謝の言葉とか……」

あまり過度なことを要求すると、自分の死刑執行が近いと察せられる恐れがあるのでそれ以上は口にできない。

もどかしさが募る。

「いいんだよ、それで。じゃあ、よろしくお願いします」

そう言われると、これ以上何もしようがない。

最後に石原に何か伝えたかったが、この状況にふさわしい言葉を見つけられず、そのまま房を出て鉄扉を閉めた。


教会の隣にある小さな二階建ての一軒家が目に留まって直也は足を止めた。

おそらくあそこが牧師館と呼ばれる保阪の住まいではないか。

一軒家のドアに近づいていくと、『保阪』と表札が掲げられている。

明日の石原の死刑執行に直也が立ち会えない今、彼に対する保阪の心情をどうしても確かめておきたいと退勤後に目白に向かった。

緊張しながらインターフォンのボタンを押すと、「はい……」と声が聞こえた。

「夜分遅く申し訳ありません。小泉です」

「小泉……さん?」と戸惑った声が返ってきたので、「刑務官の小泉です」とさらに告げた。

インターフォンが切れてしばらくすると、ドアが開いて保阪が顔を覗かせた。

「驚いたな……よく住所がわかったね」

必死に訝しさを隠そうとしている顔に思えた。

「何度も石原の手紙を検閲していましたので、何となく……少しお話ししたいことがありますので、お時間をいただけないでしょうか」

突然の訪問に戸惑っているようだが、保阪が頷いた。「散らかっているけど、よかったら入ってください」と手で中を示す。

「失礼します」

直也は靴を脱いで玄関を上がり、保阪に促されて玄関脇にある部屋に入った。六畳ほどの部屋とその奥に台所がある。

「座って」と保阪に言われて、直也はテーブルの前に座った。保阪がその場から離れ、さりげなく室内の様子を窺う。棚の上に置かれた写真立てが目に入り、凝視した。

保阪と、以前会ったことのある北川真里亜に挟まれるようにして若い女性が笑顔を向けている写真だ。

娘の由亜だろう。

「こんなものしかないけど」

保阪の声が聞こえて、写真から視線をそらした。保阪が直也の目の前に野菜ジュースの缶を置いて、向かいに座った。

「入院してから健康を気遣うようになってね」

苦笑した保阪は手に持った缶のプルタブを引いてひと口飲んだ。テーブルに缶を置いて少し身を乗り出し、「それで……話したいことって何だい？」と訊く。

直也は保阪を見つめ返しながら居住まいを正した。次の一瞬で保阪の真意を探ろうと意識を集中させつつ口を開く。

「石原亮平の死刑執行が決まりました」

驚いたように保阪が目を見開いた。

しばらく保阪の表情を観察したが、どのような感情を抱いているのか読み取ることはできない。少なくとも娘の無念を晴らせるという決意や安堵のようなものは微塵も窺えなかった。

「そ……そうか……」息を吐くように保阪が言った。「いつ……？」

「明日です」

「……ということは、もうすぐわたしに連絡が来るわけだ。どうして小泉さんがそれを報せに？」

「保阪さんの今の思いをお聞きしたかったんです」

「わたしの今の思い？」保阪が首をひねる。

「お嬢さんを殺された父親として石原を許せそうですか？」

長い沈黙が流れた。

保阪が口もとを歪める。溜め息交じりに声を発した。

「許せると言ったらきみから嘘だと思われるだろうね」

その言葉に何も応えられないまま保阪を見つめる。

「わたしの反応を見てきっと許さないだろう、娘の無念を晴らすはずだと感じたら、上司にわたしが被害者の親だと報せるつもりでここに来たのかな？」

「失礼ながらそういうことになります。わたしは明日の執行に立ち会えません。保阪さんが被害者の親御さんだということに目をつぶり、石原の教誨を続けさせている以上、ふたりの最後の対面を見届けるのが自分の義務だと思っていました。丹波部長に執行係をやりたいと直訴しましたが、妻が妊娠中なので認めてもらえませんでした」

「奥さんは妊娠……」

「八ヵ月です」

「立ち会わなくて正解だろう。これはわたしと石原の問題なんだ。上司にやらなくていいと言われているのに、わざわざふたたび暗闇を覗き込む必要はない」

「そう簡単に割り切れません。石原の教誨で保阪さんは被害者の思いに触れるような話はされていません。石原を許したいと思っているのであれば、もっとそのような話を引き出そうとするんじゃないのでしょうか」

「そんなに簡単に許せるものなのかな？」

ふいに保阪に問いかけられ、意味がわからず直也は首をひねった。

「もし、きみのお子さんや奥さんが無残に殺されたとしたら……目の前で犯人が泣きながら詫びたとして……許せるだろうか」

何も言えない。

「ある時点でわたしは思ったんだ。いくら教誨の中でそのような話をして、石原から贖罪の言葉を引き出したとしても……それにどれほどの意味があるんだろうと。石原はわたしを慕っているようだし、そんなわたしの前では心にもない反省の言葉も口にするかもしれないだろう」

たしかに保阪の言うことも一理ある。だが……

「少なくとも……今は石原を許せる心境に至っていないということですか」

直也が訊くと、保阪が頷いた。

「正直なところ……そういうことになるね。それに明日の執行に立ち会った際も、石原を許せるかどうかなんてわからない。彼が刑に処された後でも許せないままかもしれない。ただ、ひとつだけはっきり言えるのは、たとえ許せなかったとしても教誨師としての役目はきちんと果たすつもりだ」

保阪の言動を注意深く窺うが、直也を欺こうとしているようには思えなかった。

「これがわたしの今の偽らざる気持ちだ。わたしの返答が不満で上司に事実を伝えるのであれば、それはそれでしかたがないと思う。別にきみを責めることはない。わたしの代わりに他の教誨師が彼の最期を見届けてくれるだろう」

それを石原は願わないことも自分はよくわかっている。

「わかりました……上に報せることはしません」

保阪の良心を信じるしかないと、直也は立ち上がった。部屋を出ていこうとしたが、最後に残したい言葉があって保阪を振り返った。

それは石原に穏やかな死を迎えさせるためだけではなく、保阪のこれからの人生の安寧のためでもある。

「どうか死神にならないでください」

いつか言った言葉をもう一度残して、直也は部屋を出た。

15

こちらを見つめて由亜が微笑んでいる。

「行ってきます」

強い決意を胸に秘めながら写真の由亜に向けて言うと、宗佑は鞄を手にして玄関に向かった。

牧師館を出て外にある歩道に立ち、迎えを待つ。告げられていた時間通りにタクシーがやってきて目の前に停まった。

後部座席のドアが開き、丹波の隣に乗り込む。タクシーが走り出す。

「御足労をおかけして申し訳ありません。前回のようにはならないよう気をつけますので」硬い表情で丹波が言った。

「あのことはもうお気になさらないでください」

むしろ石原が死ぬ瞬間の顔を見てもかまわないとさえ思っている。

あと二時間ほどですべてが終わる。長い苦行から解き放たれるのだ。

真里亜には石原の刑が今朝執行されることは伝えていない。すべてが終わった後に石原の無残な死にざまを聞かせればいいと思っている。

だが——

昨晩、小泉が帰ってから寝ることもなくずっと考え続けているが、石原を絶望の底に突き落とす言葉を見つけられていない。

そもそも大勢の刑務官がいる中で、そんな言葉を発せられるだろうか。

いや、たとえまわりに人がいたとしても、その後の激しい非難さえ受け入れる覚悟があればできるはずだ。

たとえ宗佑が突き刺した言葉によって石原が半狂乱になったとしても、それで執行が停止されるとは思えない。

あとはどうすれば、どんな言葉をもってすれば、石原に絶望を与えられるのかをぎりぎりまで考えるだけだ。

足音が響いてきて、室内の空気がさらに張り詰めたのを感じた。

宗佑はテーブルに向かって座ったままじっとドアを見つめた。足音に耳を澄ましながら階段を上ってくる石原の怯(おび)えた姿を想像する。

ドアが開き、三人の刑務官に両側と後方を囲まれるようにして石原が入ってきた。石原は入ってすぐに視線を巡らせ、宗佑と目が合って動きを止める。

狼狽(ろうばい)した様子は窺えず、手錠を外された後も刑務官の指示に従っておとなしく宗佑の前に腰を下ろしたが、こちらに向けた顔は今までに見たことがないほど真っ青で、唇が小刻みに戦慄いている。

「一三七〇番、石原亮平くんだね」

丹波の問いかけに、「はい……」と石原が呟く。

「大変残念ですが執行命令がきました。今から刑を執行します」

その言葉に反応することなく、石原はじっとこちらを見つめている。

「最後に何かおいしいものを食べたらどうだ？　煙草もあるぞ」

丹波がテーブルの上を手で示しながら言うと、「大丈夫です」と石原がそのままの姿勢で答えた。

「書きたければ遺書を書いてもいいよ」

「それも大丈夫です」

「そうか。それでは教誨をお願いします」

丹波に言われて立ち上がろうとしたとき、「ひとつだけ——」と石原が声を上げて首を巡らせた。

「ひとつだけ……死ぬ前にたったひとつだけお願いがあります」

「何だね？」石原を覗き込むようにして丹波が訊く。

「保阪さんと……保阪さんとふたりきりで教誨を受けたいです」

「ふたりきり？」丹波が首をひねる。

「二分……いや……一分でいいので、保阪さんとふたりきりで話がしたい」

「最後の頼みを聞いてあげたいけど、それは無理だ。そうですよね？」同意を求めるように丹波が壁際にいた所長に目を向ける。

所長が頷き、「申し訳ないがそれはできない」と答える。

「逃げようだなんて思いません。何だったら後ろ手に手錠をかけて、さらに足とこの椅子も手錠でつないだってかまいません。どうかお願いします」

まわりを取り囲んでいる刑務官たちと検察官と事務官が頭を下げて懇願する石原を見ながら困惑の表情を浮かべる。

「そう言っても石原くんねえ……」

「──わたしからもお願いできないでしょうか」

所長の言葉を遮って宗佑が言うと、石原に向けられていたすべての視線がこちらに注がれた。

「……それで彼の心情の安定が図られるのであれば、そのほうがいいのではないでしょうか」

自分にとっては願ってもない機会だ。

大勢の人たちに囲まれたこの状況下で、教誨の最中に絶望を与える言葉を石原に突き刺せば激しい非難にさらされるのは目に見えている。

その覚悟はできていたものの、そうならないに越したことはない。

どうしましょうかという目で丹波が見ると、「わかりました」と所長が頷いた。

「石原くんの両手と両足に手錠をかけたうえで、念のためにふたりから離れた壁際に刑務官を配置するということで納得するなら認めてもいい」

「ありがとうございます」石原が安堵した表情で頭を下げる。

「一分といわず五分ぐらい時間を与えよう。ゆっくり教誨を受けなさい」

その後、丹波が刑務官たちに指示して石原の後ろ手に手錠をかけ、さらに両足首にも手錠をかける。

壁際にふたりの刑務官を残して他の者たちは部屋から出ていく。

石原が身を乗り出して宗佑に顔を近づけてきた。

「同意してくれてありがとう」壁際の刑務官に聞かせたくないのか石原が小声で言う。

「どうしてわたしとふたりきりになりたいと？」宗佑も石原に合わせて囁くように訊いた。

「おれが死んで喜ぶ人間に弱いところは見せたくない」

その言葉を聞いて、石原の全身が小刻みに痙攣しているのに気づいた。

刑務官たちがいるときには必死に震えを抑えようとしていたのかもしれない。

「それに保阪さんにどうしても頼みたいことがあったんだ」

「どんなことだ？」

「これまで誰にも話さなかった被害者の最期を保阪さんに話したこと……覚えてるかな」

「ああ」

忘れるはずがない。

「おれが殺した人の父親を捜してそのことを伝えてほしい」

石原の囁きを聞いて、心臓が波打った。

どうしてそんなことを――

「どうして……」

「遥の話を聞いて、そうしたほうがいいかなって……ただ、それだけ……」

「お姉さんはどんなことを言ってたんだ」

「……おれが殺した人はもう何も伝えられない。誰かに伝えたかったことも伝えられないし、誰かが伝えたかったこともうその人の耳には届かない。おれがしてしまったことはそういうことだって……だから……こんなこと……保阪さんにしか頼めない」

「どうしてわたしにしか頼めないんだ」

「だって……死ぬのは怖くないって思ってたけど……やっぱり怖いよね……死にたくない……死にたくない……おれをそう思わせた人だから」

潤んだ目で石原に見つめられ、頭の中に閃光が走った。言葉の刃（やいば）が浮かぶ。

由亜の無念を晴らすなら今しかない。

今なら目の前の男を絶望の底に落とす言葉を突き刺してやれる。

おれはきみが殺した女性の父親だ——と。

娘の復讐を果たすためにきみに近づいただけだと。

きみはこれからひとりで闇の中をさまよい続けるのだと。

「怖い……ひとりになりたくない……保阪さん……助けて……」

「もうすぐ時間になる。他に言いたいことはないのか」

自分の思いに反したことが口から出る。

石原が小刻みに頬を震わせながら首を横に振る。

「お姉さんに何か伝えたいことがあるんじゃないのか」

頑（かたく）なな様子で石原が首を横に振る。

そんなはずがない。

「何も伝えなくていいのか！」

「……そろそろ逝くよ」

そう言って石原が壁際の刑務官のほうに顔を向けそうになり、宗佑はとっさに手を伸ばした。石原の頰を両手でつかんでこちらに顔を向けさせる。

由亜、由亜……すまない――

「……きみの罪は許されている。わたしが……わたしが……許した」

それまで自分の手に伝播していた石原の頰の震えが収まった。

石原が目を閉じて、「お願いします」と声を上げる。

壁際にいたふたりの刑務官がこちらに近づいてくるのと同時に、ドアが開いて丹波や他の刑務官が入ってくる。

「保阪さん、どうぞ退室してください」

そう言って部屋の外に促そうとする丹波を毅然と見つめ返し、宗佑は首を横に振った。

「彼が旅立つのを見守りながら最後の祈りを捧げさせてください」

複数の刑務官に支えられた石原が椅子から立たされ、頭から目隠しのための覆いが被せられる。

アコーディオンカーテンが開けられ、絞首台があらわになった執行室に連れて行かれる石原を見つめる。

踏み板の上に立たされた石原の首もとにふたりの刑務官が白い縄を固定する。

それらの様子を見つめながら宗佑は心の中で祈りを捧げた。

「執行せよ――」

地鳴りのような激しい音とともに石原の姿が視界から消えた。
ぎしぎしと軋んで揺れる一本の縄の動きが完全に止まるまで、宗佑は祈り続けた。

エピローグ

小諸駅の改札を抜けて、宗佑はまっすぐタクシー乗り場に向かった。

タクシーに乗り込み、「ここまでお願いします」と住所を記したメモ紙を運転手に渡すと、ドアが閉まって車が走り出した。

車窓を流れる景色を見つめながら、これから遥に伝えることを考える。

石原の死刑執行から二週間が経つ。

あのとき宗佑が石原にしたことが正しかったのかそうでないのか、自分の中でまだ答えを出せずにいる。

宗佑が石原を許したことを由亜は悲しみ、自分を恨んでいるかもしれない。だが、もしかしたらそうではないかもしれない。由亜が何を思っているのかを知ることはできない。

一生、答えは見つからないかもしれない。

ただひとつだけ言えるのは、由亜の最期の苦しみとはとても比べようもないが、それでも石原の今際(いまわ)の際に怖れを与えたということだ。

死にたくない――と。

そう思わせたことが石原の教誨を始めてからのすべてであり、自分にとっての彼への復讐となった。

「……このあたりだと思うんですけどね」

運転手の声が聞こえて、タクシーが停まった。

宗佑は会計をしてタクシーを降りるとあたりを見回した。それらしいアパートを見つけて近づいていく。アパート名を確認して一〇四号室に向かう。

インターフォンのベルを鳴らして名乗ると、すぐにドアが開いて遥が顔を出した。

「遠いところまで御足労いただきありがとうございます」

遥に促されて玄関を上がり、部屋に案内される。

六畳ほどの部屋の壁際に祭壇が設えられていた。骨壺とふたつの遺影が置いてあり、その横に小さな鉢植えがあった。

「さっそくですが、故人を偲ぶ祈りを捧げさせてください」

「よろしくお願いします」と遥が頭を下げ、宗佑は祭壇の前で正座した。

遺影のひとつは母親だろう。もうひとつの遺影にはこちらを見つめて微笑む少年が写っている。

その年頃の写真しか持っていなかったのかもしれない。逮捕された際の石原の写真は巷にあふれているが、遺影に使いたくなかったのだろう。

宗佑はロウソクに火をつけ、少し頭を下げて祈りを捧げた。

心の中で石原に短い言葉をかけると手を解(ほど)いて立ち上がる。

「どうぞお座りください」と遥に促されてお茶と菓子が用意されているローテーブルの前に座った。遥が宗佑の向かいに腰を下ろす。

「刑務官のかたからお聞きしました。保阪さんのおかげで亮平は穏やかな最期を迎えられたと。本当にありがとうございました」遥が深々と頭を下げる。

「いえ……ところで祭壇に飾られているあの鉢植えは……」

「亮平が拘置所の部屋で育てていたものです」

「そうなんですか？」

「遺骨を引き取りに行った際に私物のひとつとして受け取りました。わたしと面会をした後に生き物が飼いたいと亮平は願ったらしいんですけど、それはできないということで代わりに……毎日ちゃんとお水をあげて大切に育てていたそうで、花が咲いたときには嬉(うれ)しそうな顔をしていたと刑務官のかたから教えていただいて……処分してもらうのもどうかと思ってここに持ってくることにしました」

石原が独居房の中で鉢植えを育てていたことを今まで知らなかった。

どういう心境の変化があったのだろうか。

「刑務官のかたは穏やかな最期だとおっしゃっていましたが、そのときの亮平の様子をもう少し知りたいんです……」

「どのようなことをお知りになりたいですか？」

「亮平は死ぬ前に自分の罪を悔い改められたのかと……被害者のかたやそのご遺族のかたへ

……何か言っていましたか?」すがるような眼差しをこちらに向けて遥が訊く。

「被害者やご遺族に対する直接の謝罪の言葉はありませんでした」

「それは保阪さんの教誨を受けていたときも含めてでしょうか」

宗佑が頷くと、「そうですか……」と遥が溜め息を漏らした。

「わたしについては何か言っていましたか?」

「いえ……お姉さんに何か伝えたいことがあるんじゃないかと訊きましたが、頑なに首を横に振って何も言いませんでした。そして刑が執行されました」

遥が悲しそうな表情で顔を伏せる。

「でも、それが彼の伝えたかったこと……お姉さんへのメッセージだったのではないかと……わたしは思いました」

遥が顔を上げた。

「どういうことでしょうか?」意味がわからないというように遥が首をひねる。

「亮平くんが殺した被害者はもう何も伝えられない。誰かに伝えたかったことも伝えられないし、誰かが伝えたかったこともその人の耳には届かない。亮平くんがしてしまったことはそういうことだと……そのようなことを面会のときに彼に話しましたか?」

宗佑の問いかけに、遥が頷いた。

「だから……せめて生きている間に自分が何をしなければならないか考え続けてほしいって、亮平に訴えました」

「彼の贖罪の思いだったんじゃないでしょうか」

遥がはっとして目を見開く。

「お姉さんに何も伝えないことがそのときの自分にできる唯一の……」

なあ、そうではないのか――

宗佑は心の中で問いかけながら祭壇で微笑む少年のままの彼に目を向けた。

執筆にあたり、牧師の古賀博さんに貴重なお話をうかがいました。
心から御礼申し上げます。

参考文献

『ドキュメント　死刑に直面する人たち』　佐藤大介 著　岩波書店刊
『死刑囚の一日』　佐藤友之 著　現代書館刊
『元刑務官が明かす　死刑のすべて』　坂本敏夫 著　文春文庫
『元刑務官が明かす　東京拘置所のすべて』　坂本敏夫 著　日本文芸社刊
『キリスト教のリアル』　松谷信司 編著　ポプラ新書
『牧師とは何か』　監修　越川弘英　松本敏之　日本キリスト教団出版局刊
『人はかならず、やり直せる』　進藤龍也 著　中経出版刊
『心の居場所が見つかれば人生はいつでもやり直せる』　中村陽志 著　マガジンハウス刊

薬丸 岳（やくまる　がく）
1969年兵庫県生まれ。2005年に『天使のナイフ』で第51回江戸川乱歩賞を受賞しデビュー。16年に『Aではない君と』で第37回吉川英治文学新人賞を、17年に短編「黄昏」で第70回日本推理作家協会賞〈短編部門〉を受賞。『悪党』『友罪』『Aではない君と』『死命』など作品が次々と映像化されている。他の著作に『アノニマス・コール』『ラストナイト』『刑事弁護人』『罪の境界』などがある。

本書は、「小説 野性時代」2020年11月号～2022年10月号に連載したものを加筆修正しました。

最後の祈り

2023年 4 月21日　初版発行

著者／薬丸 岳

発行者／山下直久

発行／株式会社KADOKAWA
〒102-8177　東京都千代田区富士見2-13-3
電話　0570-002-301（ナビダイヤル）

印刷所／大日本印刷株式会社

製本所／本間製本株式会社

本書の無断複製（コピー、スキャン、デジタル化等）並びに
無断複製物の譲渡及び配信は、著作権法上での例外を除き禁じられています。
また、本書を代行業者などの第三者に依頼して複製する行為は、
たとえ個人や家庭内での利用であっても一切認められておりません。

●お問い合わせ
https://www.kadokawa.co.jp/（「お問い合わせ」へお進みください）
※内容によっては、お答えできない場合があります。
※サポートは日本国内のみとさせていただきます。
※Japanese text only

定価はカバーに表示してあります。

©Gaku Yakumaru 2023　Printed in Japan
ISBN 978-4-04-110993-9　C0093